erin watt

REINO EM PEDAÇOS

SÉRIE THE ROYALS – LIVRO 5

Regiane Winarski

essência

Copyright © Erin Watt, 2018
Copyright © Editora Planeta do Brasil, 2019
Título original: *Cracked Kingdom*
Todos os direitos reservados.

Preparação: Luiza Del Monaco
Revisão: Laura Folgueira e Valquíria Della Pozza
Diagramação: Departamento de criação da Editora Planeta do Brasil
Capa: Adaptada do projeto gráfico original de Meljean Brook

DADOS INTERNACIONAIS DE CATALOGAÇÃO NA PUBLICAÇÃO (CIP)
ANGÉLICA ILACQUA CRB-8/7057

Watt, Erin
  Reino em pedaços / Erin Watt ; tradução de Regiane Winarski. –
São Paulo : Planeta do Brasil, 2019.
  320 p. (The Royals ; 5)

ISBN: 978-85-422-1668-4
Título original: Cracked Kingdom

1. Ficção norte-americana I. Título II. Winarski, Regiane

19-1008   CDD 813.6

**Acreditamos
nos livros**

Este livro foi composto em Garamond Pro e impresso pela Gráfica Santa Marta para a Editora Planeta do Brasil em junho de 2019.

2019
Todos os direitos desta edição reservados à
Editora Planeta do Brasil Ltda.
Bela Cintra, 986 – 4º andar – Consolação
01415-002 – São Paulo-SP
www.planetadelivros.com.br
faleconosco@editoraplaneta.com.br

Para Lily, luz da vida.

Capítulo 1

EASTON

Todo mundo está gritando.

Se eu não estivesse em estado de choque, sem mencionar o fato de estar bêbado que nem um gambá, talvez conseguisse ouvir os gritos individuais, relacioná-los a certas vozes, entender as palavras cáusticas e acusações furiosas sendo berradas.

Mas, no momento, me parece uma única onda de som, sem fim. Uma sinfonia de ódio, preocupação e medo.

— ... a culpa é do seu filho!

— Porra nenhuma!

— ... denunciar...

— Easton.

Minha cabeça está escondida nas mãos, e esfrego minhas palmas cheias de calos contra meus olhos.

— ... está aqui? ... devia ter levado você algemado, seu filho da puta... agressão...

— ... quero ver você tentar... não tenho medo de você, Callum Royal. Sou o promotor...

— Assistente do promotor.

— Easton.

Meus olhos estão secos e coçando. Tenho certeza de que estão vermelhos. Quase sempre ficam vermelhos quando encho a cara.

— Easton.

Sinto algo bater contra meu ombro, e uma voz sobressai em relação às outras. Viro a cabeça e vejo minha irmã postiça me olhando, a preocupação estampada em seus olhos azuis.

— Você não se mexe há três horas. Fala comigo — Ella implora, baixinho. — Me deixa ver se você está bem.

Bem? Como eu poderia estar bem? É só ver o que está acontecendo, caralho. Estamos em uma sala de espera particular no Bayview General; os Royal não precisam esperar com o resto dos plebeus na verdadeira sala de espera da emergência. Nós temos tratamento especial onde quer que vamos, até mesmo em hospitais. Quando meu irmão mais velho, Reed, foi esfaqueado, no ano passado, levaram-no para a cirurgia como se fosse o próprio presidente, sem dúvida roubando a sala de alguém que precisava mais. Mas o nome de Callum Royal vai longe no estado. Porra, no país. Todo mundo conhece meu pai. Todo mundo tem medo dele.

— ...denúncia criminal contra seu filho...

— A porra da sua filha é responsável por...

— Easton — suplica Ella de novo.

Eu a ignoro. No momento, ela não existe para mim. Nenhum deles existe. Nem Ella. Nem meu pai. Nem John Wright. Nem mesmo meu irmão mais novo, Sawyer, que teve permissão de se juntar a nós depois de levar alguns pontos na têmpora. Um enorme acidente de carro e Sawyer saiu com apenas um arranhão.

Enquanto isso, o gêmeo dele está...

Está o quê?

Não sei de porra nenhuma. Não recebemos nenhum comunicado sobre Sebastian desde que chegamos ao hospital. O corpo ensanguentado e torto foi levado em uma maca e a família foi enviada para aquela sala para esperar a notícia se ele está vivo ou morto.

— Se meu filho não sobreviver, sua filha vai pagar por isso.
— Você tem certeza de que ele é seu filho?
— Seu escroto!
— O quê? Me parece que todos os seus filhos precisam de exames de DNA. Por que não fazer todos agora? Afinal de contas, estamos em um hospital. Vai ser fácil tirar sangue e confirmar quais dos seus filhos são Royal e quais são filhotes de O'Halloran...
— Pai! CALA A BOCA!

A voz angustiada de Hartley penetra em mim como uma faca. Os outros podem não existir pra mim agora, mas ela existe. Ela estava sentada no canto da sala fazia três horas, sem falar nada, como eu. Até o momento. Agora, no entanto, ela está de pé, os olhos cinzentos ardendo de fúria, a voz aguda ecoando com acusação quando ela pula na direção do pai.

Nem sei por que John Wright está aqui. Ele não suporta a filha. Mandou Hartley para um colégio interno. Não a deixou ir pra casa quando ela voltou para Bayview. E gritou com ela hoje, dizendo que ela não era da família dele e ameaçando mandar a irmãzinha dela para longe.

Mas, depois que as ambulâncias levaram Hartley, os gêmeos e a namorada dos gêmeos, o sr. Wright foi a primeira pessoa a sair para o hospital. Talvez ele queira ter certeza de que Hartley não vá contar para ninguém a pessoa horrível que ele é.

— Por que você está aqui? — Hartley grita meus pensamentos. — Eu não me machuquei no acidente! Estou bem! Não preciso de você aqui. Aliás, eu não *quero* você aqui!

Wright grita alguma coisa para ela, mas não estou prestando atenção. Estou ocupado demais observando Hartley. Desde que o carro bateu no Range Rover dos gêmeos em frente à mansão do pai dela, ela insiste que está bem. Não pra mim, claro; não, ela não olhou nem ao menos uma vez pra mim. Eu não a culpo.

Eu fiz isso. Destruí a vida dela hoje. Minhas ações a fizeram entrar naquele carro no exato momento em que meus irmãos faziam a curva em alta velocidade. Se ela não estivesse chateada, talvez os tivesse visto antes. Talvez Sebastian não estivesse... morto? Vivo? Droga, por que ninguém diz nada?

Hartley insiste que não está machucada, e os paramédicos concordaram, porque a examinaram e a deixaram ir para a sala de espera. Mas ela não parece muito bem agora. Está oscilando de leve. A respiração está curta. Ela também está mais pálida do que a parede branca atrás de sua cabeça, o que cria um contraste chocante entre sua pele e seu cabelo preto. Mas não há uma gota de sangue nela. Nenhuma. Fico fraco de alívio de ver isso, porque Sebastian estava coberto.

Minha garganta se enche de bile quando a cena do acidente surge na minha mente. Estilhaços do para-brisa quebrado caídos pelo asfalto. O corpo de Sebastian. A poça vermelha. Os berros de Lauren. Os Donovan já pegaram Lauren e a levaram pra casa, graças a Deus. A garota não parou de gritar desde o momento em que chegou ao Bayview General até a hora em que saiu.

— Hartley. — É a voz baixa de Ella, e sei que minha irmã postiça reparou na condição pálida de Hartley. — Venha se sentar um pouco. Você não está com uma cara boa. Sawyer, pegue um copo de água para Hartley.

Meu irmão mais novo desaparece sem dizer nada. Ele está um zumbi desde que o irmão gêmeo foi levado.

— Eu estou ótima! — grita Hartley, empurrando a mão pequena de Ella do braço. Ela se vira para o pai, ainda de joelhos bambos. — É *você* o motivo de Sebastian Royal ter se ferido!

O queixo de Wright cai.

— Como você *ousa* insinuar...

— Insinuar? — interrompe ela com irritação. — Eu não estou insinuando! Estou declarando um fato! Easton não estaria lá em casa esta noite se você não tivesse ameaçado mandar minha irmã pra longe! Eu não teria ido atrás dele se ele não tivesse ido ver você!

Isso faz com que tudo seja culpa minha, eu sinto vontade de protestar, mas estou fraco demais e sou covarde demais pra isso. Mas é verdade. Eu sou o motivo de isso ter acontecido. Eu causei o acidente, não o pai de Hartley.

Hartley oscila de novo e, desta vez, Ella não hesita; fecha a mão no braço de Hartley e a força a se sentar.

— Senta — ordena Ella.

Enquanto isso, meu pai e o pai de Hartley estão se encarando de novo. Eu nunca vi meu pai tão puto.

— Você não vai poder pagar pra resolver isso, Royal.

— Sua filha estava dirigindo o carro, Wright. Será muita sorte se ela não passar o próximo aniversário no reformatório.

— Se alguém vai pra cadeia, esse alguém é seu filho. Porra, lá é o lugar de todos os seus filhos.

— Não ouse me ameaçar, Wright. Posso trazer o prefeito aqui em cinco minutos.

— O prefeito? Você acha que aquele babaquinha chorão tem coragem de me demitir? Eu já ganhei mais casos neste condado esquecido do que qualquer outro promotor na história de Bayview. Os cidadãos o crucificariam, e você...

Pela primeira vez em três horas, consigo encontrar minha voz.

— Hartley — eu digo com voz rouca.

O sr. Wright para no meio da frase. Ele se vira para mim com adagas no olhar.

— Não fale com a minha filha! Está me ouvindo, seu filhinho da puta?! Não diga uma palavra pra ela.

Eu o ignoro. Meu olhar está grudado no rosto pálido de Hartley.

— Desculpa — eu sussurro para ela. — Foi tudo minha culpa. Eu provoquei o acidente.

Ela arregala os olhos.

— Não diga uma palavra pra ela! — É chocante, mas isso vem do meu pai, não do dela.

— Callum... — diz Ella, a expressão em seu rosto tão atônita quanto a forma como me sinto.

— Não! — grita ele, os olhos azul-Royal grudados em mim. — Nem mais uma palavra, Easton. Pode haver acusações criminais aqui. E *ele* — meu pai olha para John Wright como se ele fosse uma manifestação viva do vírus Ebola — é um assistente de promotor. Nem uma palavra sobre o acidente sem a presença dos nossos advogados.

— Típico de um Royal — diz Wright com desprezo. — Sempre acobertando uns aos outros.

— Sua filha bateu no carro do meu filho — sussurra meu pai. — Ela é a única responsável.

Hartley solta um choramingo. Ella suspira e acaricia o ombro dela.

— Você não é responsável — eu digo para Hartley, ignorando todo mundo. É como se estivéssemos apenas nós dois naquela sala. Eu e aquela garota. A primeira garota com quem eu já quis passar um tempo sem ficar nu. Uma garota que eu considero minha amiga. Uma garota de quem eu queria ser mais do que amigo.

Por minha causa, essa garota está enfrentando a fúria do meu pai. E está tomada de culpa por um acidente que não teria acontecido se eu não tivesse me envolvido. Meu irmão mais velho, Reed, dizia que era o Destruidor. Ele achava que estragava a vida de todos que amava.

Reed estava errado. Sou eu quem ferra tudo.

— Não se preocupe, nós já vamos — rosna Wright.

Fico tenso quando ele anda na direção da cadeira de Hartley.

Ella passa o braço pelo ombro de Hartley em um gesto protetor, mas meu pai balança a cabeça bruscamente.

— Deixe que vão — diz meu pai. — O filho da mãe está certo, aqui com a gente não é lugar deles.

Minha garganta entala com o pânico. Não quero que Hartley vá embora e, principalmente, não quero que ela vá com o pai. Quem sabe o que ele vai fazer com ela.

Hartley obviamente concorda, porque ela recua na mesma hora quando o pai tenta segurá-la. Ela se solta do braço de Ella.

— Eu não vou a lugar nenhum com você!

— Você não tem escolha — diz ele. — Ainda sou seu guardião legal, quer você goste ou não.

— *Não!* — A voz de Hartley parece um trovão. — Eu não vou! — Ela vira a cabeça para o meu pai. — Escuta, meu pai é um...

Ela não termina a frase porque, no segundo seguinte, cai para a frente e desaba no chão. O som da cabeça batendo no piso vai me acompanhar até o dia em que eu morrer.

Cem mãos parecem se esticar para ela, mas eu chego primeiro.

— Hartley! — eu grito, puxando o ombro dela. — Hartley!

— Não mexe nela — grita o meu pai, e tenta me puxar. Eu me solto da mão dele, mas a solto também. Me deito no chão para ficar com o rosto ao lado do dela.

— Hartley. Hart. Sou eu. Abre os olhos. Sou eu.

As pálpebras dela nem se mexem.

— Fique longe dela, seu bandido! — grita o pai dela.

— Easton. — É Ella, com a voz carregada de horror ao indicar a lateral da cabeça de Hartley, de onde um filete de sangue está saindo. Sinto vontade de vomitar, e não é só por causa do álcool ainda fazendo efeito nas minhas veias.

— Ah, meu Deus — sussurra Ella. — A cabeça dela. Ela bateu a cabeça com muita força.

Eu engulo o pavor.

— Está tudo bem. Vai ficar tudo bem. — Eu me viro para o meu pai. — Chama um médico! Ela está machucada!

Alguém segura meu ombro.

— Eu disse pra ficar longe da minha filha!

— Fica você longe dela! — eu grito com o pai de Hartley. De repente começa uma agitação atrás de mim. Passos. Mais gritos. Desta vez, me permito ser levado. É como foi com Sebastian tudo de novo. Hartley está em uma maca, e os médicos e enfermeiras estão aos gritos, dando ordens uns para os outros enquanto a levam.

Fico olhando para a porta vazia, entorpecido. Atordoado. O que acabou de acontecer?

— Ah, meu Deus — diz Ella de novo.

Minhas pernas não sustentam mais meu peso. Desabo na cadeira mais próxima e tento respirar. O que acabou de acontecer?

Hartley estava machucada esse tempo todo e não disse nada? Ou será que não tinha percebido? Mas, caramba, ela foi liberada pelos paramédicos.

— Disseram que ela estava bem — digo, gemendo. — Ela nem ao menos foi internada.

— Ela vai ficar bem — garante Ella, mas o tom de sua voz não é muito convicto. Nós dois vimos o sangue e o hematoma roxo se formando na têmpora, a boca frouxa.

Ah, porra. Eu vou vomitar.

Tenho que dar crédito a Ella; minha irmã não pula quando me inclino e vomito nos sapatos dela. Só faz carinho no meu cabelo e o afasta da minha testa.

— Tudo bem, East — murmura ela. — Callum, pega água pra ele. Não sei pra onde Sawyer foi quando mandei ele ir buscar. E você... — Suponho que ela esteja falando com o sr. Wright. — Acho que está na hora de ir. Vá esperar notícias de Hartley em outro lugar.

— Com prazer — diz o pai de Hartley com repulsa.

Percebo quando ele sai porque o ar na sala perde um pouco da tensão.

— Ela vai ficar bem — diz Ella novamente. — E Sebastian também. Todo mundo vai ficar bem, East.

Em vez de me sentir tranquilo, eu vomito de novo. Ouço-a murmurar baixinho.

— Meu Deus, Reed, você pode *chegar* logo?

O jogo de espera recomeça. Eu bebo água. Meu pai e Sawyer ficam sentados em silêncio. Ella passa os braços em volta de Reed quando ele finalmente aparece. Ele teve que vir dirigindo da faculdade e parece exausto. Não o culpo, são três da madrugada. Estamos todos exaustos.

A notícia sobre a condição de Sebastian é a primeira a chegar. O ferimento na cabeça é a maior preocupação. Há um inchaço no cérebro, mas os médicos ainda não sabem dizer a gravidade.

Meu irmão mais velho, Gideon, chega um pouco depois de Reed, a tempo de ouvir a parte sobre o cérebro de Seb. Gid vomita na lixeira no canto da sala, mas acredito que, diferentemente de mim, ele não está bêbado.

Um médico diferente aparece na porta, horas depois. Não é o que operou Seb, e parece incrivelmente inquieto quando olha ao redor.

Eu me levanto. Hartley. Só pode ser sobre Hartley.

Capítulo 2

HARTLEY

Uma forte luz direcionada para meu rosto faz com que eu acorde. Eu pisco, grogue, tentando decifrar formas nas manchas brancas na frente dos meus olhos.

— Aí está ela. A Bela Adormecida acordou. Como está se sentindo? — A luz pisca de novo. Levanto a mão para afastá-la e a dor que toma conta de mim faz com que eu quase desmaie.

— Bem assim, é? — diz a voz. — Vamos dar pra ela mais trinta miligramas de Toradol, mas cuidado com sangramentos.

— Sim, senhor.

— Ótimo. — Alguém bate duas peças de metal, e eu faço uma careta.

O que aconteceu comigo? Por que estou com tanta dor, até meus dentes doem? Eu sofri um acidente?

— Calma. — A mão de alguém me empurra em uma coisa macia, um colchão. — Não se sente.

Um zumbido mecânico soa e a parte de trás da cama se levanta. Consigo desgrudar uma das pálpebras e, por entre os cílios, vejo uma grade de cama, a beirada de um jaleco branco e outra mancha escura.

— O que aconteceu? — pergunto com voz rouca.

— Você sofreu um acidente de carro — diz a mancha escura ao meu lado. — Algumas costelas do lado esquerdo do seu corpo se quebraram quando o airbag inflou. Seu tímpano se rompeu. O desequilíbrio no aparelho vestibular e um pouco de dispneia, que quer dizer falta de ar, fizeram com que você desmaiasse e batesse com a cabeça com força. Você sofreu uma concussão e um leve traumatismo craniano.

— Traumatismo craniano?

Eu levanto a mão até o peito, fazendo uma careta de dor, até conseguir encostar a mão no coração. Eu ofego. Dói. Abaixo o braço lentamente para a lateral do corpo.

— Ainda está batendo, caso você tenha dúvida. — Isso foi a voz original. Devia ser o médico. — Garotas mais baixas precisam sentar o mais longe possível do volante. Um airbag se abrindo é como levar um soco na cara com um caminhão de uma tonelada.

Fechei as pálpebras novamente e tentei lembrar, mas nenhuma imagem vinha à minha cabeça. Me sinto, ao mesmo tempo, vazia e cheia.

— Você sabe me dizer que dia é?

Dia... Eu os recito um a um na cabeça. Segunda, terça, quarta... mas nenhum parece ser o certo.

— Há quanto tempo... estou... aqui? — consigo perguntar. Minha garganta parece machucada, mas não sei como um acidente poderia provocar isso.

— Tome — diz a voz feminina e, em seguida, coloca um canudo nos meus lábios. — É água.

A água parece uma bênção, e engulo até o canudo ser tirado de mim.

— Já chega. Não queremos que você passe mal.

Passar mal com água? Eu lambo os lábios secos, mas não consigo reunir energia para argumentar. Me deixo cair sobre os travesseiros.

— Você está aqui há três dias. Vamos fazer um jogo — sugere o médico. — Você sabe me dizer quantos anos você tem?

— Essa é fácil.

— Catorze.

— Hummm. — Ele e a enfermeira trocam um olhar que não consigo entender. Será que sou nova demais para as drogas que estão me dando?

— E seu nome?

— Claro. — Abro a boca para responder, mas minha mente fica vazia. Fecho os olhos e tento de novo. Nada. Um nada enorme. Em pânico, olho para o médico. — Eu não consigo...

— Eu engulo em seco e balanço a cabeça com força. — É...

— Não se preocupe. — Ele dá um sorriso tranquilo, como se não fosse nada de mais eu não conseguir lembrar meu nome.

— Dê outra dose de morfina e um coquetel de Benzo para ela e me chame quando ela acordar.

— Pode deixar, doutor.

— Mas eu... espere — digo quando os passos dele se afastam.

— Shh. Vai ficar tudo bem. Seu corpo precisa do descanso — diz a enfermeira, colocando a mão no meu ombro.

— Eu tenho que saber... eu tenho que perguntar — eu me corrijo.

— Ninguém vai a lugar nenhum. Prometo que estaremos todos aqui quando você acordar.

Dói muito me mexer e, por isso, deixo que ela me tranquilize. Decido que ela está certa. O médico vai estar aqui, porque isto é um hospital e é aqui que os médicos trabalham. Por que estou aqui, como me machuquei, tudo isso pode esperar. A morfina, o coquetel de Benzo, seja lá o que for isso, parecem bons. Vou fazer mais perguntas quando acordar de novo.

Mas não durmo bem. Ouço barulhos e vozes; altas, baixas, nervosas, irritadas. Franzo a testa e tento dizer para aquelas vozes preocupadas que vou ficar bem. Ouço um nome repetidamente: *Hartley, Hartley, Hartley.*

— Ela vai ficar bem? — pergunta uma voz masculina grave, a mesma que ouço dizer aquele nome, Hartley. É o meu?

Eu me inclino na direção da voz como uma flor procurando o sol.

— Todos os sinais indicam que sim. Por que você não dorme um pouco, filho? Se não dormir, vai acabar na mesma cama que ela.

— Bom, tenho esperanças — diz a primeira voz.

O médico ri.

— É essa a atitude certa.

— Então eu posso ficar, né?

— Não. Ainda vou te expulsar.

Não vai, eu suplico, mas as vozes não me escutam, e logo fico no silêncio escuro e sufocante.

Capítulo 3

EASTON

A ala Maria Royal do hospital Bayview General parece um necrotério. Uma neblina de dor envolve todas as pessoas na chique sala de espera. A nuvem escura está prestes a me engolir inteiro.

— Vou tomar ar — eu murmuro para Reed.

Ele aperta os olhos.

— Não faça nenhuma idiotice.

— Tipo botar meu filho em uma ala cujo nome é uma homenagem à mãe dele, que se matou? — debocho.

Ao lado do meu irmão, Ella suspira de frustração.

— Onde você teria colocado Seb?

— Em qualquer lugar, menos aqui. — Não consigo acreditar que esses dois não sentem as vibrações ruins deste lugar. Nada deu certo para nós neste hospital. Nossa mãe morreu aqui. Seb não acorda do coma e a cabeça da minha namorada quase se abriu.

Os dois me olham com dúvida e se viram um para o outro, iniciando uma conversa silenciosa. Eles estão juntos há mais de um ano, e os ciclos estão sincronizados ou alguma porcaria desse tipo. Claro que não preciso estar dormindo com nenhum dos dois para entender que estão conversando sobre mim. Ella está telegrafando que se preocupa que eu vá perder a cabeça, e Reed está garantindo que não vou fazer nada que constranja a família. Quando ela não está olhando, ele me olha de um jeito sério que repete a repreensão anterior de manter a cabeça no lugar.

Saio da sala da tristeza e suas pesadas portas automáticas se fecham atrás de mim. Ando por um dos dois amplos corredores de mármore branco da ala do hospital, construída com o dinheiro sujo do meu pai. O silêncio daqui contrasta com o barulho da sala de emergência do primeiro andar, onde tem crianças chorando, adultos tossindo e corpos em movimentação constante.

Aqui, solas de borracha se movem silenciosamente pelo piso enquanto funcionários de uniforme impecável entram e saem de salas para verificar os pacientes abastados. Eles são muito cuidadosos nesta parte do hospital, já que pode haver alguém em uma dessas camas que futuramente possa vir a dar nome a uma nova ala de hospital. Os colchões são melhores, os lençóis são caros, as camisolas de hospital são criadas por estilistas. Internos e residentes não têm permissão de estarem aqui se não estiverem acompanhados por um médico. Claro que se paga pelo privilégio de ficar em uma dessas suítes VIP. Hart está em uma delas só porque ameacei tocar o terror se ela fosse colocada no meio dos pacientes comuns. Meu pai não gostou. Ele acha que é o equivalente a admitir ter cometido um erro, mas ameacei procurar a imprensa e dizer que era tudo minha culpa. Meu pai disse que pagaria por uma semana. Vou brigar com ele se ela precisar ficar mais, mas é melhor lidar com uma crise de cada vez.

Localizo meu irmão Sawyer sentado na frente de uma lixeira.

— Cara, você está bem? Quer comer alguma coisa? Beber?

Ele levanta seus olhos vazios na minha direção.

— Joguei meu copo fora.

Isso quer dizer que ele está com sede? O garoto parece um zumbi. Se Seb não acordar logo, o próximo Royal em um leito de hospital será Sawyer, não eu.

— O que era? — eu pergunto, olhando dentro da lata de lixo. Vejo alguns papéis de fast food, as caixas de papel marrom

da lanchonete VIP e dois energéticos? — Gatorade? — tento adivinhar. — Pego um novo.
— Não estou com sede — resmunga Sawyer.
— Não tem problema. Me diz o que você quer. — Isso se ele souber. Ele parece delirante.
— Nada. — Ele fica de pé.
Corro até o lado dele e coloco a mão em seu ombro.
— Ei, me diz o que você quer.
Sawyer bate na minha mão.
— Não toca em mim — diz ele, em uma repentina explosão de raiva. — Seb não estaria naquele quarto se não fosse por você.
Quero protestar, mas ele não está errado.
— Tá, entendi — digo, com a garganta apertada.
O rosto de Sawyer fica tenso. Ele contrai o maxilar para os lábios não tremerem, mas é meu irmãozinho. Sei quando ele está a segundos de desabar; então, puxo-o na minha direção para dar-lhe um abraço e o seguro com força, mesmo com ele lutando.
— Desculpa.
Ele segura minha camiseta como se fosse uma boia salva-vidas.
— Seb vai ficar bom, né?
— Claro que vai. — Bato nas costas do meu irmão. — Ele vai acordar e zoar a gente por ter chorado.
Sawyer não consegue responder. As emoções dele estão travando a garganta. Ele se agarra a mim por um minuto inteiro antes de me empurrar.
— Vou me sentar com ele por um tempo — diz ele, o rosto virado para a parede.
Seb gosta de resgatar filhotes de animais e abusa do emoji de olhinhos de coração; Sawyer é o gêmeo macho. O que não fala muito. O que não gosta de mostrar emoções. Mas, sem o irmão gêmeo, Sawyer fica sozinho e com medo.
Eu aperto o ombro dele e o deixo ir. Os gêmeos precisam ficar juntos. Se alguém pode tirar Seb desse coma, esse alguém é Sawyer.

Sigo até o final do segundo corredor, onde fica o quarto de Hartley. Uma das enfermeiras quase mudas me recebe na porta.

— Desculpe — diz ela. — Nada de visitas.

Ela aponta para o painel digital à direita da porta, onde uma luz piscante mostra o aviso de particular.

— Sou da família, Susan. — Li o nome no uniforme dela. Eu ainda não tinha encontrado a enfermeira Susan.

— Eu não sabia que a srta. Wright tinha irmãos. — A enfermeira me olha de um jeito que diz que ela sabe quem eu sou e que tipo de baboseira estou tentando dizer.

Não é da minha natureza desistir. Dou um sorriso conquistador.

— Primo. Acabei de chegar.

— Desculpe, sr. Royal. Nada de visitas.

Pego no flagra.

— Olha, Hartley é minha namorada. Eu preciso vê-la. Que tipo de babaca ela vai achar que eu sou se não vier dar uma olhada nela? Ela vai ficar magoada, e não precisamos juntar esse tipo de tristeza à conta, não é? — Consigo ver a enfermeira amolecendo. — Ela vai querer me ver.

— A srta. Wright precisa de descanso.

— Não vou ficar muito tempo — prometo, mas, ao ver que ela ainda não cedeu, resolvo usar artilharia pesada. — Meu pai quer uma atualização. Sabe Callum Royal? Pode olhar o formulário de internação. O nome dele está lá.

— Você não é Callum Royal — observa ela.

— Sou filho e representante dele. — Eu devia ter pedido ao meu pai para colocar meu nome em qualquer formulário que me permitisse ir e vir livremente. É a primeira vez que tento entrar sem ele, e eu não tinha percebido o tamanho da influência que o nome dele tem. Mas devia. Essa ala foi construída com o dinheiro dele.

A enfermeira Susan franze a testa de novo, mas chega para o lado. Há vantagens de ter seu sobrenome na placa que batiza a ala.

— Não a canse — diz a enfermeira e, lançando um último olhar de aviso, sai.

Espero até ela ter dobrado uma esquina para entrar. Quero que Hartley descanse, mas ela pode dormir depois que eu a vir com meus dois olhos e tiver certeza de que está bem.

Contorno silenciosamente o sofá e as cadeiras na sala de estar da suíte. Como Seb, ela está dormindo. Diferentemente de Seb, ela já teve momentos de consciência. Pela manhã, o médico disse para o meu pai, antes que ele fosse para o trabalho, que ela provavelmente estaria completamente desperta hoje ou amanhã.

Puxo uma das cadeiras pesadas até a cama e seguro a mão dela, tomando cuidado para não tirar o monitor de dedo do lugar. Vê-la imóvel na cama com tubos e fios que saem de seus braços finos e a conectam a sacos intravenosos e máquinas embrulha meu estômago. Quero voltar o relógio, girar o mundo para trás, até termos voltado para o apartamento dela, quando levei um burrito do *food truck* da esquina para ela comer depois de um dia de trabalho no restaurante.

— Ei, Bela Adormecida. — Acaricio a pele macia com o polegar.

— Se você queria tanto escapar da escola, devia ter falado comigo. A gente podia ter matado aula ou falsificado um atestado médico.

Ela nem se mexe. Olho o monitor acima da cabeça dela, sem saber direito o que estou procurando. A máquina apita regularmente. O quarto dela é bem menos assustador que o de Seb. Ele está com uma máscara de oxigênio, e o clique da máquina enquanto se prepara para respirar por ele é mais assustador do que a música de fundo de um filme de terror.

Preciso que Hart acorde e segure minha mão. Passo a mão livre pelo rosto e me obrigo a pensar em alguma coisa positiva.

— Antes de você aparecer, eu meio que queria pular o último ano da escola, mas agora estou feliz por não ter feito isso. A gente vai se divertir. Estou pensando que podemos ir para Saint-Tropez no feriado de Ação de Graças. Fica muito frio aqui, e estou cansado de usar casacos e botas. E no Natal podemos ir para Andermatt,

nos Alpes. Mas, se você gosta de esquiar, podemos ficar em Verbier. As rampas de altitude alta são incríveis pra caralho, mas será que você gostaria mais de St. Moritz? — Eu me lembro vagamente de alguma garota de Astor não parar de falar sobre lá.
Ela não responde. Pode ser que ela nem goste de esquiar. Passa pela minha cabeça que estávamos apenas começando a nos conhecer antes do acidente. Tem tantas coisas que não sei sobre Hartley.
— Ou a gente pode ir pro Rio. Tem uma festa incrível de Ano-Novo lá. Pash foi dois anos atrás e foi como uma rave com dois milhões de pessoas.
Pensando bem... Talvez, com a batida da cabeça, ela não queira festa. *Porra, East, como você é burro.*
— A gente também pode ficar por aqui. Pode dar um jeito no seu apartamento ou, quem sabe, arrumar uma casa nova para você e sua irmãzinha, a Dylan, se você conseguir convencer ela a morar com você. Que tal a ideia?

Não ganho nem um tremor de pálpebra. Sou tomado de medo. Não aguento isso, Seb e Hartley inconscientes. Não é justo. A mão que a segura começa a tremer. Sinto como se estivesse na beirada de um penhasco e o chão estivesse cedendo embaixo dos meus pés. O abismo está me chamando, me prometendo um lugar escuro depois da queda livre.

Baixo o queixo até o peito e mordo a gola da camiseta enquanto tento controlar as emoções. Sei exatamente o desespero que Sawyer sente. Quando Hartley apareceu em minha vida, eu estava no fundo do poço. Ela me fez rir. Ela me fez pensar que há um futuro além de beber, fazer farra e trepar. E, agora, a luz dela está se apagando.

Ela vai ficar bem. Se liga, cara. Descontar na camiseta não vai mudar porra nenhuma.

Eu respiro fundo e levo a mão dela aos lábios.

— Você vai ficar bem, gata — eu digo, mais como forma de me consolar do que qualquer outra coisa. — Você vai ficar bem, Hart.

Ela tem que ficar bem, tanto por ela quanto por mim.

Capítulo 4

HARTLEY

Raio. Raio. A palavra se repete na minha cabeça. Tem alguma coisa a ver com um raio. *Não, Hart! Hartley!* Abro os olhos e dou um gemido.

— Hartley. Meu nome é Hartley Wright.

— Nota dez pra paciente bonita de azul — diz uma voz familiar.

Viro a cabeça para o lado e vejo o médico ali. Sorrimos um para o outro; eu porque ele está aqui como disse que estaria, e ele porque a paciente dele acordou e disse o próprio nome.

O copo de água e o canudo são colocados na minha frente por Susan, de acordo com o nome no uniforme, uma enfermeira gorducha cuja altura mal chega na do bolso do médico ao lado dela.

— Obrigada — digo, agradecida, e desta vez o copo não é retirado. Bebo até o copo ficar vazio. Um zumbido soa ao meu lado quando Susan levanta a cabeceira da cama para eu ficar sentada.

— Você sabe onde está? — pergunta o médico, acendendo uma lanterna em forma de caneta na direção dos meus olhos. Seu uniforme indica que ele se chama J. Joshi.

— No hospital. — A resposta é um palpite, mas, considerando o médico, a enfermeira e a feia camisola azul com flores rosadas no meu corpo, estou confiante na minha resposta.
— Qual?
— Bayview tem mais de um? — Legal. Eu até sei onde estou. Me acomodo com conforto. Aquele espaço vazio de quando acordei foi totalmente compreensível. Eu tinha me machucado muito, a ponto de ser hospitalizada, e estava desorientada. Ele bate com o pulso no apoio de madeira para os pés.
— Duas de três não é ruim.
— O que aconteceu? — Eu já fiz essa pergunta? Ela me soa familiar. Mas, se fiz, não recebi resposta, ou, ao menos, não consigo me lembrar se recebi. Quando fecho os olhos e tento lembrar como vim parar aqui, não vejo nada além de uma paisagem escura. Estou toda dolorida, o que indica que provavelmente sofri um acidente. Fui atropelada por um caminhão? Caí de uma janela do segundo andar? Levei uma porrada na cabeça quando estava fazendo compras?
— Você estava em uma colisão de automóveis — diz o médico. — Seus ferimentos físicos estão cicatrizando bem, mas seus outros momentos de lucidez indicam que você parece estar sofrendo de perda de memória episódica retrógrada induzida por trauma, resultado de quando você caiu no hospital.
— Espera, como é? — Foram muitas palavras que ele jogou em cima de mim.
— Você está sofrendo de perda de memória que...
— Tipo amnésia? — eu disse. — Isso existe?
— Existe. — O dr. Joshi confirma com um sorriso.
— O que quer dizer?
— Basicamente, quer dizer que as lembranças autobiográficas que você formou, como seu primeiro dia no jardim de infância, seu primeiro beijo ou uma briga feia com seu namorado... é provável que não sejam recuperadas.

Meu queixo cai. Ele deve estar brincando comigo.

— Eu posso nunca recuperar a memória? Isso é possível?

Olho ao redor em busca da câmera e fico à espera de que alguém pule e grite "*Surpresa!*". Mas ninguém faz nada. O quarto permanece vazio, exceto por Susan, o médico e eu.

— É, mas você é jovem e não deve ser tão traumático. Eu volto o olhar para o dr. Joshi.

— Não deve ser tão traumático? — Sinto a histeria borbulhando na garganta. — Eu não consigo me lembrar de nada.

— Pode ser que você se sinta assim agora, mas a verdade é que você se lembra de muitas coisas. Pelo que observamos, quando você estava dormindo e também agora, enquanto nós dois conversamos, você provavelmente reteve a memória processual. As habilidades motoras que você aprendeu, junto com as habilidades de desenvolvimento como as de oratória. Algumas dessas habilidades você não vai saber que tem até usar. Por exemplo, você talvez não perceba que sabe andar de bicicleta até subir em uma. O importante é que, após algumas semanas de descanso e recuperação, você ficará bem.

— Bem? — repito, entorpecida. Como eu posso ficar bem se minhas lembranças se foram?

— É. Não se concentre no negativo. — Ele anota alguma coisa no gráfico antes de entregá-lo para a enfermeira Susan.

— Agora vou dizer a parte mais difícil da sua recuperação.

— Se o fato de eu ter perdido minha memória não é a parte mais difícil da minha recuperação, que bom que estou deitada para receber as notícias. — Eu sei que não devia ser sarcástica, mas, caramba, isso é difícil de engolir.

O dr. Joshi sorri.

— Está vendo, você não perdeu o senso de humor. — O sorriso some quando o assunto fica sério. — E é bem possível que você consiga recuperar suas lembranças autobiográficas. No entanto, você precisa manter a mente aberta quando interagir

com as pessoas. A versão que elas lembrarão dos acontecimentos será diferente da sua. Faz sentido?
— Não. — A verdade é a verdade. Nada disso faz sentido. Como posso me lembrar do meu nome, mas não como o acidente aconteceu? Como consigo lembrar o que é um hospital e que o tubo enfiado no meu braço é soro ou que uma série harmônica diverge até o infinito, mas não o meu primeiro beijo?

O médico bate na grade da cama para chamar minha atenção.
— Eu sou médico? — pergunta ele.
— É.
— Por quê?
— Porque você está de jaleco de médico. Você tem esse treco de escutar — *Estetoscópio*, oferece minha mente, prestativa — no pescoço e fala como um.
— Você acharia que Susan era médica se ela estivesse com meu jaleco e o estetoscópio?

Eu inclino a cabeça para olhar para a enfermeira. Susan sorri e emoldura o rosto com as mãos. Eu a imagino de jaleco e com o estetoscópio de metal no pescoço e a vejo exatamente como ele a descreveu: médica.

— Sabe, a verdade é um conceito variável, baseado no viés de cada indivíduo. Se você visse Susan andando pelo corredor, talvez dissesse que estava vendo uma médica, quando, na verdade, ela é uma das nossas enfermeiras muito competentes. A lembrança que sua mãe terá quando você pegar emprestado um vestido que sua irmã prometeu que você podia usar vai ser diferente da lembrança da sua irmã. Se você brigou com seu namorado, a lembrança dele de quem foi o culpado pode ser diferente da sua. Já aconselhei seus familiares e amigos a evitarem falar sobre o seu passado o máximo que puderem até ficar confirmado que você realmente perdeu essas memórias. Vou escrever um atestado para a escola, e você devia avisar seus colegas sobre isso. Se eles contarem coisas sobre o passado, pode afetar suas lembranças ou até substituí-las.

Meu corpo se arrepia quando tento entender o aviso do médico. Aquela coisa de "toda história tem dois lados" está tendo implicações assustadoras.

— Não estou gostando disso — digo.

— Eu sei. Eu também não gostaria.

Vou ter que me lembrar das coisas sozinha, decido. Essa é a solução.

— Quanto tempo demora até que eu recupere minhas memórias sozinha? Eu poderia me esconder até lá?

— Pode ser coisa de dias, semanas, meses ou até mesmo anos. O cérebro é um grande mistério até para os médicos e cientistas. Sinto muito por isso, eu realmente gostaria de poder te dar uma resposta melhor. A parte boa, como falei antes, é que, fora alguns hematomas nas costelas, você está em excelente condição física.

A enfermeira pega um frasco pequeno e enfia uma agulha nele. Olho para a agulha e para ela com uma certa inquietação.

— Você pode me dar algum remédio para me ajudar a lembrar?

— Estamos dando. — Ela bate na agulha.

— Você pode pelo menos me contar por alto o que aconteceu? — peço. — Eu machuquei alguma outra pessoa? — Essa é a parte importante aqui. — Tinha alguém no carro comigo? Da família? — Me esforço para visualizar minha família, mas não consigo obter imagens claras. Há sombras ali. Uma, duas... três? O médico falou de mãe e irmã mais velha, o que faria de mim a irmã mais nova, se minha família for de quatro pessoas. Ou será que minha mãe é separada e eu tenho três irmãos? Como posso não saber isso? O sangue lateja violentamente na minha cabeça. Uma dor forte surge atrás dos olhos. Essa coisa de não saber está me matando.

— Você estava dirigindo sozinha. Havia três jovens em outro veículo — diz o dr. Joshi. — Dois deles não se feriram, e o outro, um rapaz, está em estado crítico.

— Ah, Deus — digo, gemendo. Isso é o pior. — Quem é? E o que ele tem? Foi culpa minha? Por que não me lembro do que aconteceu?

— É o jeito da sua mente te proteger. Isso costuma acontecer com pacientes que sofrem traumatismo. — Ele bate na minha mão de leve antes de sair. — Eu não estou preocupado, então você não precisa ficar.

Eu não preciso ficar preocupada? *Cara, eu perdi a cabeça, literalmente.*

— Você está pronta para visitas? — pergunta a enfermeira depois que o médico sai. Ela injeta a droga no saco plástico pendurado em um gancho ao lado da cama.

— Acho que não...

— Ela está acordada? — diz uma voz vinda da porta.

— Sua amiga está esperando há horas para ver você. Devo deixar que ela entre? — pergunta a enfermeira Susan.

Meu primeiro impulso é dizer não. Estou destruída. Meu corpo todo dói, e sinto como se até meus dedos dos pés estivessem machucados. A ideia de sorrir e fingir que estou bem, porque é isso que se faz com pessoas, não me atrai.

Pior, qualquer interação com amigos e familiares significa que estarei em contato com as lembranças de outra pessoa, não as minhas. Perdi parte de mim e, a não ser que fique completamente isolada, talvez nunca me recupere totalmente.

Mas não quero ficar isolada. Não saber é pior do que ter informações incompletas.

— Sim. — Posso juntar peças. Comparar e contrastar declarações. Se mais de uma fonte confirmar os fatos, quer dizer que são verdade. Posso lidar com a dor física; é a incerteza que está corroendo minhas entranhas. Faço que sim e repito: — Sim.

— Ela está acordada, mas seja gentil com ela — diz a enfermeira.

Vejo uma garota de cabelo louro comprido e brilhante chegar perto da cama. Não a reconheço. Meus ombros pesam com a decepção. Se ela está esperando há horas, deve ser amiga íntima. Então, por que não me lembro dela? *Pensa, Hartley, pensa!*, eu ordeno.

O doutor disse que pode ser que eu não recupere algumas lembranças, mas não quis dizer que eu esqueceria as pessoas de quem gostava, quis? Isso é possível? As pessoas que amo não ficariam gravadas no meu coração, tão fundo que eu sempre me lembraria delas?

Procuro no vão escuro do meu cérebro para ver se encontro um nome. De quem sou amiga? Uma imagem surge na minha cabeça, de uma loura-ruiva bonita, com o rosto cheio de sardas. Kayleen. Kayleen O' Grady. Depois do nome, uma colagem de imagens surge no meu cérebro: esperando no parque depois da aula; espionando um garoto; passando a noite no quarto dela, decorado com tema de futebol; indo a uma aula de música juntas. Eu flexiono a mão, surpresa. Aula de música? Aparece em minha mente uma imagem minha inclinada com um violino. Eu tocava violino? Vou ter que perguntar a Kayleen sobre isso.

— Oi, chega aqui, garota — digo, e ignoro a dor que o movimento gera. Quem se importa se dói quando me mexo? Estou recuperando minhas lembranças. O dr. Joshi não sabe de nada. Abro um sorriso largo e pego a mão de Kayleen.

Ela ignora meu gesto e para a um metro e meio da cama, como se eu tivesse uma doença contagiosa. Está perto o suficiente para que eu perceba que ela não se parece em nada com a garota da minha lembrança. Seu rosto é mais oval. As sobrancelhas são bem definidas. O cabelo é louro-claro e o rosto não tem sardas. Kayleen poderia ter pintado o cabelo, mas não tem como o rosto dela ir de bonitinho com sardas para a loura fria e antipática com pele de baunilha.

E as roupas... Kayleen é uma garota que usa calça jeans e camisa de flanela enorme. A pessoa na minha frente está com uma saia pregueada que vai até a altura dos joelhos, de cor creme e com listras pretas e vermelhas. Está também com uma blusa de manga comprida creme com rendas nas mangas e na gola. Nos pés, ela usa um par de sapatilhas de matelassê com ponteiras pretas brilhantes com duas letras C douradas entrelaçadas em cima. O cabelo está preso de um dos lados da cabeça com uma fivela com as mesmas letras entrelaçadas, só que cravejadas de zircônias... ou talvez sejam até diamantes.

Ela parece uma propaganda cara de revista.

Franzo a testa e baixo a mão rejeitada para o colo.

— Espera, você não é a Kayleen. — Aperto os olhos. A garota parece vagamente familiar. — É você... Felicity?

Capítulo 5

HARTLEY

— Em carne e osso. — A loura caminha cuidadosamente na minha direção para espiar a bolsa de soro. — Humm. Morfina. Ao menos estão te dando drogas decentes.

Felicity Worthington é uma garota que conheço mais por reputação, tipo uma espécie de celebridade, o que explica o fato de eu me lembrar dela, mas não de nenhuma interação específica com ela. Os Worthingtons são importantes em Bayview. Eles moram em uma enorme casa no litoral, dirigem carros caros, e os filhos dão festanças que aparecem no Instagram de todo mundo e despertam ansiedade em quem não é convidado.

Não consigo imaginar uma circunstância em que Felicity e eu tenhamos nos tornado amigas, menos ainda com intimidade suficiente para ela ficar no hospital *esperando* para me ver.

— Não consigo acreditar que sou a primeira a ver você — diz ela enquanto joga o cabelo louro pelo ombro.

— Nem eu. — Algo nela me parece vagamente perturbador. Ela arqueia uma sobrancelha perfeitamente arrumada.

— Soube que você perdeu uma parte da memória. É verdade?

Eu gostaria de negar, mas tenho a sensação de que seria descoberta na mesma hora.

— É.
Ela estica um braço e passa uma unha decorada com cristais no tubo intravenoso.
— E seu médico nos disse que não devíamos preencher suas lacunas de memória porque isso seria muito confuso para você.
— Também é verdade.
— Mas aposto que você está doida para saber, não está? Entender por que estou aqui? Como ficamos amigas? O que aconteceu na sua vida? Os espaços vazios precisam ser preenchidos, não é? — Ela vai até o pé da cama, e a observo com o cuidado que observaria uma cobra.
— Por que você está aqui? — Eu tenho a sensação de que não somos amigas. Acho que é por causa do jeito como Felicity me olha, como se eu fosse uma experiência de ciências ou uma cobaia, e não uma pessoa.
— Minha avó está sendo operada do quadril. O quarto de recuperação dela fica a duas portas. — Ela indica a porta.
Faz sentido.
— Sinto muito. Espero que ela melhore logo.
— Vou transmitir seus desejos de melhoras — responde Felicity. Ela me olha como se esperasse mais perguntas.
Quase mordo a língua para impedir que elas saiam. Há muitas coisas que quero saber, mas não acho que Felicity seja a pessoa certa para me dar as respostas.
Ela cede primeiro.
— Não tem nada que você queira saber?
Tem. Um monte de coisas. Penso nas minhas perguntas em busca de uma que seja segura.
— Onde está Kayleen? — Eu inclino o pescoço com cuidado, ignorando a pontada de dor que surge a cada movimento.
— Que Kayleen? — A testa dela se franze em confusão.
— Kayleen O'Grady. Uma ruiva pequena. Toca violoncelo. — Com o olhar de confusão de Felicity, eu acrescento: — Ela é minha

melhor amiga. Temos aula com o sr. Hayes no Bayview Performing Arts Center. — Parece que não sou a única com perda de memória.

— O'Grady? Sr. Hayes? Em que século você está? Aquele pedófilo foi expulso da cidade dois anos atrás, na mesma época em que os O'Gradys se mudaram pra Geórgia.

— O quê? — Eu pisco, chocada. — Kayleen é minha vizinha.

Um olhar estranho surge no rosto de Felicity, e alguma coisa que não consigo decifrar faz com que um arrepio de apreensão percorra toda minha espinha.

— Quantos anos você tem, Hartley? — ela pergunta, se inclinando no pé da cama com uma espécie de alegria brilhando em seus olhos castanho-dourados.

— Eu... Eu... — O número *catorze* surge na minha cabeça, mas me sinto mais velha do que isso. Como não sei quantos anos eu tenho? — Eu tenho qui... dezessete — mudo rapidamente a resposta quando Felicity arregala os olhos.

Ela coloca a mão sobre a boca e a retira em seguida.

— Você não sabe quantos anos você tem? Isso é impressionante. — Ela tira o celular da bolsa e começa a digitar. A tela parece nova, mas Felicity sempre teve os aparelhos mais modernos, todas as roupas de marca e as bolsas mais caras.

— Para quem você está escrevendo? — pergunto. É grosseria, mas ela também é grosseira.

— Pra todo mundo — diz ela, me olhando de um jeito que indica que meu cérebro sofreu mais danos do que o médico diagnosticou.

Pego o botão para chamar a enfermeira.

— Pode ir embora — informo à garota. — Estou cansada e não preciso ser tratada dessa maneira. — Não consigo acreditar na coragem dessa garota de vir ao meu quarto e tirar sarro de mim porque machuquei a cabeça. Lágrimas de raiva surgem nos meus olhos, e pisco rapidamente para impedir que elas caiam. Não quero demonstrar fraqueza na frente de Felicity Worthington nem por um instante. Ela pode ter mais dinheiro do que eu, mas isso não quer dizer que não tenho direito a um pouco de decência. A frieza no meu tom deve ter chamado a atenção dela. Ela baixa o celular e faz beicinho.

— Estou tentando ajudar. Estou dizendo aos nossos amigos que vamos ter que tomar muito cuidado com você.

Duvido muito disso. Aponto para a porta.

— Você pode ajudar lá fora.

— Claro. Vou mandar seu namorado entrar.

— Meu o quê? — Eu quase grito.

Um sorriso malicioso se abre no rosto dela. Uma espécie de alarme soa ao longe em minha cabeça, mas não presto muita atenção nisso.

— Meu o quê? — eu repito, mais baixo desta vez.

— Seu namorado. Kyle Hudson. Você se lembra dele, né? Foi como um romance da Disney no momento em que vocês botaram os olhos um no outro — Ela bota a mão no peito.

— Vocês ficaram doidos. A troca de carinhos em público era *nojenta*, mas aí aconteceu *aquilo*.

Ela segura a isca, e, mesmo sabendo que não devia, eu pergunto:

— O que aconteceu?

— Você traiu ele com Easton Royal.

— Easton Royal? Traí? — Tem tantas coisas erradas na declaração de Felicity que eu começo a rir. — Que legal. Isso é hilário. Agora você já pode ir.

Se ela vai inventar histórias, devia pensar em coisas críveis. Os Royal fazem os Worthingtons parecerem lixo branco e pobre. A mansão dos Royal no litoral é tão grande que dá pra ver nas imagens de satélite. Eu me lembro de exclamar por causa dela quando eu estava no... em que ano eu estava? Sexto? Sétimo? Kayleen e eu falávamos que, apesar de os irmãos Royal serem em cinco, a casa é tão grande que eles provavelmente passavam dias sem se ver. Não tem como eu já ter encontrado

Easton Royal, e menos ainda estado em uma situação onde eu poderia ficar com ele.

— Não sei por que Felicity está inventando essas histórias ridículas. Acho que está entediada de ter que esperar a avó melhorar. Decido que o motivo é esse. Faz sentido para mim.

— É verdade — insiste ela.

— Aham. — Meus instintos sobre Felicity foram precisos, e isso me consola. Em pouco tempo, todos os detalhes do meu passado vão ficar claros.

— Então o que é isso? — Ela enfia o celular na minha cara. Eu pisco. E pisco de novo. E pisco uma terceira vez, porque não acredito no que estou vendo. Com o píer iluminado atrás, um bonito garoto de cabelo escuro está parado na minha frente. As mãos dele estão no meu cabelo. Meus braços estão na cintura dele. Nossos lábios estão grudados de uma forma que quase me faz corar. Embaixo da foto tem uma série de hashtags que suponho que sejam a identificação on-line de Easton: #casalideal #EastonRoyal #coisasdeRoyal @F14_flyboy.

— Não. — Eu balanço a cabeça.

— Sim. Fotos não mentem. — Ela afasta o celular e funga, como se eu tivesse ferido os sentimentos dela mortalmente. — Pobre Kyle. Você não merece ele, mas ele te perdoou pela traição. Está esperando você, mas está com medo de entrar. Eu falei que entraria primeiro. Sei que é difícil, mas tente ser uma pessoa decente quando ele vier visitar. — Ela me olha com expressão nociva, dá meia-volta nas sapatilhas e vai na direção da porta.

Eu a deixo ir porque estou tonta com as informações que ela acabou de dar. Namorado Kyle? Traído? Easton Royal? Meu cérebro para nesse nome e meu coração dá um pulo. Estou sentindo isso porque tenho sentimentos por Easton Royal ou porque a foto que Felicity me mostrou era uma loucura? Não parece possível eu ter estado em posição de beijar um Royal, menos ainda ele ser tão lindo quanto aquele garoto da foto.

Os Royal são donos da cidade. A riqueza deles dá vergonha a Felicity. A Atlantic Aviation é um dos maiores empregadores do estado. A probabilidade de eu ficar com Easton Royal é tão pequena quanto de ganhar na loteria. O que o médico falou? Que a verdade varia com base na pessoa que a conta? Mas, como Felicity diz, uma foto não mente, não é?

A porta range ao se abrir. Eu me viro para o som e vejo um garoto atarracado com cabelo castanho-claro, olhos pequenos e lábios finos. Deve ser Kyle Hudson. Ele parece preferir estar em qualquer outro lugar a estar no meu quarto de hospital. Ele arrasta os pés pela sala de estar e para a certa distância do pé da minha cama. Passo o dedo no botão para chamar a enfermeira.

Pare de ser infantil, eu repreendo a mim mesma.

— Oi, Kyle.

O nome dele não soa familiar na minha boca. Reviro o cérebro em busca de uma lembrança ou sentimento, mas não encontro nada. Como ele pode ser meu namorado? Se estou com ele, eu não deveria sentir alguma espécie de reação ao vê-lo, em vez de um nada escuro e vazio? Por que eu o traí? A gente brigou? Tinha dado um tempo? Eu bebi? Sou uma pessoa ruim? Não me sinto uma pessoa ruim, mas, pensando bem, como será que uma pessoa ruim se sente?

— Oi — ele responde, inspecionando o piso.

— Está tudo bem? — pergunto. Pode ser que a ideia de estar em um hospital não o agrade e o deixe constrangido. Mesmo assim, é estranho eu estar perguntando se ele está bem enquanto sou eu que estou ficando com escaras nas costas por estar na cama durante todo esse tempo.

— Tudo. Estou ótimo. — Ele enfia as mãos nas axilas e olha para a porta, como se estivesse esperando que alguém o salvasse. Como não entra ninguém, ele olha para o chão e murmura: — Eu, há, estou feliz de te ver.

Se essa é a reação dele quando está entusiasmado, não quero nem imaginá-lo entediado. Eu namorei esse cara? Foi amor à primeira vista? A gente ficou doido um pelo outro? Tem menos química entre nós do que eu teria com uma pedra. Pode ser que a gente nem tenha namorado, mas estávamos saindo e nos demos conta de que gostávamos de outras pessoas.

Mas Easton Royal? Não é possível a gente ter ficado. Não mesmo. Como nos conheceríamos? Ele é um garoto rico, o que quer dizer que estuda na Astor Park Prep, e eu tenho certeza de que estudo na North.

Espero que Kyle diga mais alguma coisa, mas, como ele fica em silêncio, eu digo:

— Desculpa, mas não me lembro de você.

— É, eu sei. — Ele finalmente ergue o rosto para me olhar. Os olhos dele são de um azul-escuro quase castanho, eu reparo, e não carregam nenhum calor por mim. — Tudo bem. Felicity me contou.

— O que ela contou exatamente?

— Que você perdeu a memória porque caiu. Tem pontos aí embaixo desse curativo? — Falar do meu ferimento o anima. Isso não é nem um pouco bizarro.

Levanto a mão até a gaze na minha testa.

— Alguns.

— Tem mais alguma coisa errada com você? Você consegue contar? — Ele cruza os braços e me inspeciona com olhos apertados.

Prefiro quando ele está olhando para o chão.

— Sim, eu consigo contar e falar e tudo. Só não me lembro de algumas coisas. — Como o fato de termos ficado e saído. A gente se beijou? Ele me viu nua? É um pensamento perturbador. Puxo o cobertor fino de hospital para me cobrir mais.

Kyle não só repara, mas também lê meus pensamentos como se eles estivessem piscando acima da minha cabeça.

— A gente trepou, sim, se é isso que você está pensando. Você gosta de pagar boquete e é muito grudenta. Não posso sair com você em público porque suas mãos não param quietas. É constrangedor. Mais de uma vez eu tive que mandar você parar.

Sinto meu rosto ficar vermelho. Nunca tinha percebido quão humilhante podia ser não ter uma lembrança.

— Ah, desculpa. Kyle não está prestando atenção em mim. Ele se empolgou.

— Você ficou com raiva de mim uma vez e tentou ficar com Easton Royal pra se vingar, mas eu te perdoo por isso.

Eu fiquei com raiva. Fiquei com Easton Royal. Kyle me perdoa. Tento absorver isso tudo, mas é difícil.

— A gente brigou?

— Não, você que é piranha. Deve ter se oferecido para outros caras de Astor, mas Felicity só me contou sobre Easton... quer dizer, eu só sei sobre Easton.

Metade de mim está consumida por constrangimento pela ideia de que eu *me ofereci*, e a outra metade está com raiva do meu namorado me fazer passar por piranha. Também estou decepcionada comigo mesma por ter péssimo gosto para homens. E ele disse que a única prova que tem é que Felicity disse que eu o traí?

— Como você sabe que Felicity está contando a verdade?

— digo em desafio. A verdade é um conceito variável, certo? E a verdade de Felicity pode ser bem diferente do que de fato aconteceu. Talvez ela tenha visto outra pessoa com Easton... se bem que com certeza era eu naquela foto.

— Por que ela mentiria?

Tem algo de estranho na forma como ele fala, mas não consigo encontrar uma resposta que explique o fato de Felicity saber da minha existência, e menos ainda por que ela inventaria boatos maliciosos sobre mim.

— Não sei. Me conta o que aconteceu, então — insisto. Se não vou me lembrar dessas coisas como o dr. Joshi sugeriu e não vou para um tanque de privação sensorial até todas as lembranças voltarem, o único recurso que tenho é recolher o máximo de informação possível.

O sorrisinho debochado de Kyle se torna uma expressão de desprezo.

— Você quer os detalhes? Você não ficou com ele na minha frente. Ele ficou com ciúme porque eu transei com a ex dele uma vez e, pra se vingar de mim, levou você ao píer e tirou fotos de vocês dois se pegando. Não sei se vocês dois treparam. Provavelmente treparam, porque você é uma puta, e aquele cara já viu mais boceta do que um ginecologista. Ele respira na direção das garotas e vocês brigam pra ver quem vai tirar o short primeiro. Você devia estar feliz de eu ter te perdoado. Você me implorou lindamente. — Ele aponta para o chão com três dedos, dando a entender que eu pedi desculpas não com um boquete, mas três.

Que nojo.

— Por que você me aceitou de volta? — Eu não ia querer uma namorada tão horrível se estivesse no lugar dele. Meus boquetes não podem ser tão bons.

— Porque eu sou um cara legal, e caras legais não largam garotas merdas como você. — Ele indica a cama. — Você pode pagar quando melhorar. — O olhar que ele lança para mim me diz exatamente qual forma de pagamento ele vai querer.

Estou vendo que vou ficar doente por muito tempo.

— E então, Hart-*lay*, quando você vai sair daqui? — Ele pronuncia meu nome errado, e não consigo saber se é intencional ou, que Deus não permita, o apelidinho dele para mim. Eu me encolho por dentro.

— Não faço ideia.

— Legal. — Ele não sabe o que eu disse e não se importa. — Me liga quando sair. A gente fica junto de novo.

Minha resposta para isso é não, mas não preciso dizer para Kyle. Ele vai saber logo quando eu voltar para a escola e não ligar para ele. Prefiro ser freira a ficar de joelhos na frente desse babaca. Ele não precisa de resposta. Já está passando pela salinha e saindo pela porta.

Cara, a Hartley de antes da perda de memória tinha um gosto de merda... nas amigas *e* nos namorados.

Capítulo 6

EASTON

Depois de uma hora esfriando os calcanhares perto da estação de enfermagem, finalmente vejo a presa se aproximando. Enfio as mãos nos bolsos e ando casualmente até a bancada, tentando não parecer tão desesperado quanto me sinto.

— Dr. Joshi, tem um minuto?

Ele passa direto por mim, o jaleco branco batendo no uniforme azul.

— Fique de olho na ingestão de líquido do quarto duzentos e cinco e relate qualquer sinal de dor estomacal ou febre. — Ele entrega um prontuário. — Quando o dr. Coventry chega?

— Em uma hora, senhor. — A enfermeira bochechuda faz uma anotação.

O médico franze a testa.

— Tarde assim? Preciso comer alguma coisa.

— Posso ir buscar um hambúrguer — ofereço, em uma tentativa de chamar a atenção dele. Funciona, pois ele se vira para mim.

— Quem é você?

Eu abro a boca para responder, mas a enfermeira fala antes que eu possa dizer qualquer coisa.

— É Easton Royal, senhor. Dos Royal de Maria Royal — acrescenta ela.

Obrigado, enfermeira bonita. Vou comprar flores para você depois.

— Easton Royal, é? — Ele coça a cabeça com uma caneta enquanto uma luz se acende lá dentro. — O que foi?

— Quero saber sobre Hartley Wright. Minha irmã disse que você foi falar com eles sobre ela, mas eu estava com meu irmão nesse momento. Queria saber se você pode repetir. Hartley é minha namorada, e não quero fazer nada errado. — Eu sorrio, ou ao menos tento.

— Sua namorada, é? — Ele suspira e guarda a caneta no bolso. — Que complicado. Quando sua namorada caiu, ela bateu a parte da frente da cabeça com força, e isso acertou o lobo frontal. A tomografia dela não exibiu nenhum dano óbvio, mas não conseguimos ver tudo. — Ele dá de ombros. — O que pudemos verificar com a paciente foi a perda de memória, mais as autobiográficas, o que quer dizer que ela não consegue lembrar acontecimentos reais como a vez em que você a convidou para o baile, seu primeiro beijo, esse tipo de coisa. Ela pode até não lembrar que vocês dois estão namorando. Não sabemos até onde vai a perda de memória dela, mas... — Ele faz uma pausa, como se houvesse uma notícia pior do que o que ele já jogou na minha cara.

Enrijeço, mas a coluna parece mole.

— Mas o quê?

— Mas ontem ela disse que tinha catorze anos, então tudo indica que foram cerca de três anos de perda de memória. Vocês dois namoram desde essa época?

Entorpecido, balanço a cabeça. Seb não acorda, e Hartley perdeu a memória. Não consigo acreditar nessa merda toda.

— É difícil, filho. Pode ser que ela recupere a memória. Ainda é cedo, e minha recomendação é que você espere um pouco antes de começar a contar pra ela sobre os momentos maravilhosos que vocês passaram juntos. E, se tiveram maus momentos, bom, essa perda de memória é uma coisa boa. Eu queria que minha esposa tivesse. Podia ser que eu ficasse melhor depois do divórcio. — Ele pisca e bate no meu ombro. — Mais alguma pergunta?

— Ela está acordada?

— Estava quando passei lá, algumas horas atrás. Pode ir dar uma olhada. Fale bem de mim pro seu pai, tá? — diz o médico com uma alegria excessiva, e sai andando.

Baixo a cabeça até o peito e começo a fazer contagem regressiva de mil até zero para não correr atrás e bater com a cabeça dele na parede.

Bater no médico não vai trazer a memória de Hartley de volta mais rápido, diz minha parte melhor.

Não, mas vai fazer com que eu me sinta melhor, respondo.

Aperto o alto do nariz de frustração. O tempo todo que estou passando aqui nesse silêncio de tumba sem nada além de vozes sussurradas e apitos mecânicos e máquinas estalando está me deixando maluco. Quero ir embora, mas, assim que saio, fico tão ansioso que dá vontade de arrancar a pele. Não. Eu tenho que ficar perto de Seb e de Hartley.

Sigo até o quarto de Hartley e bato de leve enquanto abro a porta.

— Mãe? — A voz de Hartley soa fraca.

— Sou eu, gata — respondo, contornando os sofás e cadeiras que separam a cama de hospital do resto da suíte. Meu estômago se contrai quando a vejo embaixo daquele lençol branco, tão pequena e vulnerável. Eu me agacho perto da cama e seguro a mão dela, tomando cuidado para não soltar o monitor preso ao dedo dela.

— Hum... — Ela olha para nossos dedos entrelaçados e para o meu rosto.

O vazio nele me abala. Ela não faz ideia de quem eu sou. O médico me avisou, mas eu não estava preparado para isso.

Eu não havia de fato absorvido o que ele disse sobre a perda de memória. Essa informação ficou flutuando na superfície do meu cérebro como um factoide aleatório que eu sabia, mas não consegui absorver porque não era importante. Foi porque eu estava tão arrogante a ponto de acreditar que ela se lembraria de mim de qualquer jeito? Não, foi porque eu não quis aceitar a verdade. Mas agora que está na minha cara, não posso ignorar.

— Sou eu, Hart. Easton.

Ela arregala os olhos e o reconhecimento surge. Espera, ela me conhece. Solto o ar, finalmente conseguindo respirar. De alguma forma, fico mais calmo só de estar na presença dela.

— Porra, Hart, estou tão feliz de você estar bem.

— Você fica me chamando de Hart. — Ela está me olhando. — Esse é meu apelido?

Faço uma pausa de um segundo, porque percebo que nunca ouvi outra pessoa chamá-la assim. Acho que... bom, acho que me faz sentir mais próximo dela quando a chamo assim, como se ela fosse mais do que Hartley para mim. Ela é Hart, meu coração.

Cristo. Essa é a coisa mais brega que já pensei em toda minha vida. Claro que não vou dizer isso para ela.

Então, dou de ombros e digo:

— É meu apelido pra você. Não sei sobre as outras pessoas.

— Entrelaço os dedos com os dela e os levo aos meus lábios. As pontas dos dedos estão rosadas, como as dos meus. Ela devia estar se sentindo melhor. Algumas unhas estão mais curtas do que o resto. Ela deve ter quebrado no acidente. Passo as mais curtas no meu lábio inferior. — Esses últimos dias foram um pesadelo, gata. Mas podia ter sido pior. É o que fico repetindo. Podia ter sido pior pra caralho. Como você está se sentindo?

Há um silêncio prolongado e, de repente, os únicos dedos encostados na minha boca são os meus. Levanto o rosto e vejo os olhos arregalados dela me olhando com alarme genuíno misturado com... medo?

— Hartley? — pergunto, inseguro.

— Easton... Royal? — diz ela, como se nunca tivesse dito meu nome em voz alta.

Porra. *Porra.*

Ela realmente não se lembra de mim.

A pele rosada fica branca da cor do lençol da cama.

— Vou vomitar — ela grunhe, e faz ânsia de vômito.

Eu me viro e procuro alguma coisa onde ela possa vomitar. Não vejo nada além de uma bandeja de almoço com a maior parte da comida dentro. Coloco no colo dela bem na hora. Ela tenta vomitar na bandeja, mas faz muita sujeira. Lágrimas escorrem pelo rosto pálido.

Falo um palavrão e aperto o botão para chamar a enfermeira.

— Hartley Wright precisa de ajuda aqui.

Corro até o banheiro e pego algumas toalhas para limpar o rosto dela. Ela chora mais.

— O que eu posso fazer? — eu suplico. — Quer água? Quer que eu te carregue pro chuveiro?

— Vai embora. Por favor, vai embora.

A porta do quarto se abre e a enfermeira bochechuda entra. Uma expressão séria substituiu a alegre. Ela me lança um olhar de irritação.

— Pode ir agora, sr. Royal.

A enfermeira pede ajuda, e logo o quarto está cheio de gente me empurrando do caminho para ir ajudar Hartley. Fico parado como um idiota, com toalhas molhadas nas mãos enquanto lençóis são retirados e paninhos são usados. Um ajudante me pega pelo ombro.

— Desculpa, amigão, mas vamos ter que pedir que você saia. A paciente precisa de tratamento.

— Mas eu...

— Não. — Ele não me deixa terminar, e vou parar no corredor, olhando para a porta fechada com as toalhas molhadas ainda na mão.

— Como foi a visitinha à sua namorada? — diz uma víbora atrás de mim.

Eu me viro e olho de cara feia para Felicity Worthington.

— O que você está fazendo aqui?

Ela abre um sorriso falso.

— Minha avó quebrou o quadril e está se recuperando da cirurgia. Ela pode morrer por causa da idade e dos ossos frágeis, obrigada por perguntar.

— Desculpa — murmuro. Claro que eu fiz isso errado também. Eu me mexo com desconforto, e o odor de vômito se espalha entre nós.

— Você está com cheiro de quem margulhou em bebida velha e vômito. Você não toma banho desde o acidente?

Dou uma fungada. Merda, estou mesmo fedendo. Foi isso que deixou Hartley enjoada? Junto as toalhas. Tem chuveiros ao lado da sala de espera. É melhor eu usá-los antes de voltar e pedir desculpas a Hartley.

— O que você tem feito? — Felicity anda atrás de mim.

— Obrigado por sua preocupação nada genuína, mas estou preocupado com Hartley e com meu irmão.

— Quando ele acordar, vai voltar correndo pro coma assim que sentir seu cheiro. — Ela balança a mão na frente do rosto.

— Não consigo acreditar que considerei você como um possível namorado. Você tem boca suja e fede. Nojento.

— Você deve estar me confundindo com alguém que se importe.

Ela franze o nariz e se afasta.

— Eu diria pra você tomar banho antes de ir ver Hartley de novo, mas isso provavelmente não vai fazer diferença alguma. Ela vai continuar não sabendo quem você é. — Ela abre um sorrisinho debochado e começa a se virar.

Como Felicity sabe o que aconteceu no quarto de Hartley? Eu a seguro pelo ombro e a viro.

— O que isso quer dizer?
— Ugh, tira a mão de mim. — Ela se solta da minha mão.
— Repete o que você acabou de dizer — exijo.
— Você não ouviu? — ela pergunta com doçura melosa.
— Sua garota está com amnésia. Ela não se lembra de nada, inclusive que sua família toda gostaria de ver ela apagada da face da Terra. Mas não se preocupe, docinho, porque eu já esclareci tudo para ela.
— Você esclareceu tudo? — digo, furioso. Se Felicity botou um pé naquele quarto para encher a cabeça de Hart com uma montanha de mentiras, vou enforcá-la até fazer com que todos os seus diamantes caiam.
— Você ainda está bêbado? Meu Deus, aposto que está. Isso é hilário. Aposto que ela ficou morrendo de medo de você. Um grandalhão grande e fedido como você no quarto declarando seu amor eterno. — Enquanto trinco os dentes de trás até virarem pó, Felicity ri com um prazer genuíno e cruel.
— Eu não sabia que o Papai Noel estava trazendo um dos meus presentes de Natal antecipado. — Ela sai saltitando pelo corredor, o cabelo comprido balançando como uma bandeira atrás do corpo.
Que injustiça do caralho, penso, furioso. Não bebo desde a noite do acidente. Enquanto controlo a vontade de derrubá-la no chão, ouço portas atrás de mim se fecharem e se abrirem. Eu me viro e tenho um vislumbre de uma enfermeira zangada andando pelo corredor. Corro atrás dela.
— Nada de visitas agora — diz ela, já esperando minha pergunta.
— Tudo bem, mas o que ela tem?
— Ela está sofrendo de perda de memória recente, e a conversa de vocês dois disparou um distúrbio vestibular que fez com que ela vomitasse. O dr. Joshi mandou deixar que ela lembrasse no ritmo dela.

— Eu não disse nada... — Mas paro de falar, porque fiz uma coisa. Eu segurei a mão dela. Beijei as pontas dos dedos dela. Disse que estava morrendo de preocupação com ela.

A enfermeira se aproveita da minha hesitação.

— Seja lá o que você disse pra ela, é melhor tomar mais cuidado da próxima vez, senão não vamos poder deixar você entrar no quarto dela.

— Certo — eu digo por entre dentes e a deixo ir. Quero gritar, mas a enfermeira já não gosta de mim, e não posso dar mais motivos para que ela me impeça de entrar no quarto de Hart. Tento organizar os pensamentos e me concentrar. Uma coisa de cada vez. Hart está doente. Ela precisa que eu seja forte por ela. Seb está em coma. Ele precisa que eu segure a onda. Digo a mim mesmo para respirar. Tenho que me concentrar no positivo. Todos estão vivos. É verdade que não estão bem, mas estão respirando. Vai dar tudo certo.

Eu volto para a sala VIP e sigo até os fundos, onde ficam os chuveiros. Depois de me secar, visto as mesmas roupas e vou até o quarto de Seb. O mais silenciosamente possível, viro a maçaneta e entro.

Sawyer está caído na beira da cama. Ele está aqui dentro desde que Seb saiu da cirurgia. Acho que o garoto não comeu nem dormiu, e provavelmente vai se juntar ao irmão em breve, se não se cuidar melhor. Conhecendo os gêmeos, eu não me surpreenderia se esse fosse o objetivo de Sawyer. Os dois são inseparáveis. Até namoram a mesma garota.

Eu atravesso o quarto e coloco a mão no ombro do meu irmão.

Sawyer dá um pulo.

— Ele acordou?

— Não, mas eu posso ficar aqui, de olho nele. Vá dormir um pouco, em uma cama desta vez.

Sawyer empurra minha mão e me olha de cara feia.

— Vai se ferrar. A gente não quer você aqui. Foi sua namorada que fez isso. — Ele aponta para a cama com o polegar.

— Seb estava dirigindo a cento e dez naquela curva — digo com rispidez.

— Foda-se — ele responde com desprezo. — Fodam-se você e a sua namorada. Ele não estaria aqui se não fosse por ela. Nós já fizemos aquele caminho um milhão de vezes e nunca sofremos nenhum acidente.

— Vocês quase me atropelaram na primeira vez que eu fui lá — argumento, sem pensar.

— Você está dizendo que é culpa de Seb? — Sawyer fica de pé de repente, na minha cara. — Está dizendo que ele se colocou naquele coma sozinho? Foi aquela puta. Aquela puta! — repete ele, a cara vermelha, furioso. — Espero que ela morra.

Dou meia-volta e saio do quarto. Era isso ou dar uma porrada no meu irmão em sofrimento.

Do lado de fora, me apoio na parede. Está tudo errado. Hartley não estava brincando lá dentro. Ela realmente não se lembrou de mim por um momento e, quando lembrou meu nome, ficou enjoada o suficiente para vomitar. Meu irmão mais novo está em coma, e o irmão gêmeo dele está rezando pela morte da minha namorada.

Eu não preciso de nada de você. Você só me causou problemas desde o momento em que te conheci. Você só destrói as coisas.

As palavras de Hart, as que ela disse logo antes do acidente, me assombram. É culpa minha. Caindo de bêbado, eu achei que podia resolver os problemas de todo mundo, mas só piorei tudo. Apoio a cabeça nas mãos. Se alguém merece estar em uma cama de hospital, esse alguém sou eu.

Capítulo 7

HARTLEY

— Tem algum diagnóstico médico para não me lembrar de coisas que acontecem agora? — pergunto à enfermeira Susan quando ela me ajuda a voltar para a cama com lençóis limpos.

As bochechas ficam mais fofas quando ela sorri.

— Se chama amnésia anterógrada.

— Posso induzir isso? Tipo enfiar o dedo na garganta pra vomitar, só que agora enfiar o dedo no olho? — Quero entrar embaixo da cama e me esconder de vergonha. Eu vomitei no colo do garoto mais bonito da face da Terra. — Ou então, será que você tem uma máquina especial que faça com que todo mundo perca a memória também?

— Calma, calma, srta. Wright. Você ficou meio enjoada. Acontece com todo mundo, acredite. É uma ocorrência muito normal. Cabeça leve, tontura, perda de equilíbrio são coisas que você pode sentir como resultado de bater a cabeça.

— Uau, um monte de coisa horrível. — Coloco o braço na testa para bloquear a luz.

— Você está indo muito bem — garante ela, me prendendo aos tubos e monitores. — Na verdade, tão bem que o dr. Joshi acha que você já vai poder ir para casa amanhã. Não vai ser bom? — Ela dá um tapinha no meu braço e sai.

Não sei se vai ser bom. Sempre que minha mãe e meu pai apareceram no hospital, o ar foi de reprovação, como se eles estivessem com raiva de eu ter me machucado. Eu queria que alguém me contasse exatamente como o acidente ocorreu, ou alguma versão de como foi. Queria saber como a outra pessoa está. O que quer dizer estar em estado crítico? Em que estado eu estou? Eu devia ter perguntado à enfermeira Susan. Talvez Felicity ou Kyle soubessem. Por que não os pressionei para obter essa informação em vez de toda aquela porcaria irrelevante sobre com quem eu dormi ou não? Se bem que, depois de ver Easton Royal, acho que os dois falaram merda.

Não tem como Easton Royal ter se interessado por mim. Sou comum. Tenho cabelo preto comum e olhos cinzentos comuns. Tenho um rosto comum com nariz pequeno, sem nenhuma protuberância, e uma espinha ou outra. Tenho altura mediana e uso um tamanho bem mediano de sutiã: 44B.

Easton Royal tem cabelo tão escuro e volumoso que poderia estampar a caixa de um produto de tintura. Os olhos são tão azuis que eu poderia jurar que ouvi as ondas do mar batendo na praia quando ele piscava. É *ele* quem está sofrendo de perda de memória e entrou no meu quarto e encostou aqueles lábios muito beijáveis nos meus dedos.

Levo os dedos aos lábios. O cheiro do sabonete do hospital enche minhas narinas, e baixo a mão com repulsa.

Kyle estava certo sobre uma coisa. Eu gostava de Easton Royal. E isso é deprimente porque, primeiro, quer dizer que Kyle pode estar certo sobre outras coisas e, segundo, eu gostar de um garoto da estatura de Easton Royal é a maior burrice que eu poderia fazer.

Onde eu poderia ter sequer conhecido alguém como Easton? E Felicity, aliás? Kyle, por outro lado, parece um garoto da North. Se eu tivesse que adivinhar, diria que Kyle e eu entramos de penetra em uma festa da Astor Park e brigamos. Easton estava com pena e decidiu deixar eu me aproveitar dele?

Essa ideia não parece certa, mas não consigo achar nenhuma outra explicação mais realista.

Solto um grito baixo e frustrado. Odeio isso de não saber. É horrível. Tem tanta gente por aí sabendo coisas sobre mim. É injusto. Eu preciso de fotos. Se bem que... a imagem que Felicity compartilhou rapidamente só serviu para me confundir ainda mais. *Era* Easton comigo na foto. Nós *estávamos* nos beijando. Por quê? Como? Quando? Tudo isso é desconhecido. Preciso fazer minha pesquisa, o que quer dizer que preciso do meu celular, de um computador e da minha bolsa, não necessariamente nessa ordem.

Vou pedir à minha mãe quando ela vier me visitar.

* * *

— Como está minha paciente favorita? — cantarola o dr. Joshi quando entra no quarto na manhã seguinte. O sorriso que ele sempre carrega consigo está mais uma vez estampado em seu rosto anguloso.

— Bem. — Eu me esforço para me sentar. — Você viu meus pais?

Minha mãe não apareceu na noite anterior. Dormi muito mal porque fiquei com medo de ela chegar e eu não ver.

— Eles não vieram ontem à noite? — O dr. Joshi parece um pouco surpreso.

— Pode ser... que eu não tenha visto.

— É provável.

Mas acho que não foi isso. Eles devem estar com raiva de mim, mas não sei por quê. Foi o acidente? Um sentimento de vazio cresce em meu peito, gerando um tipo de dor diferente da dor física que eu sentia. Pior, a culpa está me consumindo viva. Eu preciso muito saber como a outra pessoa está. Pode ser que o dr. Joshi me ajude se eu perguntar.

— Doutor — digo para chamar a atenção dele.

— Humm? — Ele está absorto no meu prontuário.

— Como está a outra pessoa? O paciente em estado crítico?

— Humm, não posso dizer, Hartley. Regras de privacidade, sabe. — Ele pega uma lanterna e aponta para uma das minhas pupilas. — Como está a memória hoje?

— Ótima.

— Você está mentindo, claro.

— Não.

Ele murmura de novo enquanto avalia meu outro olho. Acho que ele não acredita em mim.

— A pessoa em estado crítico ainda está em estado crítico?

— Não. Ele está estável.

Ele. Certo. Eu já tinha ouvido isso.

— Ele está com algum osso quebrado? Perda de memória? Onde ele se machucou?

O dr. Josh se empertiga e balança a lanterna para mim.

— Não está com ossos quebrados, mas isso é tudo que você vai arrancar de mim. — Ele guarda a lanterna e faz uma anotação no meu prontuário.

Inclino o pescoço para tentar ler, mas tudo parece apenas um monte de rabiscos para mim. Faço outra pergunta.

— Ele vai melhorar?

— Não vejo motivo pra não melhorar. Agora é hora de você se concentrar em melhorar. Você pode fazer isso?

Eu relaxo nos travesseiros, permitindo que a confiança do dr. Joshi me console.

— Posso.

— Como você está se sentindo hoje?

— Bem.

Ele cutuca meu peito. Eu faço uma careta.

— Tudo bem, está doendo um pouco — corrijo.

— Dr. Joshi.

A voz da minha mãe gera uma onda de felicidade em mim.

— Mãe! — exclamo, feliz de ela estar aqui.

Claro que está, garante uma vozinha. *Onde mais ela estaria?* E ela deve ter vindo ontem à noite também, durante um dos momentos em que eu estava descansando os olhos. Deve ter colocado a cabeça no quarto e achado que eu estava dormindo e resolveu não me incomodar...

— Hartley. — O tom dela é seco.

O médico olha e a cumprimenta.

— Sra. Wright, bom dia pra você.

O sorriso no meu rosto falha quando minha mãe dá um passo. Ela nem ao menos olhou na minha direção, apenas para o médico. O que está acontecendo? Por que ela não vem me dar um abraço, um beijo na bochecha, um tapinha no braço? Qualquer coisa.

— Bom dia. Falei com as enfermeiras e elas disseram que Hartley pode receber alta hoje. Eu gostaria que ela voltasse para a escola amanhã. As provas finais estão chegando.

Olho para ela com surpresa. Minha cabeça dói, meu peito parece ter sido atropelado duas vezes seguidas por uma betoneira e eu ainda não consigo me lembrar de nada dos três últimos anos. Não preciso de mais alguns dias de descanso antes de voltar às aulas?

O médico franze a testa.

— Eu discuti a possibilidade de dar alta, mas, agora que a vi, acho que ela devia ficar mais vinte e quatro horas. Podemos checar o progresso novamente amanhã.

— Acho que hoje está bom. — A voz da minha mãe está surpreendentemente firme. — A enfermeira disse que os sinais vitais estão estáveis há vinte e quatro horas. Ela não precisa mais de soro porque pode tomar analgésicos orais. Não tem motivo pra ela ficar mais um dia aqui. — Ela recua, enfia a mão pela porta e puxa meu pai para o quarto.

Meu coração dá um pulinho quando o vejo. Primeiro, penso que é um pulo de alegria, mas... não sei se é bem isso. É nervosismo, eu percebo.

Por que eu ficaria nervosa de ver meu pai?

O celular dele está grudado no ouvido, mas ele o desliza até o queixo para falar conosco.

— Qual é o problema aqui?

— John, querem que Hartley fique mais um dia. — Minha mãe está agitada. Por que minha permanência por mais uma noite no hospital seria um problema tão grande?

— E daí? Deixa ficar. — Ele coloca o celular no ouvido de novo e se vira.

— Tudo bem. — O médico faz uma anotação.

Atrás dele, vejo minha mãe chegar próxima ao meu pai e puxar o braço dele. Ele faz cara feia para ela, mas ela não desiste. Há uma conversa sussurrada que não consigo ouvir, mas vejo minha mãe esfregar os dedos. O olhar do meu pai vai do rosto da minha mãe para as costas do médico.

Ele encerra a ligação e anda rapidamente até o médico.

— Ainda está na conta de Callum Royal, certo?

Conta de Callum Royal? Eu arregalo os olhos. Por que o sr. Royal estaria pagando minha conta do hospital?

O médico levanta as sobrancelhas.

— Não faço ideia. Vocês vão ter que falar com o departamento de cobranças para ter mais informações.

— Como você pode não saber? — pergunta meu pai. — É assim que você ganha seu dinheiro.

Eu não morri dos ferimentos do acidente, mas o constrangimento talvez me mate. O médico sente minha inquietação. Ele pisca para mim em uma tentativa de aliviar o clima.

— Estou encarregado de fazer sua filha ficar boa. Mais uma noite deve ajudar. — Ele segura meu dedão do pé e o balança.

— Você gosta daqui do Bayview General, não gosta? Tem lençóis novos todos os dias e muita atenção individual.

Eu ficaria feliz se nunca mais visse uma enfermeira na vida.

— E a comida é ótima — acrescento com sarcasmo.

— Nosso objetivo é agradar. — Ele pendura o prontuário no meu leito de hospital.

Ele assente para meus pais quando sai. Minha mãe nem espera a porta se fechar para correr até minha cama e puxar o lençol.

— Vamos.

— Vamos aonde? — pergunto, confusa.

— A gente vai embora. Você não vai passar mais uma noite aqui. Você tem ideia de quanto custa este quarto? — Ela tira o monitor do meu dedo e joga de lado. — Um carro popular. É esse o preço de um quarto particular por uma noite aqui no Bayview.

Ela me puxa até eu ficar de pé e me entrega uma bolsinha que eu não tinha visto que ela estava carregando.

— John, vá falar com a enfermeira e descubra como fazer para ela receber alta. Vamos levar Hartley para casa hoje, de um jeito ou de outro.

— Eu vou ligar para o departamento de cobrança — resmunga meu pai.

— Não adianta. Recebi uma ligação hoje de manhã dizendo que os Royal estavam se recusando a pagar a conta médica de Hartley porque acreditam que a culpa do acidente foi dela. — Minha mãe se vira para mim com raiva. — Não acredito que você feriu um Royal! Você sabe o mal que isso vai nos causar? Estamos arruinados. Arruinados! O que você está fazendo? Se veste! — diz ela com rispidez, uma expressão de raiva nos olhos.

Mas não consigo me mexer. A notícia que minha mãe acabou de me dar me deixou paralisada. O sr. Crítico é um dos garotos Royal? Irmão de Easton? Não. Não pode ser. Por que Easton viria até o meu quarto e seguraria minha mão se machuquei o irmão dele?

— Vai logo! — grita minha mãe.

Eu pulo da cama e quase vomito quando sinto a dor se espalhar. Minha mãe segura meu braço e me empurra para o banheiro. Eu me apoio na pia e me inclino sobre a privada para cuspir as cinco colheradas de aveia que consegui engolir no café.

Alheia à minha condição, minha mãe começa a falar.

— Quando você for até a escola amanhã, tem que ser legal com as pessoas e não fazer drama nem se meter em confusão. Se fizer alguma dessas coisas, você pode arruinar nossa família. Seu pai pode perder o emprego. Nós podemos perder a casa. O marido de Parker pode abandoná-la. Você e sua irmã teriam que ser enviadas pra casa de MawMaw e não para aquele colégio interno chique no norte.

MawMaw? Aquela velha bruxa? Ela bate nas pessoas com uma colher. Abro a torneira e molho uma toalha de papel. Minha mãe está exagerando, eu decido enquanto limpo o rosto. Ela tem a tendência de fazer isso. Se alguém derrama bebida no chão, minha mãe grita que nunca vai conseguir limpar a mancha e que o piso está estragado, mesmo que seja de cerâmica. Ou se o peru passa um pouco do ponto no dia de Ação de Graças, a ave toda fica impossível de comer. Ela sempre usa a ameaça de nos mandar para longe para nos manter na linha, mas nunca cumpriu. Eu faço uma pausa, segurando a toalha nos lábios quando a última coisa que ela disse finalmente fica clara.

E não pra aquele colégio interno chique no norte.

Capítulo 8

HARTLEY

Ao contrário do que havia ameaçado, minha mãe não me faz ir à escola no dia seguinte. O dr. Joshi me liberou com a promessa de que eu ficaria em casa durante uma semana. Eu não esperava que meus pais seguissem essa instrução, mas eles seguiram. Os últimos seis dias não foram muito divertidos. Meus ferimentos estão cicatrizando bem e já não sinto mais dor para respirar. Consigo andar. Mas, apesar de a minha saúde estar ficando melhor, sinto que as coisas na minha casa estão ficando piores. Não entendo o que está acontecendo. Meu pai mal olha para mim. Minha mãe só sabe me criticar. Minha irmãzinha, Dylan, mal fala comigo. E minha irmã mais velha, Parker, nem ao menos foi me ver. Fiquei uma semana no hospital, passei mais tempo do que isso me recuperando, e Parker não pôde nem ao menos me fazer uma visita?

Amanhã eu volto para a escola, e, considerando a recepção não muito calorosa que tive de minha própria família, não quero nem imaginar qual reação vou ter lá.

É domingo à noite e estou passando o tempo vagando pela casa que é, ao mesmo tempo, familiar e estranha. Meu quarto está com cheiro de ar parado, como se tivesse ficado fechado durante os três anos em que estive no colégio interno. A colcha não me parece familiar, assim como a mesa laminada branca no canto, junto com a pequena coleção de uniformes, camisas e suéteres no armário.

As paredes brancas estão vazias. Os únicos toques de cor são na colcha dégradé de roxo e azul e nas cortinas combinando que ainda estão com as marcas do papelão que foi usado como base para a dobra.

Empurro os cabides no armário de um lado para outro. Tenho pouquíssimas roupas. Dois blazers caros de lã escura com um emblema vermelho, branco e dourado costurado no bolso estão pendurados no meio. Em um dos bolsos tem um lenço de papel amassado. À esquerda tem uma fileira de camisas brancas de botão: três de mangas compridas, duas de mangas curtas. Um moletom de zíper e um suéter azul-marinho estão pendurados ao lado. No chão há um par de tênis brancos que parecem e estão com cheiro de novos, e um par de sapatos pretos surrados.

Como parte de baixo tenho três calças jeans, duas leggings e duas saias pregueadas feias de um xadrez verde e azul-marinho. As duas devem ser do meu uniforme da escola. Minha mãe me informou que estudo na Astor Park Prep, a escola preparatória mais exclusiva e mais cara do estado. Isso foi o suficiente para resolver o mistério de como conheço Felicity e Easton, e talvez Kyle, embora nada disso faça sentido para mim.

Minha mãe não ofereceu explicação de por que estudo na Astor Park e nem de por que fiquei em um colégio interno em Nova York por três anos. Ela não me avisou que meu quarto tinha sido transformado em depósito quando estive fora e que todos os meus pertences haviam sido doados para a caridade. Quando perguntei onde estavam minha bolsa e meu celular, ela disse que ambos foram destruídos no acidente. Essa informação foi um soco tão grande no estômago que parei de fazer perguntas. Eu tinha esperanças de poder encontrar peças do quebra-cabeça da minha vida no celular, na minha galeria de fotos, nas minhas mensagens, nas minhas contas nas redes sociais, mas o acidente destruiu essa possibilidade.

O resto do armário está vazio. Na pequena cômoda em frente à cama encontro calcinhas, sutiãs simples e dois moletons fofinhos. Acho que meu estilo atual tende ao minimalismo. Tenho dificuldade de acreditar que são todas as roupas que tenho. Eu me lembro vagamente de um armário lotado de coisas que comprei na Forever 21 e na Charlotte Russe. Tudo coisa barata, mas divertida e colorida.

Acho que quando fui para o colégio interno meu gosto evoluiu para uma coisa tão sem graça quanto bolacha de água e sal sem manteiga. Isso é progresso? Não sei dizer. Remexo pela escrivaninha em busca de pistas do meu passado, mas não tem nada lá. Não tem nenhum cartão velho, fotos, nem mesmo um lápis usado. Tudo nas gavetas é novo. Até os cadernos estão em branco, como se amanhã fosse meu primeiro dia de aula em vez do terceiro mês do semestre.

Uma lista das minhas aulas e um pequeno mapa do campus estão dentro do primeiro caderno. Eu pego o horário. Cálculo, pensamento feminista, música. Vasculho todo o quarto, mas não encontro meu violino. Está na escola?

Ando até a porta e chamo a minha mãe.

— O que é? — responde ela, aparecendo no pé da escada com um pano de prato na mão.

— Onde está meu violino?

— Seu o quê?

— Meu violino. Eu ainda toco, né? Estou falando de música — Mostro meu horário de aulas.

— Ah, isso. — Ela dá uma fungada de desdém. — Você quase não toca mais, mas tem que fazer uma eletiva, então matriculamos você em música. Você toca com um da escola.

Ela sai andando. Essa resposta não me parece completa. Eu massageio o pulso de novo. Quando volto para o quarto, as fotos do corredor chamam minha atenção. Tem alguma coisa estranha nelas. Ando lentamente e vou inspecionando cada uma. Tem fotos de Parker, minha irmã mais velha, do nascimento até o casamento. As fotos de Dylan, minha irmã mais nova, param depois da nona, o que quer dizer que ela está no oitavo ano.

E no final tem uma foto da família. Deve ser recente, porque não estou nela. Eles estão em um jantar em um hotel ou algum lugar assim. O teto é alto e há quadros grandes com moldura dourada. As cadeiras são forradas com uma coisa que parece veludo. Todos estão arrumados: meu pai de terno preto, minha mãe com um vestido vermelho com brilhos, Parker com um vestido preto simples e pérolas no pescoço e Dylan com um suéter e uma saia roxa. Todos estão sorrindo, até Dylan, que rosnou um "É você" assim que cheguei em casa, e depois desapareceu no quarto e, desde então, tem me evitado.

É a foto da família que revela a resposta do enigma do que está errado com o corredor. Eu não estou em nenhuma delas.

Minha família me apagou da minha casa.

O que eu fiz exatamente três anos atrás? Botei fogo na casa? Matei o bichinho da família? Reviro a memória e não encontro nada. Nem me lembro de ter sido posta pra fora de casa. A lembrança mais clara que tenho é do casamento da minha irmã Parker. Isso foi há quatro anos. Eu me lembro de ter ficado um pouco irritada de não poder tomar champanhe no brinde do casamento e de ter pegado um pouco escondido com uma garota miúda de cabelo castanho que minha memória diz ser minha prima Jeanette. Nós duas ficamos enjoadas depois de uma taça cada. Eu devia ligar para ela. Talvez ela possa preencher as lacunas, já que ninguém da casa quer fazer isso.

Desço a escada e vou atrás da minha mãe. Ela está lavando a louça com um avental de brim azul amarrado na cintura e a boca repuxada.

— O que é? — ela pergunta com irritação na voz.

— Posso usar seu telefone?

— Pra quê? — A irritação vira desconfiança.

Junto as mãos nas costas e tento não parecer culpada, porque qual é o problema de querer falar com a minha prima?

— Eu estava pensando em ligar pra Jeanette.

— Não, ela está ocupada — minha mãe responde secamente.

— São nove da noite — protesto.

— É tarde demais pra usar o telefone.

— Mãe...

A campainha toca antes que eu possa construir um argumento. Minha mãe murmura alguma coisa que parece muito um "Graças a Deus" e, após colocar a panela que estava esfregando no escorredor, corre na direção da porta.

Olho para a bolsa dela. O celular está meio para fora, me provocando. Será que ela perceberia se eu pegasse o aparelho durante uns dez minutos? Chego mais perto da bancada. Se ela me pegar, qual é o pior que pode acontecer? Ela pode tirar meu celular, eu penso, sentindo uma leve histeria surgindo.

— Seu namorado veio ver você — anuncia minha mãe.

— Um garoto de Astor — ela sussurra, e segura meu braço.

Estou prestes a perguntar como ela sabe quando o vejo, Kyle Hudson, parado perto da porta da frente olhando minha casa com expressão curiosa, como se nunca tivesse botado os pés lá dentro. Está usando calça jeans estilo skinny, apertada demais para seu corpo atarracado, e um paletó azul-marinho com um emblema no peito esquerdo igual ao dos meus blazers no armário.

— Eu, há, passei aqui para checar como você está — diz ele, sem me olhar nos olhos.

— Estou bem. — É a primeira vez que ele vem ver como eu estou em uma semana.

Ele passa o pé no piso.

Minha mãe me belisca.

— O que Hartley quis dizer é que ela está feliz de você ter vindo. Hartley está surpresa de ter um namorado tão atencioso. Venha se sentar. — Ela indica o sofá da sala. — Quer alguma coisa?

Kyle balança a cabeça.

— Pensei em levar Hart-*lay* até a French Twist. Alguns alunos de Astor vão se encontrar lá.

Eu trinco os dentes. Odeio a forma como ele diz meu nome.

— Claro — diz minha mãe. — Vou pegar dinheiro.

Só que ela não se mexe na mesma hora. Fica esperando que ele fale para ela que não precisa, mas tudo que ele faz é levantar as sobrancelhas com expectativa.

— Na verdade, estou cansada. — Eu me solto da mão da minha mãe. — Não estou a fim de sair.

— A gente não vai pra uma boate, Hart-*lay*. É uma padaria. Nossa, que atencioso.

— Ela vai. Por que você não troca de roupa? — sugere minha mãe, e sai para pegar o dinheiro.

Olho para minha calça jeans escura e para meu moletom marinho com tiras brancas nas mangas.

— Qual é o problema da minha roupa?

— Tudo — responde Kyle.

Eu levanto o queixo.

— Eu não vou trocar de roupa.

— Tudo bem. O enterro é seu. Não chore quando te zoarem.

— Me zoarem? Por acaso estamos no fundamental II? Por que alguém se importaria com a minha roupa? — Balanço a cabeça com irritação. — Além disso, eu posso ir dirigindo — digo, porque não quero entrar na armadilha que ele dirige por aí.

— Não pode. Não estamos com sua habilitação — diz minha mãe, voltando com a carteira. — Se perdeu com a sua bolsa — ela lembra.

Essa complicação não tinha passado pela minha cabeça.

— Mas, mãe…

— Não me venha com *mas, mãe*. Aqui tem vinte dólares. — Ela coloca uma nota na minha cara. — Deve ser suficiente.

Kyle faz uma careta.

— É, é suficiente — declaro, e boto a nota no bolso.

— Ótimo. Divirtam-se vocês dois. — Ela praticamente me empurra pela porta.

Assim que a porta se fecha, eu me viro para Kyle.

— Eu não acredito que a gente tenha namorado. Você me trata como lixo, e não tenho nenhum sentimento bom por você. Se não terminamos antes, vamos terminar agora.

— Você está com amnésia. O que você sabe? Vamos. — Ele indica um SUV estacionado torto na entrada. — Felicity está esperando.

— Não quero ir. Quantas vezes vou ter que repetir isso?

Ele me olha, olha para o céu e para mim de novo. Tem irritação na cara dele, na linha reta da boca, nas linhas fundas na testa e na expressão sombria nos olhos.

— Estou tentando fazer um favor pra você aqui. Você não se lembra de porra nenhuma, né?

Faço que sim porque não adianta negar.

— Amanhã você volta pra escola, né?

Sinto que estou no lado ruim dos exames cruzados do meu pai, mas faço que sim de novo.

— Então você quer algumas respostas hoje ou quer ficar andando como uma idiota amanhã e durante o resto dos seus dias em Astor?

Olho para trás e vejo minha mãe acenando da porta, depois olho para Kyle. A cenoura que ele está pendurando na minha frente é doce demais para eu deixar passar. Não sei o que está me esperando na padaria, mas ele está certo. É melhor encontrar pessoas hoje, em um ambiente casual, do que ir cegamente à escola amanhã.

— Quero respostas hoje — murmuro.

— Então vamos.

Ele anda na direção do carro sem me esperar. Corro para alcançá-lo, seguro a maçaneta e entro no banco do passageiro.

— A gente vai terminar mesmo assim — digo quando prendo o cinto.

— Você que sabe. — Ele aperta o botão de ligar o motor.

Uma música country começa a tocar alto.

Eu estico a mão e abaixo o volume. Ele me lança um olhar assassino, mas mantenho a mão no botão. Eu vou vencer essa batalha.

— Quanto tempo a gente namorou? — pergunto.

— O quê?

— Quanto tempo a gente namorou? — repito. Se esta será a noite em que conseguirei respostas, então é melhor que elas comecem a aparecer agora.

— Sei lá.

Felicity deu a entender que foi desde que entrei na escola. Estou supondo que as aulas começaram no fim de agosto e estamos quase no dia de Ação de Graças, então não podemos ter ficado juntos mais de três meses.

— Não estou perguntando a data do aniversário de namoro, só uma ideia geral.

Ele se encolhe com desconforto sobre o volante.

— Algumas semanas, eu acho.

— Semanas?

— É, semanas.

Ou ele tem memória ruim, ou é ruim de contas. Talvez as duas coisas.

— A gente transou? — A ideia me deixa enjoada, mas tenho que saber.

— Claro. — Ele dá um sorrisinho. — Foi o único motivo pelo qual aceitei sair com você. Você implorou, sabe. Ficava me seguindo pelos corredores, sentava ao meu lado no almoço. Deixou sua calcinha no meu armário. — Ele parece animado pela primeira vez. — Então deixei você descabelar meu palhaço.

— Que maravilha — digo baixinho. Eu poderia ser mais nojenta? Ele poderia? Acho que éramos o par perfeito.

— Mais alguma pergunta? Quer saber quando e onde a gente mandou ver?

— Não, obrigada. — A Coca diet que bebi depois do jantar começa a borbulhar no meu estômago, e concluo que, às vezes, a amnésia pode ser uma coisa boa. Pena que são essas as lembranças que estou recuperando. Abro a janela e levo o nariz até a brisa.

— Você vai vomitar? — pergunta Kyle com pânico na voz.

— Espero que não — respondo, evasiva.

A resposta dele é meter o pé no acelerador. *Querido, quero me livrar da sua companhia tanto quanto você quer se livrar da minha.*

Capítulo 9

EASTON

A fechadura do apartamento de Hartley é tão frágil que nem preciso usar a chave que acabei de pegar com o senhorio no andar de baixo. Bastam alguns empurrões para que a porta de madeira se abra.

Está vazio, como ele disse que estaria, mas mesmo assim fico surpreso, e mais do que um pouco arrasado. Eu queria que estivesse cheio de Hartley: com as coisas dela, o cheiro dela, *ela*. Mas é só uma casca vazia. Não tem sofá de dez anos com rasgos nos braços. As portas dos armários estão abertas e exibem as prateleiras vazias. Até a mesa vagabunda que eu sempre tinha medo que caísse toda vez que Hartley colocava nem que fosse um simples pedaço de papel em cima sumiu. *Ela* sumiu. Ou pelo menos a sensação é essa há quase uma semana. Os pais dela a tiraram do hospital, e não a vejo desde então.

Está sendo uma tortura. Mandei mensagens de texto. Tentei ligar. Até passei pela casa dela, como um stalker tentando espioná-la pela janela. Mas não dei sorte. Os pais de Hartley estão mantendo-a escondida, ao que parece.

Só espero que ela esteja bem. Uma das enfermeiras admitiu, depois de certo convencimento, que ela pode ter sido liberada cedo demais, e a preocupação está me corroendo desde que ouvi isso.

Por que ela não me liga, droga?

A necessidade de me sentir próximo dela, ao menos de alguma forma, foi o que me levou ao antigo apartamento hoje.

Jogo a mochila na bancada da cozinha e espio dentro da geladeira, onde encontro três latas de Coca diet. Abro uma e olho com desânimo o espaço pequeno. Eu esperava que levá-la até ali fosse ajudar a trazer suas lembranças de volta, mas os pais dela limparam o ambiente.

Nem parece que tinha uma pessoa morando ali. Até o tapete velho sumiu e foi substituído por linóleo barato cor de terracota. Minha garganta se enche do sentimento de inutilidade, travando a passagem de ar. A sala gira e a garrafa na minha mochila me chama.

Eu contraio e relaxo o maxilar. Meu coração está disparado e minha boca está tão seca quanto um deserto. O som das sirenes enche meus ouvidos como uma canção. A bebida e os comprimidos sempre foram a solução dos meus problemas. Minha mãe se mata, tomo um comprimido. Eu brigo com a família, tomo uma garrafa de Jack. Brigo com a garota, faço as duas coisas e esqueço tudo até de manhã.

A lata de metal na minha mão faz barulho quando as laterais afundam.

Você só destrói.

Com deliberação, coloco a lata amassada na pia e pego o celular. Abro o aplicativo de anotações, onde escrevi uma lista dos lugares aonde fomos.

- Praia
- Píer
- Apartamento
- Escola
- Sala de treino
- Minha casa *(home theater)*

Ironicamente, para um cara cujo principal objetivo de vida era levar para a cama todas as garotas disponíveis do litoral, eu nunca levei Hartley para o meu quarto. Não sei se devia me dar uma medalha de ouro por ser paciente ou dar porrada em mim mesmo por nunca tê-la convidado para entrar mais profundamente na minha vida. Eu queria que ela tivesse se espalhado pela minha vida toda, para que, aonde quer que fosse, ela visse como nós dois combinávamos.

Você só destrói.

Não pode ser essa a lembrança que ela vai ter. Preciso fazer com que ela veja o que tínhamos antes de Felicity enfiar as mãos na confusão, antes das ameaças do pai a assustarem, antes de eu encher a cara e fazer merda.

Nós éramos amigos. Droga, ela foi a primeira amiga que eu tive além de Ella. Nós gostávamos da companhia um do outro. Eu a fazia rir. Ela me fazia... bom, ela me fazia querer ser uma pessoa melhor.

Não posso perdê-la. Não vou.

Hartley está morando na casa da família de novo. Convivendo com as irmãs, com a mãe. O pai, aquele filho da puta que... Sinto a preocupação preencher cada poro do meu corpo. Eu me sento e envio outra mensagem de texto.

Estou aqui do seu lado. Aconteça o que acontecer.

Olho para o celular, desejando que ela responda. Ela não responde, claro. Lembro a mim mesmo que ela está doente e provavelmente medicada. É por isso que não responde. Porra. Odeio isso. Se ficar pensando nisso, vou enlouquecer. O pai dela quebrou o pulso de Hartley antes de enviá-la para o colégio interno, quando ela descobriu que ele estava aceitando suborno para coisas do trabalho. Ela me contou que o pulso foi quebrado por acidente, e eu tinha que acreditar nisso. Além do mais, só um psicótico bateria na filha já machucada.

Abro um aplicativo e começo a fazer uma lista de tudo de que vou precisar. Primeiro de tudo, de outro sofá azul-escuro. Acrescento duas cadeiras dobráveis e uma mesinha de madeira. As cadeiras eram de plástico e a mesa era... clara. De algum tipo de madeira clara. Pinho, talvez?

Ela tinha boas toalhas de mão. Fecho os olhos e tento lembrar a cor. Eram cinza? Ou rosa? Ou roxas? Merda, não consigo lembrar. Vou comprar as três cores e ficar com as que ela mais gostar. Ela também tinha uma colcha bonita. Era branca com flores.

Ter um plano faz com que eu me sinta melhor e, então, me permito desfazer a mochila. A garrafa de Cîroc está no alto. Penso em jogar tudo fora, mas decido não fazer isso. Hart pode precisar, então enfio no armário, ao lado da geladeira.

Coloco na bancada a foto que nós dois tiramos no píer. Preciso de um porta-retratos ou de um ímã. Decido por um porta-retratos. Vou pendurar na parede. Na verdade, acho que vou ampliar a foto, para que, quando ela voltar para casa, possa ver uma imagem gigante de nós dois nos beijando, como a lenda que somos. Faço um ruído de aprovação pela minha genialidade e acrescento isso no pé da minha lista.

Uma muda de roupas e duas garrafas de vodca barata são tudo que resta na minha mochila. Eu tinha planejado dormir aqui, mas, ao olhar para o chão exposto, fico pensando se é boa ideia. Dou uma olhada no banheiro. O chuveiro ainda funciona e a pressão da água é decente. O senhorio disse que o local tinha sido pintado e que o piso é novo.

Jogo a calça e o casaco de moletom no chão e me deito, coloco a cabeça na mochila e cruzo as mãos no peito. Amanhã vou pedir a Ella para comprar todas as coisas de que preciso.

Pode não haver nada aqui que possa ajudar Hartley a recuperar as lembranças, mas eu ainda tenho as minhas. E podemos criar novas, mais felizes; lembranças com as irmãs dela, com os meus irmãos.

Eu me agarro à esperança de que amanhã será um dia melhor. Ella me disse isso uma vez. Que se hoje for um dia de merda, eu devia ficar feliz porque, mesmo que amanhã seja outra experiência infernal, você sabe que consegue sobreviver.

A garrafa de Cîroc ainda está lacrada. Eu queria beber, mas evitei. É uma vitória para mim.

Amanhã vai ser melhor.

Capítulo 10

EASTON

Uma mensagem de texto de Pash pisca no meu celular às quinze para as dez. Eu me sento e me espreguiço. Dormir no chão está acabando com as minhas costas. A primeira coisa que vou fazer amanhã de manhã é mandar entregar uma cama.

Kyle Hudson. Conhece?
Nunca ouvi falar. Escola?
Astor
Nem faço ideia.

Uma imagem surge junto com outra mensagem:

Ele está com a sua garota e Frank no FT

Dou zoom na imagem. Os dois estão de costas para mim. Embora não consiga identificar o cara atarracado sem pescoço, eu reconheceria a cascata de cabelo preto-azulado na garota ao lado dele em qualquer lugar.

Eu fico de pé. O que Hartley está fazendo com esse cara? A cobra Felicity está sentada na frente dos dois. Pash passou a chamá-la de Frankenstein porque ela é uma filha da puta apavorante, mais monstra do que humana. Porra, chamá-la de Frank é um insulto ao velho Frankenstein.

Enfio um braço na jaqueta enquanto tento escrever uma mensagem para Pash.

Vai lá e vê se ela está bem.

Estou sentado atrás deles com Davey. Davey diz que Kyle e Hartley são um casal.

Porra nenhuma.

Que mentiras Felicity está falando para Hartley? Isso é ruim. Muito ruim.

Ligo para Pash em vez de escrever.

— Cara, vai lá e interrompe — ordeno antes que meu amigo possa dizer alô. — O médico disse que, se a gente contar coisas antes de ela conseguir lembrar sozinha, a cabeça dela pode ficar afetada.

— E o que eu vou dizer? — diz ele.

— Sei lá. Conta uma história sobre como seu castelo em Calcutá é lindo. — Pash é de uma família indiana antiga e muito rica. Dois anos antes, o avô dele decidiu construir um complexo novo, e pelas fotos que Pash postou em seu Instagram, o local parece ser grande o suficiente para abrigar Astor Park e todos os seus alunos. Ele poderia gastar uma hora inteira só percorrendo o primeiro andar.

— Davey está me olhando. Se eu levantar, ela vai me matar.

— Se você não levantar, *eu* vou te matar — ameaço.

— Tá, mas eu não vou transar com você. Foi mal, tenho que desligar.

Babaca fraco. Eu pulo na picape e meto o pé no acelerador. É um trajeto de vinte minutos daquele lado da cidade até a French Twist. Pena que Ella não trabalha mais lá, senão eu poderia ter pedido que ela interferisse. Diferentemente de Pash, ela conhece o significado de *lealdade*.

Chego em doze minutos, o medo de ser parado pela polícia e perder ainda mais tempo me fazendo suar como um porco. Abro a porta e olho a pequena padaria em busca de Hartley, mas só vejo Pash e a nova namorada conversando e tomando café.

Ele fica de pé num pulo e acena para mim.

— Cadê eles? — rosno.

— Saíram cinco minutos depois que te liguei.

— Porra! — Eu me viro para Davey, que pisca os olhos castanhos de gazela para mim. — O que vocês ouviram? Cada palavra. Quero todos os detalhes. Não deixem nada de fora.

— Eu não ouvi muita coisa — admite Davey. — Eles estavam falando baixo. A única coisa que ouvi claramente foi Hartley dizendo pro Kyle que eles tinham terminado.

— Eu nunca soube de ela sair com ninguém além de você — diz Pash.

— Ela não saiu — respondo, frustrado.

A memória de todo mundo foi apagada? Os Homens de Preto apareceram aqui e zapearam todo mundo? Hartley não saiu com ninguém. Ela não andava com alunos de Astor. Trabalhava em uma lanchonete 24 horas no lado leste da cidade no tempo livre e, às vezes, chegava até a matar aula para pegar um turno extra. Quando não estava distribuindo bandejas de comidas e bebidas, ela estava dormindo. A vida era séria para Hartley.

Eu me viro para Davey.

— Quem estava falando? — eu pergunto.

— Era mais Felicity.

— Quem é esse tal de Kyle?

— Não sei. Ele não anda com a gente.

— Por que Felicity estava aqui?

— Não sei — exclama Davey, jogando as mãos para cima como se para se defender da minha enxurrada de perguntas.

Pash se levanta parcialmente da cadeira.

— Calma, cara. Pega leve. Davey está ajudando tanto quanto pode.

— Estou — diz Davey, fazendo beicinho.

Pash passa um braço reconfortante nos ombros da nova namorada que arranjou há dez dias.

— Você acabou? — ele me pergunta em um tom gelado.

Passo a mão pelo rosto. A quantidade de prejuízo que esse garoto Kyle e Felicity podem ter causado a Hartley me deixa enjoado, mas gritar com Pash e com a delicada namorada dele não trará nenhum outro resultado além de deixar meu amigo irritado comigo.

— Acabei, sim. Me liga se souber de alguma coisa.

— Tá, tá. — Pash volta a se sentar. — Precisa de outro *bubble tea*, querida? — ele diz, meloso. — Ou devo comprar aquela pulseira Chanel? Você se sentiria melhor, né?

Saio da padaria antes de meter o pé em uma daquelas vitrines de vidro de tanta frustração. Paro na calçada e avalio minhas opções. Só tem uma que me agrada. Sei que não vou ser bem recebido na casa dela, mas tenho que ver se ela está bem.

Meu pé está descendo o meio-fio quando ouço alguém gaguejar meu nome.

— E-Easton?

Eu me viro.

— Hartley? — Procuro-a na frente da loja, mas não a vejo. Pode ser que eu esteja ouvindo coisas. Pode ser que tenha passado tantas horas pensando nela que perdi a cabeça. Em pouco tempo, vou estar falando com uma Hartley de mentira, fechando os olhos e…

— Aqui.

Desço o olhar para uma figura encolhida no meio-fio, a uns seis metros de distância. A figura se levanta e se transforma em Hartley Wright.

— O que aconteceu? — pergunto, levando apenas dois segundos para atravessar o espaço que nos separa. Seguro os ombros dela e a puxo para a luz, para inspecioná-la da cabeça aos pés. — Você está bem?

Ela está linda na luz do poste, o cabelo preto e comprido como uma sedosa cortina emoldurando seu rosto. Ela está usando um dos moletons enormes de sempre, e as pernas sensuais estão expostas em uma calça skinny escura. Os olhos cinzentos estão quase pretos quando ela me olha solenemente.

— Acho que sim.

— O que você está fazendo aqui?

— Eu estava esperando o ônibus. — Ela aponta para a placa acima da cabeça.

— Não passa tarde assim. O serviço de ônibus para às dez. — Só sei disso porque meu pai providenciou que um ponto fosse colocado ali quando Ella era funcionária. Apesar de ter carro, ela prefere que a levem, mesmo que seja andando com trinta estranhos.

— Ah. — Ela esfrega os braços e treme. — Eles não me disseram isso.

Tiro a jaqueta e a coloco nos ombros dela. Estou imaginando que *eles* sejam Kyle e Felicity.

— O que você estava fazendo com aqueles dois?

Ela me olha com expressão perturbada por um segundo antes de desviar o olhar para o estacionamento escuro e para o asfalto mais escuro ainda.

— Eles me contaram coisas — ela admite. Apesar da minha jaqueta, ela treme de novo.

O medo se espalha no meu estômago. O que eles podem ter dito? Na verdade, é a quantidade de mentiras que eles podiam ter contado que me deixa me cagando de medo, a começar com a mentira de que ela é namorada de Kyle Hudson. Aquele merda está tentando levar Hartley pra cama? Sinto a bile subir pelo meu esôfago.

— Como o quê? — questiono, gemendo.

— Coisas... — Ela lambe os lábios. — Coisas ruins.

— Sobre você? Não tem nada de ruim em você. Eles nem te conhecem.

— Não. Sobre você — ela diz em voz baixa.

Eu chego para trás. Eu não esperava isso. Sei que Felicity me odeia porque uma noite, quando estava bêbado, eu prometi que fingiria ser namorado dela para aparecer em umas fotos que ela queria tirar. Quando fiquei sóbrio, eu disse que a promessa não valia nada e pedi desculpas. Depois, levei Hartley para o píer e ela me beijou pela primeira vez.

Felicity decidiu que éramos inimigos mortais, fez Hartley ser suspensa por cola e me disse que só estava começando.

— Olha, o que ela contou foi uma porra duma mentira.

— Ela disse que você transou com as namoradas dos seus dois irmãos mais velhos.

Meu protesto morre no ácido que se acumula no fundo da minha garganta.

— Eram ex-namoradas.

Menos Savannah. Ela e meu irmão mais velho Gideon tiveram uma relação de amor e ódio durante anos. No meio de um dos tempos deles, eu a convenci de que podíamos consolar um ao outro... pelados.

Minhas entranhas se enchem de culpa.

Um leve olhar de repulsa surge no rosto de Hart. Merda. De toda as coisas que ela poderia lembrar sobre mim, tem que ser logo essa.

— Isso foi antes de você — argumento.

Ela contrai o maxilar.

— Kyle disse que você transou com a namorada dele quando eles estavam juntos.

— Eu nem sei quem é Kyle — eu digo, irritado. Foi isso que Scrooge sentiu quando todos os pecados foram jogados na cara dele pelo Fantasma dos Natais Passados? Em que momento eu tenho uma trégua?

— Ele disse que você ia falar isso porque ele não é rico e nem popular o suficiente para que você repare nele, mas que ele tinha uma namorada bonita e uma noite, em uma festa na casa de Jordan Carrington, você fez sexo com a namorada dele na piscina, com ele olhando.

Meu estômago despenca até os pés. Porra, eu poderia ter feito isso. Eu definitivamente fiz sexo na piscina dos Carrington. Fiz sexo em muitas piscinas com muitas garotas e algumas mulheres adultas. Eu transei com elas quando elas estavam com outras pessoas sabendo disso? Não. Eu não faria isso. Mas em uma festa em que você está bêbado e com tesão, claro que eu não fiz um questionário sobre a vida amorosa de cada uma delas. Supus que se elas queriam montar no meu pau era porque estavam livres pra fazer isso.

Mas explicar isso para Hartley, uma garota que quero que me leve a sério, uma garota por quem tenho sentimentos fortes, uma garota que quero que *goste* de mim? É uma tarefa impossível.

Passo a mão agitada pelo cabelo.

— Eu farreei um pouco. Fiz sexo com garotas, mas, depois que conheci você, nunca mais toquei em ninguém. Porra, nem fui eu que parti pra cima de você... — *Isso é disfarçar a verdade*, eu penso. *Cala a boca!* — Você me beijou.

Ela assente lentamente.

— É, acho que posso ter feito isso, mas parece que a pergunta é: eu *devia*?

— Hart.

Ela não responde. Sinto o sangue latejar com força nos meus ouvidos. O ar está denso, com um peso lodoso e grosso que parece tornar tudo muito mais pesado. Luto contra isso e saio do meio-fio para ficar numa posição em que ela não possa deixar de olhar para mim.

— Hart — chamo baixinho. — Fiz merdas no passado. Não vou mentir, mas estou diferente agora.

Quando ela finalmente ergue os olhos para os meus, consigo ver a dor presente neles.

— Eles disseram que você gosta de garotas que não pode ter. Como sua irmã postiça, Ella. E como você não podia ficar com ela, voltou sua atenção para mim. Que eu vou ser o fruto proibido mais excitante pendurado na sua frente porque eu machuquei seu irmão e sua família me odeia. Você está me dizendo que nada disso é verdade?

Foi aquela puta. Aquela puta! Espero que ela morra.

Eu poderia contar a verdade, mas ela está sofrendo tanto. Além do mais, quando Seb acordar, e ele vai acordar, Sawyer não vai mais sentir raiva dela. Ella e eu estamos tão no passado que mal consigo lembrar por que nos beijamos naquela vez na boate além do fato de que eu estava solitário e ela estava solitária e eu gostei de irritar meu irmão Reed, que estava olhando o tempo todo.

A verdade só vai fazer com que ela se magoe ainda mais.

— Preciso dizer que Felicity e Kyle não estão contando essas coisas pra te ajudar.

— Eu sei disso. Só quero que uma pessoa seja sincera comigo. Vai ser você?

A resposta gruda na minha garganta.

— Não me faça perguntas e não conto mentiras, né? — Ela expira pesadamente, me lendo bem demais. — Acho que como não tem ônibus, você vai ter que me levar até em casa. — Ela puxa minha jaqueta em volta dos ombros.

Acho que ela preferiria andar quinze quilômetros a entrar na minha picape, mas entra mesmo assim. As escolhas dela foram reduzidas a ruim e pior. Sou a opção ruim, então venço automaticamente.

Ela fica quieta no caminho, e, como tenho medo de responder a mais perguntas, fico de boca calada. Quando chegamos à casa dela, decido não levá-la até a porta. O pai dela soltaria os cachorros se me visse, e ela não precisa disso.

Na metade do caminho, ela se vira.

— Obrigada pela carona.

— Amanhã, me espere do lado de fora de manhã. Eu entro com você. Astor não é o lugar mais fácil de se andar. — Os alunos de lá adoram se aproveitar dos fracos. E agora, Hartley é o que há de mais frágil.

Um sorriso triste surge nos lábios dela.

— Engraçado. Foi a mesma coisa que Kyle disse. Acho que ele não mentiu sobre tudo.

E, com essas últimas palavras perturbadoras, ela bate a porta e entra correndo em casa.

* * *

Meu pai me chama no escritório na manhã seguinte. Eu me arrasto até lá, uma tigela de aveia quente na mão e uma colher pendurada na lateral da boca.

— O que foi? — eu pergunto.

— Estou feliz de você estar acordado. — Ele anda pela sala e joga papéis na bolsa de voo.

Acordei cedo porque não dormi. Durante a noite, fiquei reprisando a cena de Hart, Kyle e Felicity na cabeça. Me lembro vagamente de Kyle. Porra nenhuma, não lembro mesmo. Obviamente estudamos na mesma escola, mas não consigo me lembrar de uma única ocasião em que tenhamos trocado um *oi*. Mas ele tem ranço de mim, e, se trepei com a namorada dele, ele obviamente não superou. Por que outro motivo arriscaria a fúria Royal se metendo com uma garota que pertence a um de nós?

Não que Hart *pertença* a mim.

Pertence, sim.

Porra. Tudo bem. É verdade, eu a vejo como minha. E não quero Kyle Hudson e seu pescoço inexistente chegando perto dela.

Os motivos de Felicity são igualmente fáceis de adivinhar. Ela me odeia, e é isso. Quer vingança. E, apesar de eu ter zero interesse em fazer as pazes com aquela vaca, percebo com consternação que pode ser que se resuma a isso. Não posso deixar que Frankenstein e o Sem Pescoço ferrem a cabeça de Hartley. Ela já está bem confusa agora.

Meu pai enfia apressadamente uma pasta na bolsa e interrompe meus pensamentos.

— Vai a algum lugar? — pergunto entre colheradas.

— Tenho que ir a Dubai hoje. Ben El-Baz fez contato comigo sobre um pedido de dez jatos novos. Preciso fechar esse negócio pessoalmente.

— E Seb?

— Ele está em condição estável. Se acordar, vou estar em casa antes que você perceba. Agora, estou contando com você pra tomar conta do resto das crianças enquanto eu estiver longe. Você é o mais velho, e não quero que Ella se preocupe com os gêmeos. Ela tem uma reunião com a promotoria pra conversar sobre o testemunho dela.

— Porra. — Ella tem que testemunhar contra o pai, Steve O'Halloran, no julgamento, que está chegando. Eu não tinha percebido que estava perto, mas acho que uma data de julgamento pra fevereiro não é tão longe.

— Exatamente. — Ele me entrega uma folha de papel. — Consegui permissão pra que você falte nas aulas pelo resto da semana e possivelmente na semana que vem também, dependendo do tempo que essa transição vá levar. — Ele fecha a bolsa.

— Matar aula? — Eu preciso estar em Astor para proteger Hartley. — Eu já perdi as últimas duas semanas.

Meu pai inclina a cabeça.

— Quem é você e o que você fez com meu filho que odeia a escola, o Easton?

Eu me mexo com desconforto sob o olhar paternal. Não posso dizer para ele por que preciso estar na escola, para o caso de ele odiar Hartley como Sawyer odeia.

— Eu não odeio a escola. Só escolho não ir em alguns dias porque tenho coisa melhor pra fazer.

— E esta semana você realmente tem coisa melhor pra fazer. — Ele fecha a mão no meu ombro. — Eu normalmente não confiaria em você ser responsável por um minuto que seja, muito menos por uma semana, mas eles são seus irmãos, e eu sei que você os ama. — Ele pega a bolsa e anda rapidamente para o saguão, onde Durand, o motorista, está esperando. — Fica de olho se Sawyer está comendo e descansando. Me liga se houver alguma mudança na condição de Sebastian, e esteja ao lado de Ella se ela precisar de um ombro pra chorar. Te vejo em menos de uma semana. — Ele bate continência e sai.

Porra.

Pego o celular e mando uma mensagem para Hartley.

Mudança de planos. Meu pai vai pra Dubai e preciso ficar de olho nos meus irmãos. Se você encontrar Ella, fique com ela.

Releio meu texto e percebo que Hartley pode não saber quem é Ella. Encontro uma foto dela e de Reed abraçados e envio para ela.

Não recebo resposta. Espero três segundos e mando outra mensagem.

Val também. Ela é gente fina.

Volto para minha galeria de fotos, encontro uma foto em que estamos Ella, Val, Reed e eu na piscina, durante o verão.

Corto a mim mesmo e Reed da imagem e envio a versão modificada para Hart.

Ella é a loura. Val é a que tem o cabelo curto e o sinal.

Nada ainda. Eu olho para o relógio. Tenho tempo de ir até a casa de Hartley, pegá-la e levar até a escola? Decido que tenho, se correr.

Largo o prato de aveia na mesa de mármore da entrada e corro até a cozinha, onde deixei a mochila. Ella está lá, comendo um iogurte e frutas.

— Aonde você vai? — pergunta ela.

— Pra casa da Hartley, pra Astor e depois pro hospital.

— Pra casa da Hartley? Você acha que é uma boa ideia, Easton? Você não devia esperar pra ver se Seb vai acordar?

Eu me viro para enfrentar Ella.

— Do que você está falando? O acidente não foi culpa dela.

— Eu sei disso, mas no momento Sawyer a odeia. Não acho bom pra ele saber que você anda com ela.

— Então não conta pra ele — digo, irritado pela posição de Ella.

— Mas...

Ignoro as reclamações dela e corro até a porta. Não preciso ouvir essas coisas, principalmente depois que falei pra Hartley andar com Ella e Val. Mais um motivo para eu ir até Hartley e me certificar de que ela entrará bem na escola.

Depois disso... porra, não sei o que fazer depois. Talvez eu possa convencer Hartley a matar aula e ir ao hospital comigo. Mas onde eu a coloco? Sawyer vai surtar se a vir.

Isso tudo está uma confusão, e não tenho uma boa solução. Vou descobrir quando chegar à casa dela.

Estou indo buscar você, envio. Jogo o celular no banco do passageiro, ligo a picape e sigo para a casa de Hartley. Vejo se ela respondeu quando chego ao portão e depois no sinal, cerca de um quilômetro e meio depois, e novamente no cruzamento perto da casa dela. Mas não há resposta nenhuma.

Quando chego à casa dela, fico na dúvida se devo entrar. O pai dela odeia minha fuça. Tem uma chance de cinquenta por cento de ele estar no trabalho. Decidindo que já joguei com chances menores, pulo da picape e corro até a entrada. Desse jeito, Hart vai se atrasar pra escola.

Subo a escada em dois pulos e aperto a campainha. Toca lá dentro e, alguns segundos depois, vejo uma figura por uma das vidraças. A porta se abre e revela a sra. Wright. Merda.

O queixo dela cai.

— Easton Royal?

Abro meu maior e mais cintilante sorriso, que faz freiras quererem apertar minhas bochechas e mães quererem dar pra mim.

— É. Eu vim buscar Hartley.

A porta é batida na minha cara.

— Vai embora e nunca mais dá as caras nessa casa — eu ouço pela porta pesada de madeira.

Eu nunca fui bom com ordens. Bato na porta.

— Eu disse pra Hart que vinha buscar ela.

— Ela já está na escola. A aula começou há dez minutos. Agora vá embora, senão vou chamar a polícia! — grita a mãe de Hartley. — Meu marido é promotor assistente. Ele vai botar você na cadeia!

Eu engulo um suspiro e passo a mão pelo cabelo. Não são nem oito da manhã ainda e o dia já está todo fodido.

Capítulo 11

HARTLEY

Enfio os polegares embaixo das alças da mochila, sorrio e aceno para todo mundo. Sinto que fui jogada de volta no jardim de infância. Saí cambaleando do ônibus sem a mão da minha mãe para segurar a minha e agora passo pelas pernas dos professores e dos alunos mais velhos à procura de um rosto amigo, qualquer rosto amigo. Easton disse para esperar, mas estou parada na porta há uma eternidade.

Uma cascata de cabelo louro chama minha atenção. Felicity está uns dez passos à minha frente. Tem três garotas igualmente louras em volta dela. Parte de mim quer correr e me esconder naquele grupo de garotas. A outra parte sabe que Felicity arrancaria minha cabeça a dentadas e pisaria no meu pescoço ensanguentado e exposto. Então, fico para trás.

Não sei bem por que ela me odeia, mas sei que ela realmente me odeia. Tenho certeza de que tem alguma coisa a ver com Easton, possivelmente com Easton e comigo. Eles estavam saindo na época em que transei com ele? De todas as coisas que me incomodam sobre a perda da memória, o sexo é uma das piores. Não consigo lembrar quem me viu pelada. Quem botou as mãos em mim. Em quem eu toquei. Não consigo me lembrar de nada. Mas as pessoas lembram. Alguns dos garotos que passam por mim me viram: os seios nus, a barriga, o local íntimo entre as minhas pernas.

E me sinto enjoada e violada, apesar de provavelmente ter dado meu consentimento. De todas as coisas que desprezo na amnésia, essa com certeza está no topo da minha lista. Faz com que eu fique acordada à noite, cria um nó no meu estômago e faz minha cabeça doer. Olho os garotos passando, tento encontrar reconhecimento, algum tipo de familiaridade, mas não tem nada.

Meu olhar volta para Felicity. Ela nem tentou esconder a alegria ontem à noite, quando Kyle e ela se revezaram em me contar com detalhes os pecados de Easton. Ele é um bêbado viciado em comprimidos que enfia o pau em qualquer buraco disponível. O único motivo para ele ser popular, os dois juraram, é que o pai dele é dono da cidade. Eu apostaria que é porque ele é incrivelmente atraente e tem um sorriso poderoso o suficiente para derrubar uma estátua da base de cobre.

Quanto a mim, sou traidora e mentirosa. Eu traí Kyle. Colei em matemática. Felicity até deu a entender que colei pra entrar em Astor, embora eu não tenha conseguido compreender essa parte.

Não estou convencida de que tudo que eles me contaram é verdade. Os dois têm um motivo maior, um que ainda não entendo. Estou supondo, com base na violência não muito controlada na voz de Kyle, que o ranço dele com Easton tem a ver com uma ex-namorada, a que Easton comeu na piscina. O motivo do ódio de Felicity também pode advir de um incidente relacionado a ele, mas a felicidade dela com minha situação me faz acreditar que a raiva dela é, de alguma forma, relacionada a mim.

Uma coisa que sinto que deve ser verdade é que fiquei com Easton, o que parece a mais improvável de todas as coisas que Felicity jogou em cima de mim. Deus criou um bilhão de homens, desenvolveu o rosto perfeito e deu para Easton Royal. É injusto o jeito como o cabelo escuro dele cai de leve em seu olho direito, deixando seus dedos coçando para botar no lugar.

É criminoso o quanto os olhos dele são azuis. Garotos de cabelo escuro sempre deviam ter olhos inofensivos e sem graça, não azuis e penetrantes que fazem você pensar em oceanos e mares e céus nos dias mais ensolarados e lindos. O peito dele é largo e os braços são definidos, mas não inchados de um jeito nojento. Ele é a visão que você elabora em seus sonhos durante a noite.

É difícil entender que um exemplar de beleza masculina como Easton ficaria interessado em mim. Não que eu seja das piores na aparência, mas há níveis para cada tipo de pessoa. O meu não é o mesmo dos Royal. Os Royal saem com garotas da faculdade, garotas que são líderes de torcida ou presidentes de sororidades. Os Royal saem com garotas com dinheiro, garotas que são rainhas da beleza, personalidades da televisão ou modelos do Instagram. Eles não saem com garotas baixinhas de cara redonda que moram com irmãs de boca suja, pais assistentes de promotor e mães alpinistas sociais.

Eu sair com Easton Royal é tão provável quanto eu ficar com um dos garotos do BTS, ou seja, a chance é praticamente inexistente.

Mas ele apareceu no French Twist na noite de ontem e me deu a jaqueta dele quando fiquei tremendo, não de frio, mas de ansiedade. Olhou para mim de um jeito carinhoso e familiar demais para pessoas que são só conhecidas. O frio que pareceu ter penetrado nos meus ossos começou a derreter debaixo daquele olhar azul intenso. Eu queria entrar no abraço dele e pedir que ele me segurasse até o pesadelo acabar.

Mas, quando conversamos sobre as farras dele e as coisas de que o acusaram, as palavras pareceram meias verdades, e tive a sensação de que ele estava me dando respostas evasivas. Acho até que chegou a mentir sobre algumas coisas e esconder outras, embora tenha falado a verdade algumas vezes. Foi tudo muito confuso. As palavras de Felicity e de Kyle giraram na minha cabeça até eu começar a sentir dor e só querer ir para casa me esconder. Como não me lembro de nada, não tenho como responder às acusações.

E ele não aparece hoje de manhã. Eu realmente esperava que ele cumprisse a promessa? Esfrego as mãos e tento fazer uma reflexão motivacional.

Confie em si mesma. Você consegue. É só uma escola. Não vai durar. Você consegue.

Talvez nem todo mundo esteja me olhando, mas a sensação é que sim. É como se eu estivesse em um palco fazendo um discurso sem roupa e todo mundo na plateia estivesse apontando e rindo.

Foi ela que perdeu a memória? Foi ela que botou Sebastian Royal de coma? Foi ela? Foi ela? Foi ela?

Sim, eu tenho vontade de gritar. Fui eu. Fui eu que fiz você tropeçar na calçada, fui eu que copiei seu caderno de geografia, fui eu que roubei seu namorado. *Fui eu!* Quero gritar, porque não sei de porra nenhuma.

Mentalmente exausta, encosto o queixo no peito e subo a escada até uma estrutura enorme de três andares que parece abrigar a maior parte da Astor Park Prep. Alas compridas se prolongam dos dois lados do prédio principal. A calçada que leva até a porta de entrada é larga o bastante para caber dois carros. Em volta dos prédios há hectares de grama impecável e cuidadosamente cortada que ainda está verde, apesar do frio de final de novembro. São os benefícios de morar no sul, eu acho.

Desejava que tivesse uma calçada mais estreita, uma entrada menor e corredores lotados em que eu poderia ser apenas mais uma das centenas de alunos correndo para a sala de aula. Mas parece que tem mais armários do que alunos. Uso o mapa da escola do meu caderno, encontro meu armário e olho para o cadeado, consternada. Não me lembro da senha. Tento o meu aniversário. Nada acontece.

Coloco meu CEP e o ano. A tranca não se abre. Fecho bem os olhos e tento lembrar mais números. O aniversário de Dylan surge na minha cabeça. Como não dá certo, coloco o de Parker.

Um número de telefone surge. Nada. Fico mordendo o canto da boca, transtornada. Por que não pensei nisso antes? Eu não lembrava que estudava em Astor, o uniforme idiota parece feito para outra pessoa, então por que eu saberia a combinação do armário?

— Problemas, Hart-*lay*?

Olho para a direita e vejo Kyle parado com um sorrisinho de deboche. Queria que ele sumisse. Não tem como eu ter namorado esse cara. Mesmo que eu fosse mentirosa e trapaceira, eu tinha que ter *algum* valor moral. Ficar perto dele é o suficiente para arrepiar toda minha pele. E, sinceramente, se namoramos e dormimos juntos, são coisas que fico feliz em esquecer.

— Não.

— Está pronta pra primeira aula? — Tem um tom malicioso nas palavras dele, mas não aguento mais Kyle e as informações nada úteis que ele oferece. Em vez de responder, só me viro e saio andando. — Ei, eu estava falando com você! — ele grita atrás de mim.

Sigo em frente e ignoro os rostos questionadores e o fato de que minhas bochechas estão ficando vermelhas de constrangimento.

— Piranha — ele grita.

Ao menos ele não está mais agindo como se fôssemos namorados.

Fico de cabeça baixa e tento chamar o mínimo de atenção possível. No almoço, a atenção de todos é desviada por causa de uma briga. Uma loura com cabelo cor de mel parte para cima de uma garota de cabelo escuro cacheado. Ouço uma delas gritar palavras desconexas e me pego pensando em que tipo de circo a Astor Park Prep é.

No fim do dia me sinto exausta emocional e fisicamente. Eu me arrasto até a aula de cálculo, a matéria na qual supostamente colei. A sala está quase vazia quando chego.

A professora, uma mulher muito bonita que não parece ter idade para ter se formado na faculdade, está parada na frente.

Os lábios vermelhos se curvam para baixo quando ela me vê. A memória de alguém ainda está funcionando, mesmo a minha tendo sumido. Minha lista de aulas diz que o nome dela é C. Mann.

— Srta. Wright, que bom vê-la de volta às aulas.

Se houvesse prêmios para malícia, a sra. Mann ganharia um enorme troféu. Baixo a cabeça e olho as carteiras. Em qual eu me sentava? Os poucos alunos já sentados evitam olhar para mim. Eles não querem que eu sente ao lado deles. Escolho uma no canto mais distante. Já aguentei olhos demais nas minhas costas por mais de um ano.

— Esse não é seu lugar — informa uma morena de cabelo cacheado quando começo a me sentar.

Com a bunda metade para fora da cadeira, pisco sem entender.

— Temos carteiras fixas? Qual é a minha?

Isso não foi problema em nenhuma outra aula de hoje.

— Não, sua burra. Esse é o lugar de Landon. Ele se senta nesse mesmo lugar todas as aulas.

Que frustrante.

— Tudo bem, então onde eu tenho que sentar?

Em vez de me responder, a morena levanta a mão.

— Sra. Mann, Hartley não pode voltar ao lugar antigo. Não seria justo com os Royal.

Os Royal... no plural? Easton está nesta matéria? Talvez ele tenha dito para eu esperar na aula. Pode ter achado que eu lembraria.

— Né? — diz um garoto. — Eles já estão enfrentando problemas demais.

Eu me viro e olho para o garoto com braços finos que parecem tão frágeis quanto meus lápis.

— Eu sofri um acidente de carro e bati a cabeça. Não tenho raiva.

Ele faz uma careta.

— Senta aqui. — A sra. Mann aponta para uma mesa bem na frente, à direita, perto da porta.

— Tudo bem. — Vou até a carteira e me sento na cadeira. Exagero na hora de abrir a mochila e colocar o caderno com força na mesa porque estou cansada de tentar me esconder.

Eu estou aqui. Aguentem. Cruzo os braços e olho de cara feia para todos os alunos que entram. Alguns se surpreendem. Alguns não olham para mim, outros me fuzilam com o olhar. Nenhum deles é Easton. Uma loura bonita para quando entra, olha para mim com pálpebras meio baixas e se senta depois que outro aluno aparece atrás e lhe dá um empurrão leve.

Curiosa, eu a acompanho até a carteira. Um burburinho começa a surgir conforme os alunos vão entrando. Tem muita conversa sobre um baile que aconteceu, quem foi com quem. Tem um debate se é machismo institucional que faz a plateia do péssimo time de basquete masculino ser grande e a do ótimo time feminino ser pequena. E há uma conversa sobre uma festa na casa de Felicity. Ela vai levar uma banda, uma banda tão famosa que até aqueles garotos ricos estão meio impressionados.

— Eu soube que ela pagou meio milhão.

— Pra quê?

— Véspera de Ano-Novo. Somos do terceiro ano, então podemos muito bem exagerar.

— Easton, você vai? Ah, ele não veio. — A garota não tinha percebido. Ela fala com outra pessoa. — E você, Ella?

— Depende de como Sebastian vai estar — diz a loura bonita que me olhou antes.

Ella. É a irmã postiça. A que Kyle e Felicity disseram que Easton queria, mas não podia ter. Não consigo lembrar por quê. Tinha alguma coisa a ver com algum dos irmãos, mas talvez eu esteja confundindo com outra garota.

— Ah, é mesmo, claro. Desculpa — gagueja a garota, e muda rapidamente de assunto. — Cara, como está frio, né? Espero que a festa seja dentro de casa.

O burburinho não para quando a aula começa, e a sra. Mann não faz nenhuma tentativa de fazer com que as pessoas parem de falar. Ela escreve algumas coisas no quadro sobre os limites no infinito e nos manda resolver os problemas da seção 3.5. São catorze, o que faz a turma toda gemer de consternação.

Ela ignora os pedidos para diminuir a tarefa pela metade e se senta atrás da mesa, onde vira o olhar intenso para mim em intervalos de minutos. Felicity diz que eu colei, o que explicaria os olhares, mas não sinto que colei, seja lá como alguém que colou se sente.

A sra. Mann começa a falar, e viro o olhar para a frente, tentando me concentrar nas matérias novas. As equações não são fáceis, mas entendo os princípios básicos, e os novos conceitos se desenvolvem a partir deles. Consigo entender rapidamente. Quando temos tempo para solucionar alguns problemas, termino antes de todo mundo e sem erros. Enquanto espero que o resto da turma complete a tarefa, abro as primeiras partes do livro e procuro as áreas em que devo ter tido dificuldade.

No entanto, não consigo encontrá-las. Derivadas, valores extremos, intervalos abertos e fechados e os números críticos todos fazem sentido. Pego um problema de exemplo para encontrar o valor extremo de $f(x) = 2 \text{ sen } x - \cos 2x$ e o resolvo, depois olho o que já tinha feito.

Não tem nenhuma parte anterior que eu ache difícil. O que não entendo é por que eu colaria nessa matéria. Eu *sei* essas coisas.

Perplexa, decido que vou enfrentar isso. Quando a aula acaba, fico enrolando no meu lugar até só estarmos eu e a sra. Mann na sala.

— O que foi? — ela pergunta com impaciência.

— Você deve ter ouvido falar que eu perdi a memória.

— Eu ouvi. Parece muito conveniente. — Ela me olha como quem está dispensando minha presença.

— Não pra mim — murmuro baixinho. Para ela, eu digo:
— Eu soube que fui acusada de colar nessa matéria, mas sinto que entendo tudo.

— Então não cole da próxima vez.

— Como foi que eu colei antes?

Ela solta um ruído, meio gargalhada, meio grunhido de repugnância.

— Você está me pedindo conselho de como colar?

— Não. Estou tentando preencher as lacunas...

— É melhor você ir embora antes que eu comece a desconfiar que você colou no dever de hoje. O melhor conselho que tenho pra você, srta. Wright, é que mantenha a cabeça baixa e faça o mínimo de barulho possível. Agora, se você me der licença, vou preparar as aulas de amanhã.

Em outras palavras, *vá embora e não fale mais comigo*. Meio atordoada, eu pego o lápis e o caderno. Não esperava que meu primeiro dia de volta à escola fosse tranquilo, mas também não achei que seria esse pesadelo. Quando chego na porta, eu me viro.

— Me desculpe. Pelo que quer que eu tenha feito, me desculpe.

Ela nem olha para mim.

Depois que o último sinal toca, corro para a fila do ônibus. Encontro um pequeno grupo de alunos perto do final de um boulevard largo na frente da Astor Park e entro atrás de uma garota com botas brancas fofas que combinam com o uniforme da Astor Park. O garoto na frente dela cutuca o ombro da garota. Ela olha para trás e nossos olhares se cruzam.

Sorrio. Ela franze a testa e chega mais para a frente.

Ser pária não é divertido, concluo. Fico na dúvida de que ônibus eu pego para casa. Sei que a garota na minha frente não quer falar, mas, se eu pegar o ônibus errado, vai ser pior do que ser criticada na calçada quando só tem umas poucas pessoas vendo.

— Com licença, você pode me dizer qual ônibus vai pras ruas West com Oitenta e Seis? — pergunto, citando um cruzamento perto da minha casa.

— Do que você está falando?

Eu repito.

— Não sei bem que ônibus tenho que pegar.

A garota revira os olhos.

— Por acaso você é burra? Não tem ônibus em Astor.

— Ela não é burra. Só está fingindo que não consegue lembrar que quase matou Sebastian Royal — diz o amigo.

— Por que deixaram que ela voltasse? E se ela entrar em um carro? Ela pode matar todos nós. — A garota treme.

— É por isso que ela tem que usar transporte público. A polícia tirou a habilitação dela. — O garoto espalha essas mentiras sem hesitar. Olho para ele boquiaberta.

— Graças a Deus — diz a garota. — Vamos. Não quero mais ficar aqui. A poluição do ar está me fazendo mal.

O garoto segura a mão dela, e os dois correm na direção do estacionamento. A vergonha, merecida ou não, tinge minhas orelhas de vermelho. Desse jeito, alguém vai acabar pintando uma letra escarlate no meu peito, e vou ter que começar a atender pelo nome de Hester. Lágrimas ardem no fundo dos meus olhos.

Devo ter feito algo de muito horrível no passado para ter que passar por tudo isso agora. Estou piscando para segurar as lágrimas quando um carro buzina, e vejo um rosto bonito espiando pela janela do motorista.

— Hartley? Acho que você não se lembra de mim, mas sou Bran. Nós éramos amigos. Eu posso levar você pra casa.

Em um dia diferente, eu provavelmente teria dito que não. Não conheço esse cara. Já tenho uma reputação de merda, e entrar em um carro dirigido por um garoto estranho não vai ajudar, mas cheguei ao meu limite. Seguro a maçaneta da porta e entro.

Capítulo 12

EASTON

Chego ao hospital um pouco depois das oito, mas Seb não está no quarto. "Em exames" é a resposta que uma das enfermeiras apressadas me dá. O irmão gêmeo dele está deitado no pé da cama, babando no braço. Ajeito o garoto de noventa quilos na cama e mando outra mensagem para Hartley.

As aulas estão boas? Ainda estamos falando de igualdade entre gêneros na aula de teoria feminista? É minha aula favorita, sabe.

Ela deve achar que é piada de mau gosto.

E cálculo? Alguma novidade legal?

Releio minhas mensagens. Cara, são tão idiotas. Enfio o celular no bolso e me deito no sofá desconfortável. Não sei quanto meu pai doou para a construção dessa ala de hospital, mas acho que nenhuma parte da verba foi gasta nos móveis. Esse sofá é duro como pedra.

Remexo na mochila e tiro a *Sports Illustrated* que levei de casa. Nós temos que ler para Seb. Aparentemente uma pessoa que está em coma ainda consegue perceber o que está acontecendo à sua volta. O coma parece um daqueles terrores noturnos, em que você está meio dormindo, mas se sente acordado, e tem alguém parado junto ao pé da sua cama, mas você não consegue se mexer. Eu boto música para Seb, conto umas piadas ruins, leio uns memes da internet e cito *O poderoso chefão*.

Depois de um tempo, fico de pé e encontro uma coisa para comer. Na metade do sanduíche, meu telefone apita. Minha pressa em tirá-lo do bolso quase faz com que ele voe pelo quarto. Mas não é Hartley. É um vídeo de Pash, com duas amigas nossas numa briga de puxão de cabelo no meio do refeitório.

Ele escreve junto: *Onde está a lama quando a gente precisa?*

Aproximo a imagem na tentativa de localizar Hartley, mas não a vejo. Respondo com um emoji de soco e pergunto onde Hart está.

Cadê a Hart?
Sei lá.
Tira uma foto do refeitório e me manda.
Não estou mais lá. Estamos no 5º tempo.

Recebo uma foto dos pés dele e do piso. Pash não faz nenhuma aula com Hartley, e isso não será de nenhuma ajuda. Agradeço mesmo assim e guardo o celular na calça. Vou vê-la à noite, quando Ella vier para ficar com Sawyer.

Quando volto para a ala de recuperação, passo na estação de enfermagem.

— Seb já voltou? — Eu me inclino sobre a bancada e vejo se o prontuário dele está aberto; não que eu fosse capaz de entender.

A enfermeira de plantão abre os braços sobre os registros confidenciais.

— Nós terminamos os exames vinte minutos atrás.

— Alguma novidade? — pergunto, esperançoso.

— Desculpe, mas não há mudanças.

Isso é uma merda. Sigo até o quarto de Seb, mas, antes de entrar, respiro fundo para me acalmar. Ver Seb deitado no leito de hospital, completamente imóvel, é uma sensação horrível. Cada vez que entro, fico dividido entre querer sacudi-lo até ele abrir os olhos e jogar coisas pelo quarto até a sensação de embrulho no estômago sumir. Mas Sawyer já está chateado por toda a família e a última coisa de que precisa é que eu perca meu controle. Estou aqui para dar um pouco de leveza à situação, senão vamos todos sufocar.

Abro o maxilar, forço um sorriso e abro a porta.

— A gente perdeu um dia quente na escola hoje. Pash me mandou um vídeo de Margot Dunlop e Dian Foster caindo na porrada por causa de Treehouse. Ele estava pegando as duas e nenhuma delas sabia.

Sawyer não levanta o rosto da cama de hospital onde Seb está deitado. Jogo a mochila no canto e me sento em uma das cadeiras vazias.

— Vai tomar banho e comer — digo para o meu irmão. — Você parece estar a dois passos de poder trocar de lugar com Seb.

Sawyer continua sem se mexer. Eu saio da cadeira e vou até ele. Ele não reage a mim. Estalo os dedos na frente da cara dele duas vezes, até que ele pisca.

— O quê? — ele pergunta, azedo.

— Você está fedorento.

— E daí?

— Vai usar o chuveiro. Seb deve estar em coma porque cada vez que acorda sente cheiro de lixo e decide que é melhor voltar pro mundo perfeito de sonhos, onde só tem luz do sol e rosas.

— Foda-se. — Sawyer cruza os braços no peito e afunda a bunda na cadeira.

— Não curto incesto, moleque.

— Ah, e eu curto? — explode Sawyer. — É isso que você está dizendo? Que estamos sendo punidos por causa disso? — Ele aponta um dedo trêmulo para a cama.

Eu recuo com as mãos levantadas. Do que ele está falando?

— Não. Foi uma piada.

Sawyer e Seb estão namorando a mesma garota há mais de um ano. Sempre há muita fofoca por causa disso porque, bom, é uma coisa muito esquisita e diferente, e as pessoas provavelmente devem achar errado. Eu não estou nem aí.

— Alguém disse alguma coisa? — Olho ao redor, procurando um alvo. Não é da conta de ninguém o que os meus irmãos fazem com o pau deles.

Sawyer baixa a mão para o colo, inclina-se para a frente e esfrega o rosto com a base das palmas da mãos. O garoto parece exausto. Tem bolsas enormes embaixo dos olhos dele e sua pele está com um tom pálido e acinzentado. Até os músculos de seus braços parecem menores. Eu não estava brincando quando falei que ele parecia precisar estar em um leito de hospital.

— Eu fui ao confessionário — ele murmura entre as mãos.

— O quê? — Estou confuso. — Por quê? Nós não somos católicos. — Minha mãe frequentava a igreja batista Bayview United, mas, desde que ela morreu, meu pai não vai mais lá. Ele ainda dá muito dinheiro para a igreja porque bons empresários fazem esse tipo de merda. As pessoas da cidade dão valor à igreja, como se aparecer lá no domingo pudesse fazer com que todas as coisas ruins que você fez durante a semana desaparecessem.

— Eu sei, mas achei que pudesse ajudar.

Se Sawyer decidiu ir à capela listar seus pecados na esperança de um ser superior trazer Seb de volta, ele realmente está no seu limite. Eu me agacho e passo um braço no encosto da cadeira.

— Você foi ao confessionário, contou pra um cara de gola de papel que fazia umas coisas meio pervertidas, e ele disse que é por isso que Seb está numa cama de hospital.

Sawyer fica imóvel, mas depois assente lentamente, as mãos ainda cobrindo o rosto.

— Acho que Deus não funciona assim. Tem muita gente que frequenta a igreja e que morre o tempo todo.

— Eu sei. — Ele esfrega os olhos, ainda se escondendo de mim. Ele obviamente ficou chateado por mais coisas além do que o padre havia dito.

— Ei. — Eu toco no ombro dele, mas ele continua sem me olhar. — O que está acontecendo?

Ele murmura alguma coisa que não entendo.

Eu me inclino para mais perto.

— O quê?

Sawyer finalmente levanta a cabeça. Seus olhos estão chapados, e o tom de voz ainda mais.

— Lauren terminou comigo… com a gente — diz ele, consertando a frase com tristeza.

— Porra. — Mas não estou surpreso. Ela não veio aqui nenhuma vez, ao menos não que eu tenha visto. — Ela ligou?

Ele dá uma risada debochada.

— Mandou mensagem de texto. "Não posso mais ficar com vocês. Isso é difícil demais."

Que garota de classe, hein. Eu nunca fui muito fã dela, mas sempre a tratei com respeito por causa dos gêmeos. Em voz alta, eu digo:

— Sinto muito, cara.

— Bom, primeiro eu fiquei preocupado por não saber como ia contar pro Seb, mas agora não sei se vou ter a oportunidade.

— Ele vai acordar — digo com mais confiança do que sinto. — E vocês dois vão conseguir encontrar uma garota ainda mais incrível para poder jogar na cara da Lauren. Ela com certeza vai querer morrer quando perceber como foi burra em largar vocês dois. E quer saber mais? Você sair por cinco minutos pra tomar banho não é o que vai fazer a diferença entre Seb acordar agora e Seb acordar em meia hora. Além do mais, você sabe que se vocês dois estivessem em posições inversas, você não ia querer que ele ficasse sentado aqui o dia inteiro.

Ele observa o meu rosto como se houvesse alguma resposta para o Universo ali. O que vê deve satisfazê-lo, porque assente levemente e se levanta. Oscila um pouco, como Bambi aprendendo a andar. Tenho um flashback repentino de quando os gêmeos tinham cinco anos e corriam pela praia, tropeçando toda hora porque os pés eram grandes demais para os corpos. E ninguém podia oferecer a mão para eles, porque mesmo naquela época os dois só queriam contar um com o outro.

— Pode ir. — Dou um empurrão gentil, porém firme, em seu ombro. — Deixa comigo. Deixa seu irmão mais velho fazer algo de útil pela primeira vez.

— Se ele acordar...

— Vou enfiar o travesseiro na cara dele. Porra. Claro que vou correndo te chamar. — Dou um empurrão seguido de outro até que ele finalmente comece a se mover por conta própria.

Espero que ele entre no banheiro e me sento, mas logo me levanto. Sawyer ficou tanto tempo sentado naquela cadeira que a almofada está deformada permanentemente pela bunda do meu irmão. Eu balanço a cabeça, pego outra cadeira e a puxo para perto da cama de Seb.

— Você devia acordar. Está deixando seu irmão preocupado. Ele está ficando doente de passar o dia todo sentado ao lado da sua cama.

Seb permanece imóvel.

— Ah, porra, talvez esteja melhor aí onde você está. — Passo a mão pelo cabelo e me encosto. — Você deve estar dirigindo carros velozes, transando com garotas bonitas, comendo coisas boas sem ninguém pegar no seu pé. Lembra como a gente se divertia em família?

Nós fazíamos piqueniques na praia, viagens de improviso. Minha mãe chegava de Paris com as mãos cheias de caixas laranjas e pretas. Nós fazíamos uma noite de filmes no *home theater*, com pipoca e milk-shakes caseiros. Minha mãe quase sempre cozinhava, e Sandy, a empregada, não ficava tanto em casa. Eu me esforço para acessar essas lembranças, mas não consigo chegar a nenhuma imagem sólida, só sentimentos fugidios. Atualmente, só sou capaz de recriar aquela atmosfera depois de uma bebida ou cinco.

Eu me mexo com desconforto. Preciso muito beber. Olho para o relógio. Sawyer está no banho há cinco minutos. A água ainda está ligada. Será que consigo sair, encontrar a lojinha de presentes e voltar sem ele reparar?

Estou me levantando quando o chuveiro é desligado. Porra. Eu me sento.

— Seb, assim que Sawyer sair, vou correr pra arrumar bebida. Assim, quando você acordar, vamos ter algo à mão pra comemorar. — Bato com o punho na cama, mas Seb não se mexe. Eu me levanto e pego a mochila. — Eu trouxe um pouco de pornografia pra você hoje. — Pego o catálogo de aviões. — Colocaram o AAV 510 em produção. Dois motores que vão a lindos 460 quilômetros por hora e podem viajar 15.700 quilômetros sem reabastecer, o que é suficiente para ir de Nova York a Tóquio sem ter que parar em Anchorage. O interior é de couro de napa e mogno, e fosco, não brilhoso, porque já deu dessa merda de brilho.

Sawyer sai do banheiro usando uniforme do hospital e passando a toalha no cabelo.

— O que você está lendo pra ele?

— Pornografia de avião. — Balanço as folhas exibindo o novo avião de luxo pequeno que a Atlantic Aviation está finalmente produzindo, depois de dez anos de designs e testes. Eu queria poder me sentar no assento do piloto dessa belezinha. É o jato pessoal mais poderoso e tem mais alcance de combustível do que qualquer avião pequeno que existe por aí. Vai revolucionar a viagem internacional de certo segmento da população, as pessoas que não podem pagar o quarto de milhão que custa para alugar um jato particular internacionalmente, mas que não querem pegar um avião comercial. A lista de espera já tem uns cinco anos a essas alturas. É esse o acordo que meu pai está fechando agora.

— Que chaaaato. — Sawyer franze o nariz com repulsa. Esse era o único interesse que eu e Seb tínhamos em comum que ele não compartilhava com o gêmeo.

Não tem, eu lembro rapidamente a mim mesmo. Ele não está morto, droga. Ainda ama aviões. Porra de presente do indicativo.

— Essa roupa de hospital fica boa em você. — Sinto que estou vendo o Sawyer do futuro. Um médico na família Royal? É possível.

— Você devia trazer pornografia de verdade.

— Sei lá. E se ele ficar de pau duro enquanto eu estiver contando as aventuras de Sarah e Sasha? O cara não pode descabelar o próprio palhaço, e eu que não vou fazer isso pra ele.

Sawyer pensa por um minuto antes de dizer:

— O que mais você vai ler pra ele?

Dou um empurrão no meu irmão mais novo.

— O que você é? Monitor de sala?

— Ele é meu irmão — diz Sawyer, cruzando os braços com obstinação. A pose o faz parecer ter dez anos, com o lábio projetado e a testa franzida.

— Meu também — eu o relembro.

— Ele é meu gêmeo.

— E você não nos deixa esquecer disso. Vá comer, senão vou sentar em você até você pedir arrego.

— Você não consegue mais fazer isso.

— Quer apostar? — Arqueio uma sobrancelha. Atualmente tenho passado mais tempo malhando e brigando do que qualquer um dos meus irmãos — Você está definhando aqui. Consigo te segurar com uma das mãos nas costas.

Sawyer deve estar se sentindo vulnerável, porque não discute. Só mostra o dedo do meio e sai.

Eu me sento de novo.

— Você tem que acordar e nos salvar de Sawyer. Ele está virando um velho. Onde a gente estava mesmo? Ah, é. Estou mostrando as opções. Essa belezinha acomoda vinte pessoas e tem chuveiro e banheiro completo. Mas é no acabamento que estamos realmente ganhando grana. Além disso, ouvi meu pai falando sobre o avião militar furtivo que estão testando. Chega a Mach 6. Obviamente não é tão rápido quanto o North American X-15, mas pelo menos não precisa ser carregado como um avião bebê e largado como uma bomba pra poder voar de verdade. — Eu viro a página.

Não ganho nem um tremor de pálpebra.

— Você é tão horrível quanto Hartley. Mandei mais de dez mensagens de texto e ela está me deixando no vácuo. Você está ouvindo as novidades sobre o brinquedo mais legal que o meu pai já fez e está me ignorando. Você poderia ao menos apertar meu dedo? — Pego a mão de Sebastian. *Ela pode ao menos ler as drogas das mensagens?*

Apoio a cabeça na mão livre quando uma onda de impotência toma conta de mim. Uma bebida cairia muito bem. De verdade. *Tudo vai ficar bem*, digo para mim mesmo. Eu inspiro fundo, me sento e começo a ler de novo.

Capítulo 13

HARTLEY

Meu segundo dia de volta à escola não é muito melhor do que o primeiro.

— Felicity diz que você não consegue se lembrar de nada — me fala uma garota quando estou lavando as mãos no banheiro antes do almoço.

— Para com isso, Bridgette. Você sabe que é fingimento — contraria outra garota. Ela projeta os lábios e passa gloss vermelho. — Eu também ia querer fingir que nada tinha acontecido se tivesse quase matado Sebastian Royal.

— Você soube que Lauren não foi visitá-lo nem uma vez?

— Eu soube que eles terminaram. Passei no hospital depois da aula ontem, e Sawyer estava muito mal. — Outra garota, esta com cabelo escuro e pele perfeita, se junta a nós na pia. — Espero que os Royal apareçam na festa porque sei exatamente como deixá-los animados.

— Com a língua? — diz a garota do batom, rindo.

— É claro.

As duas dão risada e batem na mão uma da outra.

Sinto-me apertada no meio das quatro garotas, todas tão lindas com o uniforme alterado. As saias são mais curtas do que a minha. Duas delas estão com camisa preta aberta e camiseta com desenhos por baixo, enquanto a garota de cabelo preto está usando uma branca, para fora da saia e desabotoada, revelando um lindo top de renda por baixo.

Olho para minha camisa branca simples e para a saia comprida de pregas e me pergunto como consigo me sentir tão desleixada se estou usando praticamente a mesma coisa.

— Nem precisa ir, Wright. Ninguém quer você lá — diz a que quer Sawyer.

— Eu não estava planejando ir — resmungo.

— Por quê? Você acha que está acima disso só porque Easton Royal te comeu? — Ela coloca as mãos nos quadris. — Por favor. Você não passa de uma piranha vagabunda. Seu papai comprou sua matrícula nesta escola e agora você fica tentando usar o sexo para entrar no nosso grupo, mas não é assim que funciona com a gente. Nós não queremos nada com você.

Até onde eu sei, Bridgette está certa: eu usei Easton para ser parte da galera "popular" de Astor. O ato parece consistente com uma garota que cola, faz chantagem e é expulsa de casa durante três anos. Apesar de querer discutir, não sei se tenho esse direito. Uma coisa de que tenho certeza é que a Hartley de depois do acidente não quer andar com gente tóxica.

— Não estou interessada em ser parte do seu grupo. — Puxo uma toalha de papel do suporte e seco as mãos enquanto Bridgette e seu grupinho ficam me olhando sem acreditar.

No corredor, vejo que minhas mãos estão tremendo. Eu as fecho e enfio nos bolsos do blazer. Antes que consiga me afastar da parede, três caras passam por mim. Um deles para e volta até ficar parado na minha frente.

— Hartley, não é? — O garoto é um pouco mais alto do que eu e tem ombros largos, pescoço grosso e lábios grandes.

— É. — Procuro algo em seu rosto que possa me fazer reconhecê-lo, mas minha mente não oferece nada.

Ele estica a mão e levanta a barra da minha saia com o celular.

— O que você tem aí embaixo?

Eu abaixo a saia e vou para longe do alcance dele.

— Não é da sua conta.

— Ah, eu tenho que pagar pra olhar? — Ele dá um sorrisinho por cima do ombro para os amigos, que parecem estar achando a brincadeira dele muito divertida. — Qual é a tarifa atual pra uma espiada na xereca? Cinquenta? Cem? Não se preocupe. Eu sou bom, não sou, rapazes?

É impossível eu não ficar vermelha, mas apenas um quarto disso é constrangimento. Os outros três quartos são de raiva.

— Se você fosse tão bom, não precisaria pagar pra uma garota tirar a calcinha, né? — Eu passo por ele, o coração tão disparado que parece que vai quebrar minhas costelas a qualquer momento.

Fico tensa, preparada para o momento em que ele vai segurar meu pulso, mas ele só murmura que é "melhor do que qualquer um que você já teve".

Minha tolerância para grosserias e babaquice chegou ao máximo e, por isso, decido evitar o refeitório e comer uma barrinha de cereal de uma máquina que fica perto da biblioteca. O dia está horrível e ainda está só na metade. Minha cabeça está latejando, minhas costelas estão doendo e minhas mãos ainda estão tremendo por causa do meu encontro com o garoto no corredor. O que será que tenho que fazer para ser expulsa da Astor Park? Colar só gera suspensão. Eu devia saber, né?

Fico me afogando em pena de mim mesma até a barrinha de cereal acabar. Jogo o papel no lixo e abro a porta da biblioteca. Preciso de respostas.

Encontro um computador desocupado e abro um documento do Word. Na página em branco, começo a digitar todos os "fatos" que descobri, dando um número a cada um baseado na escala de credibilidade. Cinco quer dizer que estou convencida de que realmente aconteceu. Um quer dizer de jeito nenhum.

Namorei Kyle – 1: Só tenho a palavra dele.
Transei com um monte de gente – 2: Mais de uma pessoa mencionou que eu sou bem generosa com meus encantos.
Fiquei com Easton – 5: Tudo bem, talvez não tenha exatamente ficado, mas tem alguma coisa aí. Um cara não aparece em uma confeitaria às dez da noite, te dá a jaqueta e te leva pra casa sem haver uma ligação.

Bran levou você pra casa, minha vozinha me lembra. Ele disse que éramos amigos, não sabia se namorei Kyle, mas confirmou que fui suspensa.

Colei – 5.

Olho para a lista. Eu sei quatro coisas sobre mim? Que tipo de comida gosto de comer? Ou que música gosto de ouvir? Por que não tenho amigos? Fico olhando para o cursor piscando, piscando, piscando...

A lâmpada se acende. Estamos no século XXI. Não existe pessoa viva sem uma história digital. Eu devo ter tirado fotos. Devo ter eternizado o que comia e roupas bonitas que usava e os lugares divertidos aonde ia. Quando descobrir minhas contas, posso montar as peças das minhas lembranças... por piores que possam ser.

Começo a abrir janelas de navegador, a digitar endereços de todas as redes sociais de que consigo lembrar. Faço busca atrás de busca, usando meu nome, meu aniversário, meu endereço.

Há muitas Hartley Wrights na internet, mas nenhuma delas sou eu. Tem uma Hartley Wright no Oregon que é enfermeira, e outra na Geórgia que tricota. Tem uma Hartley Wright três anos mais velha do que eu que estuda na UCLA e parece estar tendo uma vida ótima com seu grupo de amigos, armário amplo e namorado gatíssimo, embora não chegue nem perto de Easton Royal. Mas não tem nenhuma conta minha.

Como isso é possível? Parece que alguém apagou tudo associado a mim.

Consigo encontrar minha prima, Jeanette, mas o perfil dela é particular. Crio rapidamente uma conta de e-mail e faço um perfil de Facebook para poder enviar um pedido de amizade a ela. Ela não responde imediatamente. Eu afundo na cadeira. Ela deve estar na escola, assim como eu. Diferentemente de mim, ela não está matando aula.

Bato com os dedos na mesa. A falta de informações é muito estranha. Talvez eu só não saiba fazer pesquisa on-line. Eu nunca me pesquisei antes, e também não me lembro de ter pesquisado outras pessoas. Eu acho... acho que sempre fui uma pessoa na minha. É possível que não haja fotos porque eu não tinha muitos amigos naquela escola do norte. Sinto que não sou uma pessoa que fica tirando selfies, provavelmente porque não amo meu rosto redondo.

Talvez eu não fosse do tipo que saía e ia a festas, mas ficava em casa lendo. Isso explicaria por que, apesar de não me sentir muito inteligente, estou em algumas matéria avançadas aqui em Astor.

Suspiro, fecho todas as janelas de navegadores e penso no que vou fazer depois. Ainda preciso de um celular. Vou ter que pedir um para os meus pais. Fico pensando se eu tinha emprego no colégio interno. Eu tenho dinheiro? Não tinha carteira na minha escrivaninha, e minha bolsa sumiu.

Como a internet não está me oferecendo nada, acho que minhas pistas estão em casa e com a minha família. Passo o resto da tarde criando novas contas de redes sociais, para o caso de alguém do passado querer fazer contato comigo.

Mesmo sabendo que não devia, eu pesquiso Easton Royal. Ele tem uma conta de Instagram com umas quinze fotos, a maioria de aviões, da picape e dos irmãos dele. Embora ele não seja muito de tirar selfies, há muitas fotos de Easton on-line. Nelas, ele está quase sempre sorrindo, impossivelmente lindo e quase sempre com o braço em volta de alguma garota. Tem várias dele beijando garotas diferentes. Acho duas dele com Felicity. O jeito como ela olha para ele indica que, se pudesse, já teria marcado a data do casamento.

Ele não fica ruim em nenhuma foto. Nem quando está suado e desgrenhado depois do treino de futebol americano, nem quando está chegando à escola morrendo de sono, nem quando está parado no píer na frente da roda-gigante... *espera um segundo*.

Essa é a foto que Felicity enfiou na minha cara no hospital. Não olhei direito antes. A foto na tela é tão linda que parece ser falsa. As luzes do píer parecem pinceladas em uma tela preta. Tem um brilho etéreo no centro, acentuando um garoto alto inclinado na direção de uma garota mais baixa. A mão dele está no cabelo dela. Ela está segurando a cintura dele. O fofo moletom cortado que ela usa está levantado, deixando aparecer um pouco de sua pele. Os lábios dos dois estão grudados. Meus batimentos aceleram, e sinto um frio na barriga. Passo o dedo pelas costas dele e encosto o polegar nos meus lábios.

Como foi ser beijada por *ele assim*?

Olho as fotos da hashtag Easton Royal, porque é óbvio que ele tem uma hashtag. Paro em uma foto tirada um ano antes. Está escuro, mas consigo ver os dois indivíduos na foto. É Easton e a irmã postiça, irmã de criação, sei lá. É Ella. Está linda com um vestido preto colado com recortes. As mãos dele estão grudadas nas partes em que a pele dela está exposta. Os braços dela estão no pescoço dele. Os lábios estão grudados. Os olhos dele estão fechados. É um momento íntimo e carinhoso lindamente capturado que me dá vontade de vomitar.

Easton transa muito por aí – 5.
Easton gosta da irmã postiça – 5.
Felicity está certa sobre muitas coisas – 4.

Infelizmente.

O sinal toca, e eu me obrigo a desligar o computador. A cadeira no final arrasta no chão e chama minha atenção. Levanto o rosto e encaro a garota. Ela me examina rapidamente e sai andando sem dizer nada.

A vontade de correr atrás dela e pedir desculpas é forte, apesar de eu não a conhecer e não saber por que ela está com raiva de mim. É possível que eu tenha feito alguma coisa para ela antes e não consiga me lembrar. Quem sabe com quantos namorados eu dormi, em quantas matérias eu colei, quantas vezes eu magoei as pessoas?

O acidente é a forma que o mundo encontrou de me dar um tapa na cara. Acorda. Acorda e faz melhor. Eu empertigo os ombros. Não sei quem eu era antes, mas, de agora em diante, vou ser uma pessoa decente.

Sigo diretamente para o ponto de ônibus na frente da French Twist, a quatrocentos metros de Astor. O trajeto me leva até o shopping, e de lá posso pegar a linha nº 3, que me deixa perto de casa. É trabalhoso, mas é viável.

Quando estou andando pela calçada, ouço uma buzina. Pelo segundo dia seguido, vejo Bran Mathis acenando para mim. Pelo que entendi da nossa conversa de ontem, ele é o novo quarterback do time de futebol americano da Astor Park. Não é podre de rico como as outras pessoas da escola, e parece ser um cara bem legal.

Ele para o carro.

— Eu ia comprar sorvete pra minha mãe. Quer um também?

Capítulo 14

EASTON

— Quer alguma coisa? — eu pergunto a Sawyer. Estamos trabalhando nas tarefas das aulas perdidas há duas horas, e eu estou precisando de uma pausa.

Meu irmão parece estar melhor. As bochechas estão mais rosadas. As bolsas embaixo dos seus olhos agora parecem mais malas de mão do que malas extragrandes de viagem. Com Ella enchendo o saco dele e eu o ameaçando, ele fez duas refeições ontem e dormiu pelo menos seis horas. Hoje, estamos almejando três refeições e dez horas de sono. Já tomamos café da manhã e almoçamos, jogamos um pouco de *Call of Duty* no PlayStation e, agora, o dever de casa.

O bom mesmo para Sawyer seria sair do hospital. Melhor ainda se ele fosse à escola. Se precisava cuidar de alguém, ele poderia ficar de olho em Hartley para mim.

Perguntei a Ella como Hartley estava. O "não sei" dela foi ferino, mas atribuo isso à ansiedade que ela provavelmente está sentindo por ter que encontrar o advogado hoje. Qualquer coisa que a lembre o pai biológico, Steve, automaticamente estraga seu humor.

Sawyer afasta o livro de química e lança um olhar culpado na direção da cama de Seb, como se não tivesse permissão de se divertir com nada enquanto o irmão está em coma.

Dou um pulo e pego a carteira.

— Vou comprar um shake com calda dupla de chocolate do IC.

Sawyer lambe os lábios. É o favorito dele.

— Hum...

— Pode deixar, eu trago um grande pra você — digo, sem dar opção a ele.

O trajeto até o IC é curto. Fica na metade do caminho entre o hospital e a escola. Um monte de alunos da Astor Park vai para lá depois da aula, e não fico surpreso quando, ao chegar, vejo a sorveteria cheia.

Dom, um dos meus colegas de time de futebol americano, está apoiado no balcão junto à janela dividindo uma banana split com a namorada, Tamika, dando colheradas para ela.

— E aí, Royal — grita ele. — O que está rolando? Largou a escola?

— Estava no hospital.

O rosto de Dom se contorce comicamente enquanto ele tenta encontrar a expressão certa. A namorada dele dá um soco no peito dele.

— Dom. Aja de forma civilizada.

Não que ele sinta. Dom tem cento e quinze quilos de puro músculo. Vai para o Alabama no ano que vem, encher de medo o coração dos quarterbacks da faculdade.

— Ah, foi mal — ele murmura, e não sei se o pedido de desculpas é para mim ou para a namorada.

— Ele está se desculpando — ela esclarece. — A mãe dele ficaria muito constrangida.

— Não conta pra ela — ele diz, horrorizado. — Era só brincadeira!

— Tudo bem — digo para ele. — Está cheio hoje. — Olho para a fila e não identifico ninguém especificamente.

— Está. Willoughby deu teste-surpresa em governo e emendas constitucionais. — Dom parece estar quase chorando. E entendo. A mãe dele é apavorante.

— Parece que escolhi uma boa ocasião pra matar aula. — Dou um tapinha no ombro dele. — Te vejo depois. Preciso voltar pro hospital.

Eu me viro para entrar na fila quando um corpo de cerca de um metro e sessenta se choca contra o meu e vira uma casquinha de sorvete no meu moletom da BAPE.

— Ah, meu Deus, me desculpe. — Hartley passa a mão pelo meu peito e deixa uma longa mancha de sorvete de baunilha.

Tamika empurra Hart para o lado e coloca uns guardanapos na minha mão.

— Garota, você acabou de estragar um moletom de mil e quinhentos dólares com esse jeito estabanado.

— Mil e quinhentos? — O queixo dela cai.

— Não tem problema — digo para as duas.

Hart levanta a cabeça e seus olhos ficam tão grandes quanto dois pires.

— Tem alguma coisa errada? — Uma nova voz entra na confusão. Vejo Bran Mathis, aluno recém-transferido e quarterback do meu time, espiando por trás de Hart.

— Tem — dizem as garotas.

— Não — eu digo ao mesmo tempo.

O olhar dele vai do meu moletom para Hartley e novamente para mim, parando no macaco estilizado que tem na frente. Diferentemente de Hartley, ele reconhece a marca. Mas não importa, e digo isso para eles.

— Não é nada, não se preocupe. — Eu sorrio para Hartley. — Você parece ótima. Está se cuidando? — Eu a observo para ver se ela ainda tem sinais de estar sofrendo fisicamente pelo acidente ou, que Deus não permita, porque o pai a machucou de novo.

Não vejo nada fora do comum. Não tem hematomas nem cortes e nem arranhões. Nenhuma careta de dor nem rigidez nos movimentos. Uma parte do cabelo está caída para a frente, cobrindo seus olhos. Estico a mão para ajeitar, mas uma mão surge no ombro dela e a tira do caminho.

Dom inspira fundo. Tamika dá um gritinho.

Pisco sem entender e sigo a mão masculina do ombro da minha garota até o rosto de Bran. Não registro de primeira: a mão de Bran no ombro de Hartley. A mão de Bran está onde a minha devia estar.

Hartley também parece confusa, como se não soubesse bem por que Bran está tocando nela. Eu estico a mão e afasto a mão dele.

— Isso não tá legal, cara.

— É mesmo? É você quem vai me dizer o que é legal? Vem, Hartley. Pode ficar com meu sorvete. — Ele coloca a casquinha que já tinha enfiado na boca na cara dela.

Não estou entendendo o que está acontecendo aqui. Bran Mathis está em cima da minha garota, tocando nela e mandando ela botar a boca onde a dele estava? Ah, não.

— Valeu, mas posso comprar um sorvete novo pra ela.

— Eu não preciso... — ela começa a dizer.

— A gente vai embora — interrompe Bran. — Eu tenho que ir pra casa.

Hart assente. Ela assente, porra.

— Tudo bem. Me desculpe pelo moletom. Posso lavar pra você.

— Você pode lavar pra mim? — repito como um idiota.

— Posso, se você quiser. Também estou com sua jaqueta.

O salão da sorveteria parece se inclinar, tudo parece fora de prumo. Enquanto eu mandava mensagens de texto sem parar para ela, me preocupava com seu bem-estar todas as noites, dormia no chão do antigo apartamento dela, tentava convencer meu irmão mais novo de sair do hospital e ir pra escola pra que alguém pudesse proteger Hartley enquanto eu não podia, ela estava se ocupando com a porra do Bran Mathis?

Furioso, confuso e magoado, mas me recusando a demonstrar, recoloco a máscara, a que sempre usei antes de Hartley aparecer na minha vida.

— Mano, quando falei que a gente estava no mesmo time, eu estava falando do futebol americano, não que a gente podia pegar a mesma garota.

Hart diz alguma coisa, mas a tempestade de raiva está trovejando alto demais na minha cabeça para que eu consiga ouvir. Não vou à aula por dois dias e ela já ficou com o quarterback da Astor Park? Parece que fui eu que bati a cabeça uma semana antes. Estou sofrendo alucinações e minha linha do tempo atual é uma paródia grotesca do que está acontecendo no lado certo do mundo.

— Você só está determinada a ferrar ainda mais com a cabeça, né? — digo para Hartley.

Ela franze a testa sem entender.

— O q-quê?

— O médico disse que você não devia contar com as lembranças das outras pessoas. — Balanço a mão com irritação na direção de Bran. — Você não deve ouvir as histórias que eles contam sobre você, seu passado...

Bran interrompe.

— Ei, eu não estou contando história nenhuma...

Eu o silencio com um olhar e me viro para Hartley.

— O que você está fazendo é perigoso — murmuro e vou embora, porque, se eu ficar mais um segundo ali, todas as cadeiras perto da vitrine da loja vão voar pela janela e cair junto ao meio-fio. A vontade de bater em alguma coisa, de enfiar o punho em alguma coisa e ouvir um estalo horrendo quando o impacto vier é forte demais. Eu abro a porta da minha picape e quase a arranco das dobradiças.

— Por que você se importa com o que ela pensa?

Segurando a lateral da porta, eu me viro e vejo Felicity a uma curta distância. Ela trocou a roupa da Astor Park por um traje esportivo caro. Uma calça de corrida de seda Prada e uma jaqueta de cashmere. É uma roupa que ficaria bem em Hartley. Eu poderia comprar para ela... Mas afasto o pensamento.

— Não é da sua conta.

— Ela não vale seu tempo — continua Felicity, como se eu não tivesse dito nada. — Você é mais rico do que Bran. É mais bonito. Tem muito mais status social do que ele. É natural que os dois se aproximem. Eles funcionam na mesma esfera baixa. — Ela balança a mão de um lado para o outro perto da cintura. — Você e eu, Easton, nosso lugar é aqui. — A mão vai acima da cabeça. — Juntos.

— Prefiro enfiar meu pau no escapamento da minha picape do que enfiar em você — respondo, e entro no carro. Felicity não se move, e acabo tendo que passar por cima do meio-fio para não atropelá-la.

Aquela garota está usando os últimos neurônios que tem se acha que vou ficar com ela. Se ela fosse a última mulher do mundo e eu tivesse que trepar com ela para sobreviver, eu me jogaria no vulcão mais próximo.

Mas ela está certa sobre uma coisa. Eu acho mesmo que sou melhor para Hartley. Não é por ter mais dinheiro do que Bran, apesar de isso também ser verdade. É que vou lutar por ela. Bran demonstrou certo interesse em Hartley quando ela apareceu em Astor Park, mas desistiu depois de uma conversa comigo. Ele não merece uma segunda chance. Eu não deixei Hart para trás. Eu nunca... Enfio o pé no freio porque perdi a rua do hospital. Dou ré na picape e viro no meio da rua, ignorando as buzinas e gritos de raiva dos motoristas próximos.

Mostro o dedo do meio e entro no caminho do hospital. Paro a picape na entrada do estacionamento especial e jogo a chave para o manobrista.

— Easton Royal — aviso por entre dentes e disparo pela porta de entrada sem esperar.

Ainda estou irritado quando chego ao quarto de Seb.

— Até que não demorou — diz Sawyer quando entro.

Eu me jogo no sofá duro e ligo a televisão.

— Trouxe meu milk-shake?

— Você disse que não queria — rosno.

— Eu não disse nada. Você disse que ia trazer um grande.

— Se você quer tanto um milk-shake, então vai buscar você mesmo. — Eu aperto o botão dos canais e vou vendo as opções. Nenhuma presta. ESPN? Quem quer ver boliche? USA? Está passando *S.O.S. Malibu* de novo? Quantos anos têm esses caras? MTV? Gravidez adolescente? Não, obrigado.

— O que entrou no seu cu e morreu aí dentro?

Hart, tenho vontade de gritar, mas não grito porque não sou bebê. Sou um homem, e não fico arrasado por merdas assim. Por causa de garotas que preferem ficar com outros caras. Por causa de pessoas de quem você gosta e que desistem de você. Essas emoções são para os fracos e burros.

Deixei isso tudo para trás quando minha mãe se matou. A promessa que ela fez de me amar para sempre durou até meus catorze anos de idade. E Hartley nunca disse isso para mim. Não há juramentos quebrados, nenhuma mentira foi dita. Ela não consegue nem se lembrar de mim, de tão insignificante que sou.

— Foi essa porra de quarto. — Jogo o controle remoto de lado. — Nós não precisamos de milk-shakes, Sawyer. Não temos dez anos. Nós precisamos de bebida. É o único jeito de conseguirmos aguentar essa merda.

— É? — Ele parece intrigado. — E o hospital permite isso?

Ele sussurra essa última parte como se falar sobre o assunto fosse tão ilegal quanto beber.

— Como vão saber?

— Aonde você vai conseguir?

Pego a mochila e a abro. Dentro, no fundo, tem as duas garrafas de Smirnoff que estavam tilintando lá desde o último jogo de futebol americano da temporada. Só sobrou um terço da vodca. Eu abro a tampa e ofereço a garrafa para ele.

— Você anda por aí com uma garrafa de vodca? — diz Sawyer com surpresa, pegando a bebida e virando na boca.

Sinto uma pontada de culpa, mas afasto o sentimento. É tão anormal assim carregar álcool por aí? Eu não bebo nada há semanas, desde o acidente. E não planejo dirigir agora. Vou ficar aqui até Ella chegar, e já estarei sóbrio até lá. Uns goles de Smirnoff não vão me detonar. Pode ser que nem chegue a ficar tonto.

— Não tem muito aqui. — Sawyer passa a mão na boca.

— Tem mais na picape — prometo, porque é verdade; eu sempre guardo algumas garrafas adicionais no compartimento da caçamba onde fica o macaco. Sorrindo para Sawyer, inclino a cabeça para trás para derramar a vodca direto na garganta.

Capítulo 15

HARTLEY

Tudo acontece de repente. O sorvete caindo da casquinha. A mão de Bran no meu ombro. Easton saindo com irritação. Todos os olhos do ambiente grudados em mim. Acho que nunca fui centro das atenções antes do acidente, porque não me sinto à vontade. Olho para baixo para verificar se meu zíper está fechado, mas percebo que ainda estou com a saia pregueada da Astor Park.

Estou toda arrumada, ao menos por fora. Por dentro, estou confusa e trêmula e quero afundar no chão. Mas, nos dois dias desde que voltei à escola, aprendi rapidamente que demonstrar fraqueza é um convite para ser alvo.

Eu empertigo os ombros, ergo o queixo e saio. O sol da tarde acerta minha cara e me cega momentaneamente. Tropeço nos meus pés desastrados e quase caio de cara no concreto. Humilhada, vou até o carro de Bran e espero que ele se junte a mim.

Ele vem cerca de cinco minutos depois, trazendo uma casquinha nova para mim.

— Toma. Eu não queria que você fosse pra casa de mãos vazias. — Ele estica a mão com a casquinha, mas não a pego porque estou com medo de que aceitar a casquinha seja substituição de um acordo de seguir por um caminho que não quero tomar.

— O que foi aquilo tudo? — eu pergunto.

— O que foi o quê? — Ele pisca com inocência enquanto morde a própria casquinha.

O fato de ele bancar o idiota não me agrada, e o olho de um jeito que diz exatamente isso. Como ele não é totalmente sem noção, aperta os lábios e olha para longe.

— Achei que você tivesse dito que éramos amigos — eu digo. Ele tem sorte de estar frio do lado de fora, senão aquele sorvete estaria escorrendo pelos dedos dele.

— Nós éramos. Somos — ele diz para o parquímetro.

— Então por que você está agindo como se houvesse mais entre nós? — Claro que é possível, mas eu duvido. Não sou convencida o bastante para achar que consegui levar para a cama o garoto mais popular e também o quarterback da escola. Tanta atenção, como o veneno de Felicity, o tratamento na escola, esse garoto com sorriso ensolarado me levando de um lado para o outro nos últimos dois dias, tudo isso vem de alguma coisa que não tem relação direta comigo. O olho da tempestade é Easton Royal. Só estou recebendo os efeitos de estar na esteira dele. — O que você tem contra Easton?

Bran fica tão abalado com minha pergunta que não responde imediatamente. Em vez disso, se esconde atrás da casquinha. Espero até ele terminar, o que não demora.

— Eu gosto do Easton — diz ele. — Ele fazia parte de uma defesa assustadora, e fico feliz de não ter precisado enfrentar ele no campo, num jogo. Ele é uma companhia divertida, mas...

Sempre tem um mas. Estou começando a ficar irritada por Easton.

— Se ele é um cara legal, você não devia fazer coisas para irritá-lo de propósito. Não sou uma peça de jogo que você pode mexer pra marcar pontos em cima de outras pessoas.

Bran faz cara feia.

— Não é isso que eu estou fazendo.

— Então explica.

— Tudo bem. — Ele cruza os braços sobre o peito. — Ele é um jogador, não é? Não quero que se aproveitem de você na sua condição.

Bran me vê como fraca e vulnerável. Uma donzela que precisa ser salva. Posso não estar nas minhas melhores condições neste momento, mas sei que consigo encarar minhas batalhas sozinha.

— Não sei muito bem o que aconteceu comigo nos últimos anos, mas planejo descobrir, e essa é uma coisa que eu preciso fazer sozinha. Obrigada pelo lanche e pela carona. — Eu me viro para ir embora.

Bran estica a mão e segura meu pulso.

— Hartley, espera. Me desculpe. Foi uma reação automática. Um cara como Easton sacaneou minha irmã, e não quero que o mesmo aconteça com você. Só isso.

Delicadamente, solto os dedos dele do meu pulso.

— Acredito em você e agradeço a preocupação, mas vou de ônibus mesmo.

Eu o deixo no meio-fio e ando até o ponto de ônibus. Pegar carona com Bran não me pareceu certo antes, mas eu não sabia bem por quê. Ele era legal e inofensivo, e não tentou dar em cima de mim. Respondia às minhas perguntas da melhor forma que podia, mesmo as constrangedoras, sobre quando colei. Mas nunca me senti totalmente à vontade com ele. Foi quando encontrei Easton que entendi o porquê.

Fui tomada de culpa quando olhei naqueles olhos azul-mar. Senti como se tivesse feito alguma coisa errada. Quando a mão de Bran pousou no meu ombro, um momento de choque e dor surgiu no rosto de Easton antes das janelas se fecharem e ele tentar fazer piada para sair da situação. Eu me senti tão mal quanto me sentiria se Easton tivesse me encontrado nua com Bran.

E Easton está certo. Estou fazendo tudo que o médico me aconselhou a não fazer. Todas as noites, tento lembrar quem fui nos últimos três anos, e todos os dias alguém insere alguma versão da verdade na minha cabeça, ou eu a absorvo por conta própria. De qualquer forma, tudo está misturado, como se minha cabeça estivesse cheia de M&Ms e Skittles. Não consigo diferenciar os chocolates das balas e, quando tento, sinto um gosto horrível.

Talvez eu não deva olhar para trás. Perder três anos é horrível, mas tentar lembrar e não conseguir não é ainda pior? Ou tentar lembrar e só encontrar as coisas muito ruins? Será que é uma bênção? Quantas pessoas têm uma oportunidade real de se livrar da culpa pelos pecados do passado e seguir em frente, livre?

Por que eu não aproveito esse recomeço e formo novos relacionamentos? Com meus pais, com minha irmã, com meus professores e com meus colegas da Astor Park? Eu devia contar minhas bênçãos. Não é todo mundo que tem um diploma da Astor Park Prep. Vou poder entrar em quase qualquer faculdade que quiser com base na força do meu diploma do ensino médio. Astor Park tem *muito* prestígio.

De que adianta tentar construir um passado com fragmentos das lembranças de outras pessoas? Não são nem lembranças. São só histórias, acontecimentos com toques de ficção. Se eu tivesse que criar um filme do meu passado, eu seria a heroína. Alguém que lia para os idosos solitários em casas de repouso ou que salvava animais ou que cavava trincheiras em vilarejos. Eu não seria essa alpinista social covarde que usava qualquer um por perto para subir na vida.

Tentar lembrar ou compensar coisas que fiz no passado está me fazendo mais mal do que bem. De agora em diante, vou assumir minha perda de memória. Se alguém parecer não gostar de mim, não vou perguntar o que fiz, só pedir perdão. Vou parar de prestar atenção em histórias de gente como Kyle e

Felicity, porque, apesar de haver verdade em algumas das coisas que eles me disseram, eles não estão ajudando.

E daí se não consigo me lembrar da euforia de quando segurei a mão de um garoto pela primeira vez e nem do triunfo de tirar uma boa nota em um projeto ao qual me dediquei muito? Nem do calor durante as festas de fim de ano em volta de uma árvore, cantando canções de Natal e sorrindo de alegria enquanto as pessoas que eu amo abrem os presentes que escolhi com carinho para cada uma? Não importa, eu digo para mim mesma. Posso criar novas lembranças. E essas não vão carregar a mancha de qualquer código moral horrível que eu pudesse ter antes da queda.

Subo no ônibus, coloco as moedas no buraco e me sento no fundo.

Vou vivenciar todas essas primeiras vezes de novo. O primeiro amor. O primeiro beijo. A primeira vez. Seco as lágrimas do rosto. É um milagre, na verdade. Um filete de lágrima escorre para o canto da minha boca. Elas estão vindo mais rapidamente do que consigo secar.

Uma verdadeira bênção.

Repito isso para mim mesma o caminho todo para casa, torcendo para que, assim que pisar dentro de casa, já esteja acreditando.

Capítulo 16

EASTON

— Isso aqui está com cheiro de destilaria — diz a voz de Ella vinda de cima. Parece que ela está falando por um tubo, um tubo bem comprido.

Faço sinal para que ela chegue mais perto.

— O que você disse?

— Você está fedendo.

Uma coisa molhada e pesada cai na minha cara.

— Porra!

— Dá pra falar sem arrastar as palavras?

Não estou falando arrastado. Estou falando perfeitamente. Deve haver alguma coisa de errado com a audição dela.

— O que foi?

— Ugh. Sawyer. Sawyer! Droga. Você também está bêbado. Que perfeito. Desculpa, Callum, mas nenhum dos seus filhos está em condições de falar ao telefone agora. Eles detonaram uma garrafa de vodca.

Levanto os dedos. Foram três. Que insultante ela achar que eu desisti depois de uma garrafa quase vazia.

— Jogar água na cara deles? Joguei uma toalha molhada em Easton e ele nem ao menos se mexeu. Tá, vou tentar de novo.

Uma toalha! É isso. Eu tiro a toalha da cara. Preciso tentar duas vezes para conseguir puxá-la o suficiente para me permitir respirar.

— Me dá o telef...

Splash!

Um dilúvio afoga o resto das minhas palavras. Pulo do sofá e olho com raiva para ela enquanto sinto o líquido escorrer dos meus olhos.

— Que porra é essa?

— Funcionou — ela diz ao telefone, parecendo surpresa. Ela escuta quem está do outro lado da linha e joga uma toalha para mim. *Ela disse Callum?*

Pego a toalha e seco o rosto, sem tirar os olhos dela para o caso de ela decidir jogar outro balde de água na minha cabeça. Meu cérebro funciona com preguiça. Ela está falando com o meu pai.

— Não tenho ideia se ele é capaz de ter uma conversa. Ele está apertando uma toalha com a mão e provavelmente deve estar imaginando como seria espremer meu pescoço com a mesma força.

Não vou fazer isso, mas estou com raiva. Ella e eu sempre fomos unidos. Nunca achei que ela fosse dedurar que bebi para o meu pai.

Eu me afasto do sofá e tiro o celular da mão dela.

— Como está Dubai?

Está vendo, eu lembro o que está acontecendo. Meu triunfo pessoal dura apenas um segundo, porque o quarto começa a girar. Meu pai diz uma coisa que não entendo porque é difícil me concentrar no que ele está dizendo quando estou ocupado me concentrando em não colocar para fora todo o conteúdo do meu corpo por toda a mesa de mármore.

— Pode repetir? — pergunto.

— Eu pedi pra você cuidar de todo mundo enquanto eu estivesse fora. Você me prometeu que seria capaz de fazer isso.

Há uma pausa. Acho que ele está esperando que eu diga alguma coisa.

— Estou cuidando.

— Fazendo seu irmão menor encher a cara no quarto de hospital enquanto o gêmeo dele está em coma?

Desta vez, o embrulho no meu estômago não tem nada a ver com o consumo de álcool.

— Bom, colocando assim, parece ruim — digo, fazendo uma piada péssima.

Há um silêncio prolongado do outro lado da linha, enquanto meu pai deve estar fantasiando de me jogar da varanda do quarto de hotel no centésimo quinquagésimo andar.

— Estou esperando você crescer, Easton. Você tem dezoito anos. Que Deus ajude as pessoas fora de Bayview, porque vou ter que soltar você entre elas.

Ele me faz parecer um desastre ecológico... se bem que eu não disse uma vez para Ella que nós, Royal, éramos como um furacão de categoria 4? Talvez ele não esteja tão enganado. Ainda assim, não é bom ouvir uma bronca desse tipo do seu pai. Uma nova dose de vodca ajudaria a tornar esse sermão bem mais tolerável. A gente bebeu tudo ou ainda tem pelo menos uma garrafa?

— Enquanto você não puder provar que é um adulto capaz, vou te tratar como criança. Isso quer dizer que, além de não voar, você também não vai mais ter carro.

— Eu não dirijo carro. Meu possante é uma picape.

— Juro por Deus, Easton Royal! — explode ele. — Não estou de brincadeira. A vida não é uma brincadeira e o seu comportamento é muito perigoso. Se você não der um jeito na sua vida, vai passar o próximo semestre na escola militar The Citadel. De agora em diante, você não tem carro e não tem dinheiro. Vai ter que me pedir permissão se quiser alguma coisa, e quero o pedido por escrito. Está ouvindo?

— Acho que o andar inteiro está ouvindo — respondo. Passo a língua pela boca seca. Estou me sentindo muito desidratado. Onde está aquela porcaria de garrafa?

— Só faço questão que uma pessoa escute, mas acho que não está dando certo. Volto em vinte e quatro horas. Tente não fazer muita merda até lá — ele grita e, em seguida, desliga o telefone.

Fico olhando para o aparelho.

— Ele desligou na minha cara.

Ella estica a mão e tira o celular de mim.

— Você está surpreso? Você está bêbado em um hospital, Easton. Seu irmão mais novo bebeu até apagar, o mesmo irmão que está sofrendo porque seu melhor amigo e gêmeo está em coma. Você está fazendo piadas porque, por algum motivo, tem alguma dificuldade de pedir desculpas. Eu te amo, East, mas você perdeu a linha feio.

Um sentimento sombrio e cruel cresce no meu peito. Ela nem é da família. O sobrenome dela não é Royal, é O'Halloran. Ela nem devia estar aqui. O único motivo de ela estar morando na nossa casa foi porque meu pai sentiu pena de uma órfã que ele encontrou tirando a roupa em um buraco de strip-tease. Ela mantém o lugar na família porque está transando com meu irmão. Ela...

— Durand veio ficar com os gêmeos. Vou levar você pra casa.

O motorista do meu pai entra no quarto com uma revista enrolada na mão grande.

Engulo minhas palavras de raiva.

— Que legal. — Ando até a mochila e a jogo no ombro, fingindo que o tilintar que ouvimos é resultado de duas garrafas de refrigerante e não de Smirnoff. Sinto uma vergonha profunda e tenho dificuldade de olhar para Ella. Se ela soubesse o que eu estava pensando, ficaria magoada.

Quando foi que virei esse babaca? Esse é o papel do meu irmão Reed. O meu sempre foi o de Royal divertido e amoroso. O cara que sabe se divertir. Ella está certa? Eu estou perdendo a linha?

É o hospital. Estou perdendo o controle desde que Hart apareceu com Bran e Seb continua em coma. Tento domar a raiva e lembro a mim mesmo que Ella está do meu lado, apesar de não estar agindo como se estivesse, e saio atrás dela. Nenhum de nós diz nada quando seguimos pelo corredor e nem quando entramos no elevador para descer até o primeiro andar. O silêncio é pesado e constrangedor, como se ela soubesse o que eu estava pensando.

Tento quebrar o gelo.

— O hospital é o melhor lugar pra encher a cara. Se houver qualquer perigo, tem uma enfermeira pra te botar no soro.

Ela suspira.

— E tenho certeza de que esse foi seu primeiro pensamento quando você encheu o copo do seu irmão menor de idade, não foi?

— Os gêmeos bebem o tempo todo, Ella. Você acha que é a primeira vez que Sawyer encheu a cara?

— Essa não é a questão. Ele não devia estar bebendo quando está tão chateado por causa de Seb...

— Por acaso você se tornou xerife desde a última vez em que te vi? — digo com rispidez. Estou tendo muita dificuldade para segurar as armas pesadas. Ela quer que eu cite o passado dela?

— Peço desculpas por me importar — ela responde.

A pressão no meu peito cresce de novo.

— Escuta, Ella, eu já tenho um pai, então por que você não larga da porra do meu pé? — rosno.

— Tudo bem. — Ela levanta as mãos e sai batendo os pés. — Eu estou preocupada com você, tá? Eu te amo. Não quero que você acabe no necrotério!

— Bom, é isso que vai acontecer se eu não espairecer de vez em quando — grito.

— Algum problema aqui?

Nós dois nos viramos e vemos um policial nos olhando com expressão ansiosa. Meu pai vai ter um infarto se receber uma ligação em Dubai dizendo que Ella e eu fomos levados para a cadeia por conta de uma briga. Não sei mais quantos traumas minha família é capaz de suportar.

— Não — digo.

— Não — responde Ella ao mesmo tempo. — Nós estávamos indo embora — ela acrescenta e segura minha mão. Eu a deixo me arrastar até chegarmos ao carro dela.

Eu me solto e entro, puxando o banco do passageiro o mais para trás possível. Pensando que é melhor ficar de boca calada, fecho os olhos e finjo descansar.

Infelizmente, Ella ainda não acabou.

— Val viu você com Felicity no IC. O que ela queria?

Merda, tem espiões por toda parte.

— Chupar meu pau. — Levanto o joelho porque não tem espaço para as minhas pernas no pequeno carro de Ella. Como Reed cabe aqui? Juro que meu pai comprou essa caixa de fósforos ambulante para que Ella e Reed não tivessem espaço para transar aqui. Não que isso os tenha impedido, claro. Os dois não conseguem tirar as mãos do corpo um do outro, e os quartos deles ficam a três metros de distância. A única coisa que os impede de trepar como coelhos é a ausência de Reed. Ele fica na State durante a semana, e Ella passa a maioria das noites sozinha.

Desconfio que eles estejam fazendo alguma perversão com o computador, mas não tenho interesse na vida sexual deles, principalmente porque ando totalmente na secura. Hartley e eu não chegamos tão longe, e não por falta de esforço da minha parte. Ela não estava pronta, então tive que deixar o pau guardado. Não foi fácil. Fazer justiça com as próprias mãos não é tão bom quanto estar dentro de uma garota.

— Por que o suspiro? — Ella pergunta. — Felicity?

— Porra, não. Estou pensando na quantidade de vezes que tive que bater punheta porque Hartley não estava pronta pra fazer sexo.

Ella geme.

— Sério, East? Não precisava ter compartilhado essa informação.

— Gata, você perguntou por que o suspiro. Eu respondi. Se não gosta das respostas, não faça as perguntas.

— Tudo bem. Tudo bem. — Ela afunda no banco.

Eu me recuso a me sentir mal por ser ríspido com ela. Ou por compartilhar pensamentos íntimos. Ella me dedurou. Se não está interessada no que faço, devia aprender a ficar longe.

— Onde fica sua chave extra? — pergunto.

— Pra quê?

— Pra que você acha? — franzo a testa pela lerdeza dela.

— Não posso emprestar meu carro, Easton. Callum disse que não podemos te ajudar.

Para uma garota que tirava a roupa para pagar as contas, seus limites são mais rígidos do que pedra.

— Ella, agora não é hora de resolver ser obediente. Nós não respondemos a Callum. Os filhos Royal cuidam da própria vida. As únicas pessoas que cuidam de nós somos nós, e somos mais fortes quando estamos juntos. Quando começamos a atacar uns aos outros é que as paredes caem.

— É isso que você pensa?

— Não é o que eu penso. É a verdade. — Ela esqueceu o próprio passado? Quando ficamos ao lado dela, a acolhemos sob nosso nome, servimos de escudo para ela? Estou começando a ficar de saco cheio.

— Não sei, East. Lembra o que você disse antes? Que você só sabe destruir as coisas, e não construir? Sinto que estamos à beira da ruína. É como se estivéssemos parados no Penhasco da Insanidade e bastasse uma decisão errada para o penhasco despencar.

Tento fazer uma brincadeira porque, se não fizer, vou acabar arrancando a cabeça dela.

— Você está pensando assim porque está sentindo falta de pau. Eu ofereceria o meu, mas acho que Hartley não ia gostar.

— Isso se ela lembrar que está comigo.

— Meu Deus, Easton, nem tudo se resume a sexo, viu? Estou falando de nós como família. Sebastian está em coma. Sawyer está pirando a cada minuto que Seb não acorda. Gideon está obcecado por Savannah e só consegue ver os peitos dela, e Reed está ocupado na faculdade. Você e eu — ela balança o dedo entre nós — temos que ser os adultos.

— O seu problema é o seguinte, Ella. Você não sabe o que é ser um Royal de verdade. Ser adulto é coisa de gente que não tem fundo fiduciário nem mesada de cinco algarismos. Para que a nossa grande economia continue a prosperar, você e eu temos que gastar esse dinheiro. Isso quer dizer sair atrás de diversão em todas as suas formas gloriosas.

— E como você sugere fazer isso com Seb em coma? Porque Callum botou todo o dinheiro dele nesse problema, mas Seb continua desacordado. Você olhou seu outro irmão? Ele parece um zumbi. Uma vítima de coma ambulante.

Solto um fluxo longo de ar, frustrado.

— Você é uma tremenda empata-foda. — Meu pai tirou minha licença de piloto no ano passado, depois de uma bebedeira radical. Achei que era só esperar e ele acabaria voltando atrás. Ele sempre voltou atrás no passado. Mas não dessa vez. Só está piorando. — Não consigo acreditar que meu pai tirou minha picape.

É verdade que eu não teria enfrentado o pai de Hart se não estivesse bêbado, o que significa que ela não teria saído dirigindo chateada, e a alta velocidade de Seb teria sido só mais um dia de estrada. Ainda assim, é uma coisa eu me sentir culpado, e outra bem diferente é meu pai estar colocando a culpa em mim.

Ella me olha com tristeza.

— E sem a moto. Você vai ter que ficar totalmente no chão agora, não só sem voar, mas também sem todas as formas de veículos motorizados. Ele disse que, de agora em diante, Durand vai te levar aos lugares.

— Nem fui eu que sofri um acidente. Foi Seb. — Mas não falo com muita convicção, porque sinto uma culpa danada.

— E ele está pagando por isso, não está? Callum não quer perder mais um filho.

— Para com isso, Ella. Você sabe que isso é besteira. Eu vou lá e compro outro carro. Posso fazer isso facilmente com o dinheiro que tenho na minha conta. — Eu tenho mais de uma conta no banco. Uma conta básica, uma conta poupança, uma conta de investimentos, uma conta de corretagem e meu fundo fiduciário. E daí que meu pai cortou meu acesso ao fundo? Grande coisa.

O olhar dela se volta para a janela. Desconfiado dessa atitude evasiva, eu pego o celular e abro o aplicativo do banco. A conta está zerada. Abro o aplicativo de investimentos, mas não consigo nem entrar. A senha foi trocada. Checo todos os outros aplicativos e vejo que não consigo entrar em nenhum.

— Filho da puta! — Bato com o telefone no painel. O estalo é horrível quando ele cai no chão. Eu pego o aparelho e passo o dedo pela tela quebrada. — Como você soube? — pergunto, a fúria mal controlada.

Ela continua sem me olhar nos olhos.

— Callum me mandou uma mensagem de texto e me pediu pra te dar carona pra casa. Ele ligou pra você mais de dez vezes. Estava preocupado.

— Aquele babaca me deixa beber o tempo todo quando eu estou em casa.

— *Em casa* são as palavras-chave aqui — grita ela. — Quando você estava em casa, eu podia monitorar você. Mas, East, às vezes você leva tudo longe demais. Sawyer não devia estar bebendo agora, não no estado mental em que ele está. Ele já está mal demais sem a bebida.

— É? Então por que ele não pode ter uma porra de momento de paz mental depois de tudo que passou? — grito para ela. — É só o que a gente quer! Que as vozes na cabeça da gente calem a porra da boca!

— Reed diz...

Minha fúria chega a um nível incandescente.

— Eu não quero ouvir o que o filho da puta do Reed tem a dizer.

Meu irmão e minha discutivelmente melhor amiga estão conspirando contra mim. Eu sempre fui o pária na minha família. Reed e Gid eram os mais velhos. Eram superfodidos, mas ficavam unidos, guardando segredos que quase fizeram Ella ser morta e Reed ser jogado na prisão. Os gêmeos eram quase um só. Falavam uma língua silenciosa entre eles, faziam as mesmas aulas, compartilhavam roupas, praticavam os mesmos esportes, dormiam com a mesma garota.

Minha mãe me dava atenção especial por causa disso. É por isso que estou sendo sacaneado agora. Reed está com ciúme porque sempre quis mais tempo da mamãe e não teve. Agora, ele está virando Ella contra mim.

— Não fica com raiva — ela diz.

Eu quase mordo a língua no meu esforço de não responder. Assim que ela pisa no freio em frente de casa, eu pulo pela porta. Ela grita alguma coisa para mim, mas não me dou ao trabalho de decifrar. Se querem me tirar da família, estão fazendo um ótimo trabalho.

Subo a escada e vou até o armário. Aperto um botão embaixo da prateleira central e espero os longos dez segundos para o painel falso no fundo se erguer. Quando o cofre fica à mostra, digito a senha e pego meu dinheiro. Não é muito, cerca de cinco mil, mas devo conseguir encontrar um jogo de pôquer na cidade para fazer com que essa quantia aumente. Encho minha mala de mão da *Louis Vuitton* com umas cuecas, uma muda de roupas, meu uniforme idiota da porra da Astor Park e artigos de higiene.

Quando termino, ligo para Pash, uma das poucas pessoas decentes que conheço. Dia ou noite, o cara está sempre no celular. Previsivelmente, ele atende depois do segundo toque.

— O que está rolando, cara? Estou no meio de uma coisa. — Ele parece ofegante.

— Preciso de carona.

— O que aconteceu com a picape?

— No mecânico.

— Você não tem uma frota de carros aí? Ah, porra, bem aí, gata.

Reviro os olhos. Claro que Pash está atendendo o telefone até no meio de uma trepada.

— Meu velho está se cagando de medo de outro filho ir parar no hospital. Nenhum de nós pode dirigir agora, só Ella.

O gemido de Pash não é sexual desta vez. A reputação de Ella de não dirigir além de sessenta quilômetros por hora é um fenômeno famoso em Astor Park.

— Cara, desculpa. Você pode me dar... Espera, gata. — Ele faz uma pausa, aparentemente tentando calcular quanto tempo vai precisar para terminar.

— Esquece. — Não sou tão insensível a ponto de interromper a diversão de um amigo. — Vou pedir um carro.

— Graças a Deus — ele diz, aliviado. — Te ligo mais tarde.

— Nem esquenta.

— Não. Isso não vai demorar. Ai. Caramba. Não, eu vou chupar você. Eu falei que ia. Porra — diz ele ao telefone. — Eu tenho que ir.

Engulo uma gargalhada e me sinto um pouco mais normal. Meu mundo está ferrado, mas todas as outras pessoas estão funcionando normalmente.

Saio de casa para que Ella e eu não irritemos um ao outro ainda mais. Ando até o portão de entrada. Enquanto espero o carro, abro minhas mensagens de texto para Hart. Ela ainda não leu nenhuma. Isso me deixa com raiva, triste e frustrado. Por que ela está andando com Bran? Ela se lembra dele, mas não de mim? Esse pensamento me faz querer bater com meu telefone já quebrado no asfalto até não ter sobrado nada além de uma pilha de pedacinhos de metal. Claro, se meu telefone for destruído e Hart tentar me escrever, eu não vou ver.

O que Bran está fazendo? Está ferrando a cabeça dela como Felicity? Está tentando ir pra cama com ela agora que ela está vulnerável? Que tipo de comportamento imundo é esse? Checo meus contatos. Tenho certeza de que tenho o número dele.

— Achei — digo quando encontro o contato dele. Mando uma mensagem de texto.

Não se mete com a minha garota.

Ele responde imediatamente. *Estou cuidando dela.*

Eu: Isso não é trabalho seu.
Bran: Você não está por perto.

Porra nenhuma, eu digito, mas, antes de apertar o botão de enviar, registro quanto a acusação dele é precisa. Ele está certo, o filho da puta. Eu não estou na escola. Ele está. Enquanto eu estiver bancando o cão de guarda de Seb no hospital, Hart está por conta própria em Astor Park.

Enfio o telefone no bolso de trás sem responder à última mensagem de Bran. Vou deixar isso passar agora porque, por mais puto que eu esteja de ele estar invadindo meu território, Mathis é um bom sujeito. Ele... Eu trinco os dentes e fecho os punhos. Ele vai cuidar de Hartley na escola. Ela precisa.

Mas é melhor que ele fique longe da cama.

— Você vai para o lado leste? É isso mesmo? — pergunta o motorista dez minutos depois, quando entro no banco de trás. É um sujeito magro com o nariz grande demais para a cara. Ele digita na tela como se tivesse certeza de que está funcionando mal.

— É.

— Você trabalha aqui? — pergunta ele, indicando minha casa com a cabeça.

— Mais ou menos isso. — Coloco um fone na cabeça, e o motorista se toca e cala a boca. O lugar para onde vou é bem diferente do lugar de onde estou saindo, mas é o único lugar em que consigo pensar para ir.

Ela não está lá, mas é a casa dela. E, agora, também é a minha.

Capítulo 17

HARTLEY

Não tenho tanta certeza se fui enviada para longe ou se fugi, concluo mais tarde. O lar Wright é um pesadelo. Meu pai passa vinte e quatro horas por dia grudado no celular. Minha irmãzinha, que lembro como sendo mal-humorada, virou uma semente do demônio que, qualquer noite destas, provavelmente seria capaz de me matar enquanto durmo. Minha irmã mais velha não vai à nossa casa desde o primeiro dia em que voltei. Minha mãe fala constantemente sobre o que uma certa sra. Carrington está fazendo. Esta semana, a sra. Carrington vai fazer uma desintoxicação com sopas.

— A gente devia tentar — sugere ela para o meu pai, enquanto ele devora um pedaço de carne assada com batata-doce.

Ele não tira os olhos do celular.

— É muito nutritivo. Podemos fazer caldos com plantas ou ossos como base. A sra. Carrington leu um artigo para nós sobre uma empresa de Los Angeles que vende um programa de um mês. O preço é bem razoável, mas, se você achar que não devemos gastar comprando a comida, sei que posso pensar em algumas receitas por conta própria.

— Dá pra acreditar nessa merda? — meu pai responde, sacudindo o celular para nós. — Callum Royal vai ser indicado pra outro prêmio filantrópico. Ninguém de Bayview consegue enxergar por trás desse aproveitador? Ele só está comprando todo mundo pra que ninguém consiga ver o filho da puta corrupto que ele é.

— A família de Callum Royal está aqui há umas cinco gerações — diz minha mãe. — Eu não o chamaria de aproveitador.

Meu pai bate com a mão na mesa. Todas nós pulamos.

— Você defenderia Jack, o Estripador, se ele tivesse dinheiro.

Minha mãe fica pálida, e Dylan parece querer entrar embaixo da mesa.

— Não é verdade, John. Você sabe que eu também não gosto dos Royal. — Ela coloca o prato de batatas na minha mão e faz sinal com o queixo para que eu sirva mais para o meu pai. Ele já comeu duas vezes. Talvez ela ache que ele pode entrar em coma de carboidratos e parar de ter raiva dela.

No pouco tempo que estou em casa depois que saí do hospital aprendi que nós todas passamos longe do meu pai. Ele tem temperamento ruim e língua ferina, o que imagino que lhe sirva bem no tribunal. O celular dele toca, e ele atende a ligação ali mesmo, à mesa de jantar.

Ninguém fica surpreso, então ajo como se fosse normal, apesar de achar estranho. Por que não se levantar e ir para o escritório? Por que não esperar até acabarmos de comer?

— Como foi hoje na escola? — pergunta minha mãe para me distrair.

Dá certo. Eu afasto a atenção do meu pai.

— Foi bom — minto. Ou talvez não seja mentira, mas mais esperança. Estou falando do futuro que quero que exista.

Na minha frente, Dylan faz um ruído debochado. Ela não está de bom humor desde que voltei do hospital.

Coloco a colher na mesa e me encho de paciência.

— O que foi agora? — pergunto. — Estou comendo errado de novo?

Na noite anterior, minha irmãzinha disse que o jeito que eu mastigava fazia com que ela tivesse vontade de vomitar. Ela fez sons de ânsia na mesa até meu pai gritar com ela e mandá-la para o quarto.

— Tudo em você é errado. Você nem devia estar aqui.

— Eu sei. Você já me disse isso um milhão de vezes desde que voltei do *hospital*. — Eu enfatizo a última palavra, mas a garotinha de merda nem liga. Na verdade, acho que ela me mandaria de volta para lá se soubesse que conseguiria se safar com isso.

— Você é nojenta.

— Obrigada pela sua opinião não solicitada.

— Eu queria que você tivesse ficado em Nova York.

— Eu ouvi nas primeiras dez vezes que você falou.

— Você é nojenta.

— Você também já disse isso.

— Mas mesmo assim você está sentada aí, me expondo à sua nojeira. — Dylan se vira para a mãe. — Por que ela voltou? Achei que o papai tinha dito que nunca mais queria ver a cara dela.

— Chega — repreende minha mãe, e lança um olhar de culpa na minha direção.

Meu pai nunca mais queria ver a minha cara? Eu me viro para olhar para ele, mas ele ainda está ocupado com o telefonema.

— Vai haver muito envolvimento da imprensa — ele diz, parecendo empolgado com a ideia.

— Você disse que ela ia estragar tudo e que tinha que ser punida — minha irmã insiste.

— Você precisa calar a boca, Dylan. Agora, termina o jantar. — Minha mãe está com os lábios apertados. — E você, Hartley, vá botar seu uniforme na secadora pra que fique cheiroso pra amanhã.

— Sim, senhora. — Eu me levanto de forma desajeitada e esbarro na mesa com o quadril, fazendo com que o copo quase cheio de leite de Dylan quase vire.

— Meu Deus, você é uma puta tão desastrada — ela rosna.
— Já chega! — grita meu pai.

Nós três pulamos de surpresa. Eu não tinha percebido que ele tinha desligado o telefone. Pelo rosto chocado de Dylan, ela também não, senão não teria falado palavrão.

— Já chega — ele repete com expressão de desprezo. — Estou cansado da sua boca suja. Você está tomando seus remédios? — A mão dele está fechada com força.

Eu me encolho. À minha frente, uma expressão de medo surge no rosto de Dylan.

— E-e-estou — ela gagueja, mas a mentira é tão óbvia que faço uma careta solidária.

— Por que ela não está tomando a porcaria do remédio? — meu pai grita com a minha mãe

Ela retorce o guardanapo entre os dedos.

— Eu dou todas as manhãs para ela.

— Se desse, ela não estaria agindo assim, como uma escrotinha, estaria? — Ele se afasta de repente da mesa, fazendo tudo balançar.

Os olhos de Dylan se enchem de lágrimas.

— Eu vou tomar — murmura ela. — Só esqueci hoje.

Meu pai não está ouvindo. Ele está na cozinha, abrindo uma gaveta e pegando um frasco de comprimidos. Ele pega o frasco âmbar na mão, volta e o coloca com força na mesa.

— Toma — ordena ele.

Minha irmã olha para o remédio como se fosse veneno. Lentamente, levanta o braço do colo, mas não tão rápido quanto meu pai gostaria.

— Estou cansado da sua babaquice. — Ele afasta o frasco da mão dela, abre e vira o que parece ser metade dos comprimidos na mão. — Você é uma merdinha mal-humorada que fala palavrão como se tivesse lixo na boca. Não vou tolerar isso. Entendeu? — Ele aperta a boca de Dylan com as mãos até que ela se abra.

— Para! Eu vou tomar o remédio! — Dylan grita enquanto lágrimas escorrem pelo seu rosto.

— Pai, por favor — digo, esticando a mão por cima da mesa, como se isso fosse impedi-lo de continuar. Que loucura. Ele está fazendo pressão demais. A pele do maxilar de Dylan está ficando branca nos pontos onde os dedos estão apertando.

— Você se senta aí. Eu falei que ela era influência ruim pra Dylan. Ela não devia ter tido permissão para voltar para esta casa. — Ele enfia dois comprimidos na boca de Dylan, parecendo não perceber as lágrimas que pingam na mão dele. — Engole, garota. Está ouvindo? Engole agora. — Ele fecha a boca da minha irmã e cobre o nariz e os lábios com a mão grande até ela engolir.

Olho para minha mãe em busca de ajuda, mas ela não está nem ao menos olhando para nós. Seu olhar está grudado na parede de trás, como se fingir não ver essa insanidade fosse fazer com que ela deixasse de existir.

— Acabou? — ele pergunta.

Dylan assente com infelicidade, mas meu pai não a solta. Ele abre o maxilar dela à força e passa os dedos dentro da boca, até o fundo da garganta, fazendo-a engasgar. Finalmente, quando fica satisfeito, ele a solta e se senta, limpa as mãos calmamente no guardanapo e pega o celular.

— Com licença — diz Dylan rigidamente.

— Claro, querida — responde minha mãe, como se nada fora de comum tivesse acontecido.

Dylan sai correndo da mesa. Fico olhando para ela.

— Eu... — Como você diz para seus pais que discorda da forma como eles criam os filhos? Que isso está tudo errado? Que eles não deviam estar tratando os filhos assim?

— Estou vendo que você está chateada, Hartley — diz minha mãe —, mas sua irmã precisa mesmo dos remédios e às vezes, quando não toma, ela machuca a si mesma. Seu pai só está tentando protegê-la.

— Não parece. — Sem dizer mais nada, fujo da sala de jantar e corro atrás de Dylan.

Ela se trancou no quarto e consigo ouvir seu choro abafado. Meu maxilar dói em solidariedade.

— Ei, sou eu.

— Vai embora — ela rosna. — Tudo estava bem até você chegar.

— Por favor, eu só quero ajudar.

— Então vai embora! — ela grita. — Queria que você tivesse morrido naquele acidente. Vai embora e não volta nunca mais.

Eu recuo. Ela está chateada. Superchateada, e quem não estaria? Se meu pai segurasse meu rosto para enfiar comprimidos na minha goela, eu também estaria chorando no meu quarto. Mas as palavras de Dylan parecem pessoais, como se ela estivesse com raiva de alguma coisa que eu fiz. Meu juramento de esquecer o passado é idiota. Não posso seguir em frente se a forma como cada pessoa reage a mim se baseia nas lembranças que elas têm. Eu queria poder me lembrar disso. Se eu pudesse recuperar apenas uma memória, gostaria que fosse a do motivo do meu relacionamento com Dylan estar tão ferrado.

Encosto a testa na porta dela.

— Desculpa — digo para ela. — Me perdoa por ter feito mal a você. Não lembro, mas peço desculpas.

Ela responde com silêncio, o que é mil vezes pior do que os insultos.

— Me desculpa — repito. — Me desculpa. — Escorrego junto à porta até sentar no chão. — Me desculpa. — Fico repetindo as palavras sem parar até minha garganta doer e minha bunda ficar dormente. Mas não há som em resposta.

— Hartley, sai da porta da sua irmã — diz minha mãe de cima.

Eu me viro e a vejo subindo a escada. Ela para na metade e faz sinal para que eu vá na direção dela. Balanço a cabeça que não porque não tenho energia.

— Sua irmã tem problemas, você não lembra?

Eu balanço a cabeça de novo. Minhas últimas lembranças de Dylan são dela quando criança; ela foi uma criança mal-humorada, mas criança mesmo assim. Essa garota de treze anos com comportamento de vinte e cinco é alguém inteiramente novo para mim.

— Ela fica desse jeito quando não toma o remédio. — Minha mãe balança os dedos. — E seu pai fica com raiva. — Ela chacoalha a mão com agitação. — É um ciclo vicioso. Não encare como algo pessoal.

Eu faço que sim, aceitando a absolvição que não mereço.

— Saia daí agora. — Ela faz um sinal de novo, desta vez para eu me aproximar dela.

Vou lentamente até a escada e me sento, descendo sentada um degrau de cada vez, como fazia quando era bebê.

Minha mãe coloca dinheiro na minha mão.

— Pega o carro e vai ver seus amigos. Deve haver um lugar que você possa ficar durante um tempo, até seu pai se acalmar.

Não quero sair. Quero ir para a cama puxar as cobertas por cima da cabeça e dormir por tempo suficiente para esse pesadelo acabar.

— Pra onde eu poderia ir? — eu pergunto, a voz rouca.

Uma irritação aparece no rosto dela.

— Vá procurar seus amigos. São oito horas ainda. Eles devem estar por aí fazendo alguma coisa.

— Acho...

— Não ache. Vá.

E é assim que vou parar atrás do volante do Acura da minha mãe, olhando para o sinal no cruzamento das ruas West e 86, sem saber que direção tomar. Sem saber qual é meu lugar no mundo. Sem saber se aguento mais um dia assim sem desmoronar.

Capítulo 18

EASTON

— Pash, você é o cara — digo quando viro o conteúdo do saco de papel que arranquei das mãos dele cinco segundos antes. — Sua garota ficou muito puta?

— Prometi comprar uma Birkin pra ela, então podia até atropelar o cachorro dela que não teria problema. Isso é... interessante — comenta ele, olhando ao redor. — Você está fazendo algum tipo de experimento social pra aula de ética, como Barnaby Pome fez no ano passado?

— O quê? Não. — Beijo as duas garrafas de Cîroc e as coloco na bancada, ao lado dos dois copos e do saco de gelo que encontrei na loja de conveniência da esquina. Quem podia imaginar que gelo vinha em saco? — Pome é um idiota. Ele não pegou verme ou alguma coisa horrível assim? Eu nem faço aula de ética.

Estilo de vida ético é uma aula esquisita da Astor Park. As intenções podiam ser boas quando a aula foi concebida, mas os alunos de Astor conseguem estragar qualquer coisa. Um cara quase botou fogo na escola tentando fumar as roupas de cânhamo de um colega. Outra garota foi parar no hospital depois de tentar morar um mês em uma árvore. O pior foi Barnaby Pome, que decidiu ser frutariano e só comia frutas.

Com o avanço do semestre, ele disse que só comeria frutas que crescessem nas próprias raízes, o que aparentemente é superdifícil nesta época de frutas cultivadas biologicamente. Ele passou a procurar no litoral de Bayview e no bosque depois do campo de golfe. Era só questão de tempo até que ele ficasse doente. Dizem que encontraram uma solitária de trinta centímetros no estômago dele por causa de uma coisa que ele pegou no chão da floresta para comer.

— Então o que é isso tudo?

Afasto o olhar das coisas que Pash levou para mim e o vejo parado no meio do apartamento, girando em um círculo lento.

— É um apartamento.

— Eu sei disso, seu animal. Estou perguntando o que você está fazendo aqui.

— É o apartamento de Hart — eu digo simplesmente. Isso devia explicar tudo.

Mas Pash não entende, pois continua fazendo perguntas.

— E onde está Hartley?

— Na casa dos pais.

— Não tem nada aqui.

— Estrela de ouro pra você, capitão óbvio. — Olho para a pilha que organizei. Tem um vape, fluido, uns sacos de batatas, um saquinho de maconha e uns papéis. Onde está a coisa boa?

— Você vai dormir no chão deste buraco porque espera que Hartley lembre onde foi que vocês treparam e volte correndo para cá?

Fico tenso e olho para Pash.

— Primeiro, não fale assim de Hart. Nunca. — Olho fixamente para ele, até ele baixar o olhar para o chão. — Segundo, não tem nada de errado com este lugar. É aconchegante.

— Tudo bem, mas você percebe que está parecendo um doido esperando que a desmemoriada lembre que está apaixonada por você.

A coragem de Pash vem de uma amizade que começou quando éramos novos o bastante para achar que comer terra era maneiro, mas eu já havia dado um aviso. Atravesso em dois passos a distância que nos separa e, no terceiro passo, seguro o colarinho dele e o empurro direto na parede.

— Eu falei pra você não falar dela assim.

Ele arregala os olhos, alarmado.

— F-foi mal, cara — ele gagueja, agarrando meus pulsos.

— Não vai acontecer de novo, vai? — Não é uma pergunta de verdade.

Pash entende. Ele assente furiosamente.

— Nunca mais. Nunca — ele promete.

Eu o solto e volto até as coisas enfileiradas na bancada.

— Cara, isso era uma edição limitada de Prada direto das passarelas, de um desfile que ainda vai rolar em Paris — reclama Pash. — Recebi de Milão tem dois dias.

— Me sinto péssimo por você. Onde está a coca que pedi que você trouxesse? A bala?

Ele limpa a garganta. Olho para ele com desconfiança.

— É, a questão é que estou preocupado com você, E. Você está estranho desde o acidente.

— Porque não quero ouvir merdas sobre a minha namorada?

— Não. Porque está ignorando os amigos, quase atropelou um garoto hoje cedo em área escolar e parece que já está enchendo a cara faz vinte e quatro horas. Eu gosto de você, e foi por isso que não trouxe nenhuma droga pesada. Se quiser alguma, vai buscar. — Pash ajeita a gola da camisa e sai andando para a porta. A placa fina de madeira quase cai quando ele a bate ao sair.

O eco dos passos dele é o único som que ouço por muito tempo. Até as vozes na minha cabeça, que estão sempre presentes e que tento afogar com os comprimidos, as bebidas e as brigas, estão quietas agora. No silêncio, sinto a intensa solidão que tento sempre afastar. O buraco no meu coração que sempre tento encher de garotas e mais garotas começa a se tornar um cânion sem fundo, sem fim. Não estou mais na beirada do abismo, olhando para dentro. Já estou dentro dele, despencando na escuridão infinita.

Pego a primeira garrafa e a abro, deixo o copo e o gelo de lado e tomo direto no gargalo. Se pudesse injetar álcool nas veias, era o que eu faria.

Levo a garrafa até a mala e me sento no chão. Quando fecho os olhos, troco o cânion por uma escuridão diferente. Uma em que as nuvens estão mais próximas do céu. A noite preta é interrompida por brilhos de vermelho e verde e branco. A mão de Hartley está na minha. Ela está rindo. O rosto está próximo o suficiente para aumentar minha pressão... dentre outras coisas.

Tem mais de duas semanas. O perfume dela ainda está na picape. Consigo sentir o cabelo preto sedoso deslizando pelos meus dedos. O gloss de hortelã que faz minha língua formigar. Finjo que ela está aqui e que o peso leve dela me empurra no linóleo. Que os dedos dela estão desabotoando e abrindo o zíper da minha calça, e que os meus estão puxando e expondo o corpo delicioso dela. Enfio a mão na calça, mas a sensação da minha mão no meu pau só acentua minha solidão.

Por que não podemos voltar àquele ponto duas semanas atrás, quando meu irmão estava consciente e Hartley se lembrava de mim? Tomo outro gole grande e outro, até os incômodos do dia desaparecerem e a escuridão virar uma explosão de cores.

Capítulo 19

HARTLEY

Decido ir até a biblioteca. Apesar do horário, está cheia.

— Fechamos em meia hora — diz um adolescente magrelo com um tom ríspido. Eu faço que sim e aperto a jaqueta em volta dos ombros.

Na verdade, não é minha jaqueta. É de Easton Royal. Ele me deu outro dia, depois que Felicity e Kyle me encurralaram na French Twist. Não a devolvi ainda. Não tenho celular, mas aqui é Bayview. Todo mundo conhece os Royal, e seria fácil descobrir onde ele mora. Eu poderia ir até lá agora e deixar a jaqueta na varanda.

Passo o dedo pelo zíper e cheiro a gola pela centésima vez. O aroma vai ficando mais fraco cada vez que eu aspiro, mas não consigo parar de usá-la. Vou devolver. Vou mesmo. Só não hoje.

Puxo o couro para perto do queixo e digito o nome da medicação que Dylan foi obrigada a tomar. O resultado me informa que essa medicação serve para tratar transtorno bipolar e enxaquecas, e que ela pode morrer se tomar demais. Tento não ficar preocupada, porque na internet todos os sintomas acabam levando à morte. Os sites médicos são os diagramas de decisão da morte. Você tomou um comprimido? Se tomou, vai morrer. Você não tomou um comprimido? Se não tomou, vai morrer.

Ainda assim, fico preocupada e pesquiso mais, tentando absorver o máximo que consigo no pouco tempo que vou ficar ali. Sinto os olhos hostis do funcionário da biblioteca nos meus ombros.

Conforme leio a descrição do transtorno bipolar, muitas das ações de Dylan começam a fazer sentido para mim. Ela provavelmente precisa do remédio e, se não tomou nada hoje, a quantidade de comprimidos que tomou agora à noite não é perigosa. Ainda assim, meu pai me deixou morrendo de medo. Acho que a solução aqui é fazer com que Dylan tome os remédios. Desse modo, meu pai não perderá o controle e Dylan não sofrerá com as mudanças de humor intensas e debilitantes.

As informações me deixam um pouco melhor.

— Fechamos em cinco minutos. — O anúncio soa nos alto-falantes.

Bato com os dedos com inquietação no teclado. Verifico o aplicativo de mensagens para ver se minha prima Jeanette respondeu. Fico pensando... Não, decidi que não ia mais ficar pensando em nada. Além do mais, não quero irritar o funcionário. Uso essa desculpa como a jaqueta de couro de Easton e corro para o carro.

Quando ligo o motor, percebo que fico perturbada só de pensar em ir para casa. Mas nada em Bayview me parece familiar. Talvez seja em parte por causa da minha perda de memória ou talvez tenha a ver com o fato de que não moro aqui há três anos. Não tem lugar com minhas raízes, nenhum lugar com a minha marca, nenhum lugar para eu me esconder, refletir ou comemorar.

A imagem do píer surge na minha cabeça, mas não é uma lembrança do passado, só da foto que vi. De Easton me abraçando com tanto carinho, o corpo grande em volta do meu como se ele pudesse me proteger das pedras que a vida joga em você. Passo a língua pelos lábios e me pergunto como foi ser beijada por Easton Royal, sentir a mão dele na minha nuca enquanto ele me segurava para pressionar os lábios dele contra os meus. Aquele foi nosso primeiro beijo ou o último?

Uma dor estranha e vazia se desenvolve no meu peito, e, apesar da consternação que invade os espaços vazios da minha mente, eu a recebo com satisfação. É *alguma coisa*.

Ligo o carro, desligo o cérebro e saio dirigindo. Passo por Shoreview, a rua paralela ao litoral. Há cercas brancas e infinitas magnólias interrompidas apenas por um ocasional portão ou entrada. Nada disso desperta lembranças. Dirijo até os portões ficarem estreitos e os gramados ficarem menores e menores, até não haver gramado; só concreto, terra e cascalho.

Os prédios são mais baixos no lado leste da cidade. Algumas janelas estão cobertas por tábuas. Os carros na rua são velhos, e o aroma do mar é substituído pelo de gasolina, óleo de fritura e lixo.

Acabo indo parar na frente de uma casinha de dois andares com uma escadaria externa que parece prestes a cair. O lugar está todo iluminado. O odor do beco ao lado da casa é forte o suficiente para entrar pelas janelas do carro. Tem um homem calvo sentado na varanda, usando um casaco cáqui e botas de borracha e fumando um cigarro. Não sei por que motivo eu saio do carro.

— Oi, garota — diz o homem entre baforadas. — Achei que você não ia voltar.

Levo um segundo para registrar as palavras dele, mas, quando entendo, quase tropeço nos meus pés para conseguir chegar nele.

— Eu sofri um acidente — digo. — Tive um acidente e...
— Paro logo antes de admitir que perdi a memória. E se ele for perigoso? Por que eu o conheço? Ele é meu...? Não consigo nem pensar em um substantivo para completar essa frase.

— É, estou sabendo de tudo, garota. — Ele dá outra tragada longa e sopra uma nuvem de fumaça. — Recebi a grana de pedido de desculpas, lembra?

Franzo a testa.

— Grana de pedido de desculpas?

Ele levanta a sobrancelha.

— Por destruir meu carro. Seu amigo me entregou o gordo envelope que você pediu que ele trouxesse para mim. Não sei onde você conseguiu aquela grana e nem vou perguntar. — Ele pisca. — Aquele Volvo não valia nem metade do que você pagou. E, se você veio ver ele, pode subir. Ele está em casa.

Eu destruí o carro dele? Pedi para meu "amigo" entregar um envelope cheio de dinheiro? Quem eu vim ver? Quem está aqui? Minha confusão chega ao ápice supremo.

— Hum... — Respiro fundo. — É, eu vim ver ele. — Estou mentindo, e olho para o apartamento de cima. — Ele mora ali em cima?

— Fica aqui de vez em quando, pelo que percebi. Eu aluguei o apartamento para ele quando seus pais tiraram todas as suas coisas daqui. — Ele joga o cigarro no chão e apaga com o calcanhar da bota. — Mas, se você quiser voltar, pode resolver com ele, já que vocês se conhecem. Não ligo pra quem vai ficar. Vou considerar que você me pagou o aluguel até fevereiro. — E, com isso, ele entra em casa e me deixa atordoada.

Lembro a mim mesma de respirar e começo a pensar em tudo que ele revelou. Eu morei naquele lugar. Tinha acesso a dinheiro, porque pagava o aluguel, provavelmente por mês. Considerando que estamos no fim de novembro, eu já teria pago até dezembro. Meus pais não só sabiam sobre aquele apartamento, mas também foram lá e pegaram todos os meus *pertences* de lá de dentro. Onde estão essas coisas, então? Tudo no meu quarto é novo, exceto algumas peças de roupas. Eles jogaram fora? Estão escondendo? Qual seria o sentido disso?

Todas as promessas que fiz a mim mesma de seguir em frente independente do passado são esquecidas quando tenho esse vislumbre do passado. Subo a escada correndo, alimentando a ideia de que o indivíduo lá em cima, vivo e respirando, me conhece. Ninguém de Astor viveria aqui. Aquelas pessoas dirigem carros que custam muito mais do que toda essa casa. A pessoa é alguém que me conhece de fora de Astor, de fora da minha família, e portanto alguém que pode ser real comigo.

No patamar do alto, eu me jogo na porta e bato com força, até ouvir passos. Junto as mãos e prendo a respiração até a porta ser aberta.

— O que você está fazendo aqui?
— Easton? — digo, ofegante.

Se eu fosse obrigada, sob a mira de uma arma, a listar todas as pessoas que poderiam estar morando naquele apartamento, Easton Royal com certeza teria sido a última dessa lista. Descalço, com uma calça jeans e uma regata tão fina que dá para ver todo o abdome definido, ele ainda parece caro demais para esse ambiente velho.

— Jaqueta legal — ele diz, esticando a mão para dar um peteleco na gola.

Com vergonha, puxo a barra da jaqueta. Eu tinha esquecido que estava com ela. Seguro-a com força.

— Hum, eu pretendia devolver pra você, mas não sabia como fazer contato.

— Um telefonema bastaria. Até mensagem de texto. — Ele apoia o corpo alto na porta, bloqueando a visão.

— O homem lá embaixo... — Eu faço uma pausa. — Ele é o senhorio?

— José? — Easton assente. — É, ele é o dono disto aqui. É um bom homem.

— Ele falou que eu destruí o carro dele. — Esfrego as têmporas. — E que paguei por isso, que meu amigo deixou o dinheiro, e... — Minha cabeça está começando a doer de novo.

Os olhos azuis de Easton assumem um brilho sério.

— Você pegou o carro dele emprestado na noite do acidente.

— Ah. — Uma horrível pontada de culpa gera um fluxo de lágrimas. — E depois bati o carro? — Eu dou um gemido. — Que horrível. Ele deve me odiar.

Isso gera um movimento de ombros e um sorriso leve.

— Que nada. Eu cuidei de tudo. Paguei mais do que o seguro teria pago. Pode acreditar, ele adorou.

Olho para ele boquiaberta.

— Você pagou? Por quê?

Ele dá de ombros de novo e não responde.

— Quer entrar?

— Quero. — Não espero que ele chegue para o lado. Não espero outro convite. Sigo em frente e, de repente, paro no meio do aposento vazio. Mas não está totalmente vazio. Tem uma bolsa preta no meio da sala, amassada no meio. Também vejo um blazer da Astor Park amassado, um par de tênis e duas toalhas. Uma garrafa de vodca, um saco com uma coisa verde seca e uma caixa de cerveja ocupam a bancada.

Arregalo os olhos quando vejo a erva e as bebidas. Seria aquela uma espécie de casa de drogas da Astor Park, onde eu fornecia álcool, drogas e... meu corpo? Era assim que eu pagava por aquele lugar? A vontade de vomitar no chão é sufocante. Eu ganhava dinheiro vendendo o corpo para os garotos da Astor Park? Foi por isso que meus pais jogaram tudo fora? É por isso que são tão enigmáticos? Pode ser por isso que me mandaram para longe de casa.

Os insultos que Kyle fez sobre mim ressoam nos meus ouvidos. Eu queria atribuir aquilo ao fato de ele ser um babaca que estava inventando coisas para me fazer sentir mal, mas, quando faço um círculo lento e não vejo nada na sala além de alguns itens pessoais que suponho serem de Easton, não consigo deixar de imaginar.

— É aqui... Nós... Que lugar é este?

Easton fecha a porta silenciosamente e vai até a bancada. Abre a garrafa de vodca, serve dois copos e me entrega um.

— Seu antigo apartamento. O que você achou que era?

Pego a bebida e rolo o copo entre as palmas das minhas mãos suadas. Devo dizer para ele que estou com medo de ser uma prostituta adolescente e de ele ser um dos meus clientes, ou o fato de meus pensamentos terem seguido *esse caminho* releva um desvio que eu preferiria esconder? Eu poderia dizer que estou surpresa de saber que não morava com meus pais e sim em uma parte de Bayview que acho que nenhuma garota respeitável frequenta. É tão verdade quanto a preocupação sobre o que eu fazia.

Abro a boca para falar sobre a casa dos meus pais, mas acabo perguntando:

— Nós fizemos sexo aqui?

Easton quase engasga com a vodca.

— É disso que você se lembra? — Ele tosse.

Sei que estou vermelha, mas, agora que tomei esse caminho, é melhor terminar. Sempre posso pular da janela quando chegar ao final.

— Não, mas não tem nada aqui além disso — com o polegar, aponto por cima do ombro para a mala e as roupas — e daquilo. — Aponto com o indicador para a erva e a bebida.

— Você é boa em cálculo, Hart, mas suas habilidades na matemática simples são questionáveis. Não dá pra somar uma bolsa de fim de semana e uma quantidade minúscula de maconha e chegar à conclusão de que é uma casa de sexo. — Ele termina o copo e enche de novo.

— Então dá em quê? — E quantos copos de vodca ele vai beber? Eu me mexo com desconforto e bato com o pé em alguma coisa. Olho para baixo e vejo uma garrafa vazia de vodca perto do dedão.

Easton se aproxima e pega a garrafa, agindo como se fosse perfeitamente normal. Mas, quando ele se inclina para jogar a garrafa no lixo, consigo ver as pontas das orelhas dele ficarem vermelhas.

— Quando você morava aqui, você dormia em um sofá. Pensei em dormir no mesmo lugar quando aluguei o apartamento. Eu não sabia que estava vazio. — Ele se empertiga, inclina a cabeça e me observa por um longo momento. Ele chega a alguma conclusão, uma que não me conta na mesma hora, e se aproxima para tirar o copo ainda cheio da minha mão. Ele vira todo o conteúdo dos dois copos no ralo, pega a carteira e joga o blazer nos ombros. — Vem. Se não vamos beber, vamos comer alguma coisa. Você vai precisar de algo no estômago.

São palavras meio ameaçadoras, mas, quando Easton coloca a mão quente embaixo do meu cotovelo, percebo que, dentre todas as pessoas, é nele em quem eu mais confio.

Capítulo 20

EASTON

Eu bebi demais. Esse foi meu primeiro pensamento quando abri a porta e vi Hartley parada no patamar bambo, usando a jaqueta Saint Laurent que dei para ela na noite em que ela teve aquele encontro horrendo com Felicity Worthington e aquele tal Kyle.

Quando ela entrou no apartamento vazio, sem nada dos pertences dela para ajudar a memória e toda a esperança despencando até o chão, senti que não tinha bebido o suficiente.

Eu queria embrulhá-la no meu casaco e levá-la para um lugar onde a memória não significasse nada, um lugar onde só o presente importa. Onde o olhar perdido e confuso que assombra os olhos dela fosse substituído por surpresa e alegria. O problema é que não sei que lugar seria esse.

Eu queria levá-la para esquiar nos Alpes Suíços ou para nadar no Mediterrâneo, mas estamos indo até a loja da esquina, onde vendem cerveja, sacos de gelo e batata frita de saquinho. Quem sabe talvez haja alguma coisa ali que ajude a memória dela.

— O que você quer comer? — pergunto.

Ela para na frente da vitrine de salsichas de cachorro-quente.

— Não sei. É estranho porque nem sei se gosto de cachorro-quente — diz ela, espiando o dispositivo que faz as salsichas rolarem por cima de cilindros aquecidos. Ela inclina a cabeça para mim. — Você sabe se eu gosto de cachorro-quente?

— Você comeu salsicha empanada e *funnel cake* no píer e não pareceu se incomodar.

Ela aperta os lábios enquanto guarda essa informação bem pequena nos vãos vazios da memória. Fico pensando em como é isso, não saber nada do passado. Se me perguntassem duas semanas antes, eu diria que perder a memória é uma bênção. Seria ficar sem os sentimentos de dor e sofrimento e até mesmo de ciúme. Seria acordar e a vida ser uma tábula rasa gloriosa. Depois de ver o sofrimento de Hart, sei que não é assim. Desde que recuperou a consciência depois da queda, ela não teve um momento de paz.

Dá para ver na forma como ela fica olhando ao redor, os olhos indo de pessoa em pessoa e de objeto em objeto, procurando *a* coisa que vai despertar sua memória e romper as barreiras que a impedem de ver o passado.

A não ser que o que o médico sugeriu seja verdade e haja lembranças que ela nunca vai recuperar e que foram, literalmente, arrancadas dela.

Sinto culpa por ficar com raiva ao vê-la com Bran na sorveteria. Hartley não sabe que deveria estar ao meu lado. Esse pensamento gera uma pontada de dor em mim, o que responde o dilema de antes. Eu com certeza não bebi o suficiente. Se tivesse bebido, o cobertor de chumbo do álcool teria impedido que esse estilhaço perfurasse minha pele.

— Quer um cachorro-quente?

— Claro — respondo, apesar de não querer. Eu preferia a garrafa de cerveja que está me olhando por trás do vidro.

— Com alguma coisa?

— Mostarda.

Ela coloca com cuidado um ziguezague de condimento amarelo na salsicha, embrulha o cachorro-quente como se já tivesse feito isso um milhão de vezes e entrega para mim.

— Isso me parece familiar. Eu já trabalhei neste lugar antes?

— Não sei. Você era garçonete em uma lanchonete. Pode ser que servissem cachorro-quente lá, mas não consigo me lembrar disso. — Eu prestei mais atenção na conversa desesperada e perturbadora entre Hartley e a irmã mais velha do que no cardápio.

— Eu trabalhava em uma lanchonete? — Os olhos dela se arregalam e a voz fica fraca. — Qual?

Ela está com a mesma expressão de pânico de quando viu o apartamento pela primeira vez. Não faço ideia do que ela está pensando.

— No Hungry Spoon. Fica uns dois ou três quilômetros naquela direção. — Aponto com o polegar por cima do ombro.

— Eu não fazia ideia. — Ela massageia a cabeça pesarosamente, como se isso tudo fosse cansativo demais para ela. A cicatriz dela aparece e me faz lembrar que ela mora na mesma casa de um homem que quebrou seu pulso.

Ela sempre disse que o ferimento do pulso foi um acidente, e, como não pareceu preocupada com isso, tentei não ficar também. Acho que tirei isso da cabeça junto com todas as outras coisas para abrir espaço para que a preocupação do tamanho de um elefante com os ferimentos dela e com Seb se plantasse ali. Agora que estou com Hart e o ferimento da cabeça dela já não é mais o foco principal, parte da ansiedade diminuiu, e estou começando a lembrar os detalhes do passado dela. Estou começando a ver como um trauma poderia fazer uma pessoa esquecer coisas. Eu não bati a cabeça e já estou surtando de puro medo.

— Você está bem? Está machucada em alguma parte do corpo? — digo de repente.

Ela me olha sem entender nada.

— Estou bem, sim. Minhas costelas ainda doem um pouco, mas, de modo geral, eu estou bem. Meu corpo está bom, pelo menos.

— Que bom. — Respiro com um pouco mais de facilidade. Ela parece estar sendo sincera. — Vamos pegar nossas coisas e voltar pra casa. — *Casa*. A palavra escapa antes que eu perceba o que havia dito. Olho na direção dela para ver se ela notou, mas ela está ocupada enchendo o cachorro-quente com todos os condimentos que o homem pode conhecer. Não faz sentido colocar nela um peso maior do que havia antes. Pode ser que seu pai tenha mudado. Quero acreditar nisso.

Forço um sorriso.

— Isso é crime — digo.

— O quê? — Ela levanta a cabeça e a vira para os dois lados para ver se tem um policial pronto para prendê-la por abuso de condimentos.

— Não é pra botar o ketchup direto na salsicha e tem uma ordem específica para colocar os condimentos.

O canto da boca de Hartley sobe.

— A polícia do cachorro-quente ainda não apareceu, então vou correr o risco. Afinal, a culpa não é da loja? Eles que botaram o ketchup aqui. Está na cara que foi tudo armado.

— A polícia está esperando lá fora. Não querem fazer uma cena aqui. Além do mais, se outras pessoas virem que você foi presa, o boato de que isso aqui é cilada vai se espalhar — eu a informo com um sorriso. Eu não a vejo sorrir há tanto tempo que quase me esqueci como era.

— Se eu for presa, todo mundo vai saber — brinca ela. Quando os dois cachorros-quentes estão embrulhados, ela os leva até o caixa. Virando o rosto para trás, ela diz: — Pode pegar uma Coca diet pra mim?

Vou até a geladeira e pego a garrafa de refrigerante. Meu olhar se desvia para as bebidas alcoólicas. A conversa a seguir não vai ser nem um pouco divertida. Ficaria bem mais fácil com umas garrafas de birita na minha barriga. Ou talvez uma na dela.

— Você vem, East?

O fato de ela usar meu apelido desvia minha atenção da bebida. Cara, estou comendo na mão dela. Pego outra garrafa de Coca diet e vou em sua direção.

Ela está inclinada por cima da bancada, segurando um celular pré-pago.

— Posso comprar o celular por sessenta pratas, mas quanto que é pelo mês do serviço?

— Mais trinta.

Hart pega uma nota de cem dólares.

— Você perdeu o celular?

Ela faz que sim.

— Minha mãe disse que ele deve ter se quebrado no acidente. Isso ou a empresa do reboque perdeu.

Isso explica por que minhas mensagens não foram respondidas. Fico me sentindo um pouco melhor. Empurro-a para o lado delicadamente e coloco os refrigerantes e algumas notas para pagar pela comida e pelo celular. Esse vai servir até eu comprar outro.

— Espera, eu tenho dinheiro — ela protesta.

Eu a ignoro, e o atendente também.

Enquanto esperamos o troco, ela batuca com os dedos na bancada, em um claro debate interno.

Finalmente, ela para e pergunta:

— Você se lembra de mim?

O atendente levanta o olhar da registradora.

— Hum, não. Deveria?

— Eu não fazia compras aqui antes?

— Não faço ideia. — O olhar dele se desvia na minha direção, procurando ajuda.

— Ela está com amnésia.

— Uau. Isso existe mesmo?

— É, existe mesmo —- responde Hart. — Então eu não devia fazer compras aqui com frequência, né?

— Acho que não. Você comia a comida da lanchonete às vezes, e às vezes deixava que eu trouxesse comida pra você.

— Ah. — Ela murcha os ombros.

— Posso te levar até a lanchonete, se quiser. Aí você pode perguntar pro pessoal de lá.

— Pra quê? — Ela parece desanimada.

— Se te ajuda a se sentir melhor — diz o funcionário —, eu me lembro de você agora.

— Não. Isso não me faz me sentir melhor — ela responde, pegando o celular e saindo.

— Ah, desculpa, cara. Foi mal — diz o atendente.

— Tudo bem. — Eu pego o resto das compras e me junto a Hart lá fora.

— Desculpa — ela diz.

— Pelo quê? Por se chatear? Por que você precisaria pedir desculpas por isso?

— Por ter sido grosseira lá dentro.

— Você não foi grosseira. Ele fez uma piada ruim. — Eu passo o braço pelos ombros dela e a guio na direção do apartamento. — Tem certeza de que não quer que eu te leve à lanchonete? Podemos ir agora. Fica aberta vinte e quatro horas.

— Não sei. Se você me sugerisse isso alguns dias atrás eu com certeza diria que sim na mesma hora, mas agora... estou com medo.

— De quê? — Eu ando mais devagar para acompanhar as passadas menores dela.

— Do que diriam. E se eu fosse uma péssima colega de trabalho e todos lá me odiassem? Acho que cheguei ao meu limite de ouvir quanto eu sou horrível.

— Você nunca foi horrível. Substituía outras pessoas sempre que podia. Não sei quanto você realmente trabalhava lá. Você me disse uma vez que quase nunca conseguia a quantidade de horas de que gostaria.

Ela fica em silêncio e pensa no que eu falei.

— Você parece saber muito sobre mim. O que mais você sabe? — ela pergunta baixinho, se aconchegando na minha jaqueta como se o couro pudesse amenizar os golpes que ela acha que vai receber.

— Não o suficiente — respondo. — Mas posso contar qualquer coisa que você queira saber. — Eu hesito, não por autopreservação, mas porque não quero provocar mais danos a ela do que já sofreu. Eu a critiquei mais cedo por contar com as histórias das outras pessoas, e agora estou me oferecendo para fazer a mesma coisa; me sinto um pouco hipócrita. Mas está claro que ela está desesperada por respostas, e eu nunca consegui negar nada a essa garota. Mas ofereço outra saída. — Seu médico disse que devíamos deixar você lembrar sozinha. Não faz tanto tempo, Hart. Tem certeza de que não quer esperar?

Ela respira fundo. Debaixo do meu braço, os ombros dela sobem e descem com a inspiração e a expiração.

— Hoje cedo, quando eu te vi na sorveteria, tinha feito o plano de seguir em frente. Eu ia esquecer o passado e criar lembranças novas.

— Mas aconteceu alguma coisa que mudou isso? — eu tento adivinhar.

Ela suspira.

— Talvez.

— Pode me contar qualquer coisa. Não vou te julgar. — Meu passado é feio e tenho medo de contar para ela, mas cheguei à conclusão de que, se eu não for completamente sincero com ela, ela nunca vai confiar em mim. Ela me contou naquela noite em frente à French Twist que precisava de alguém que fosse verdadeiro com ela. Tem que ser eu, o que quer dizer que tenho que confessar todas as merdas que fiz no passado. Mas isso pode esperar, porque, se eu não fizer com que ela coma logo o cachorro-quente, aposto que ela vai perder o apetite. Eu cutuco a bunda dela com o joelho. — Pra cima. Nossa comida está esfriando, e a Coca está ficando quente.

Ela sobe a escada correndo, sem discutir. Jogo o saco no chão, pego dois copos e coloco gelo dentro. Olho para a garrafa de vodca e decido que Hart talvez precise de um drinque forte.

Ela tira os sapatos e a minha jaqueta, colocando-os com cuidado no chão. Chega para o meio da sala e começa a espalhar o que compramos. Quando termina, olha o telefone pré-pago. Não é nada sofisticado, mas ao menos agora conseguirei fazer contato com ela.

— Ei, joga isso pra cá — peço.

Ela faz isso sem hesitar. Digito meu número e salvo na lista de favoritos.

— Pronto. Da próxima vez que você precisar de um cachorro-quente, pode me mandar mensagem. — Entrego o celular e coloco minha mala atrás dela, para ela ter alguma coisa em que se encostar. — Mas não se acostuma muito com esse tratamento chique, viu — provoco, tentando deixar o clima mais leve. O rosto dela fica rígido de tensão. — Eu não compro cachorro-quente de posto de gasolina pra qualquer garota.

— Espero que não. É a mesma coisa que pedir pra namorar.

— Que nada, é mais coisa de casamento. — Eu mordo metade do cachorro-quente.

— Como você chegou a essa conclusão?

— Coisa de namorados é coisa planejada porque você quer impressionar a outra pessoa. Coisa de casamento são aquelas coisas relaxadas que você gosta de fazer e se sente tão à vontade com a pessoa que não precisa impressionar.

Ela pensa sobre isso por um momento enquanto mastiga.

— A gente fazia as coisas planejadas antes de eu perder a memória?

— Você se lembra de encontros?

Ela abre um meio sorriso.

— Não. Só queria lembrar. Não sei o que aconteceu entre mim e você. — Ela baixa a cabeça. — Na verdade, quando entrei aqui, fiquei com medo de que eu tivesse sido uma vagabunda adolescente que recebia dinheiro em troca de sexo.

Eu engasgo com o sanduíche. Engasgo tanto que Hartley dá um pulo para bater nas minhas costas. Meus olhos se enchem de lágrimas e eu faço sinal para o refrigerante, que ela vai correndo buscar. Tomo metade da garrafa para minha garganta ficar livre e eu conseguir dizer:

— Você achou que era prostituta?

— Acho que o termo correto é profissional do sexo — ela responde com afetação. As mãos estão cruzadas no colo e as pernas na calça jeans estão em posição de lótus. Com o cabelo preto comprido preso atrás das orelhas pequenas, é difícil imaginá-la como uma "profissional do sexo", como ela diz.

— Bom, você não era. — A palma da minha mão direita tem calos que provam que não.

— Como você poderia saber? — Ela faz uma cara feia adorável.

— Quando nós chegamos à puberdade, o tio Steve levou cada um de nós a um prostíbulo em Reno, pra gente perder a virgindade com uma profissional — digo, direto.

— Ah.

— É, ah mesmo. — Não sei por que contei isso. Pode ser porque é a parte menos ofensiva do meu passado, e estou tentando confessar as partes ruins em pequenas porções para ela não sair correndo do apartamento. — Você não se lembra mesmo de porra nenhuma, né?

No fundo, no fundo, eu tinha uma pontinha de dúvida sobre essa amnésia, mas ela é real e está sendo uma verdadeira tormenta para ela. Quero pegá-la no colo e dizer que vai ficar tudo bem. Se houvesse alguma forma de protegê-la, eu ia querer fazer isso. E é por isso que não posso beber mais. Coloco a garrafa de bebida pela metade longe de mim. Eu preciso estar *aqui*, mental e fisicamente, por ela.

— Seu médico disse pra não encher sua cabeça de coisas, mas estou disposto a contar qualquer coisa que eu saiba e que você esteja pronta para ouvir. Precisa de mais? — Indico a vodca na mão dela. Eu não devia beber, mas ela talvez precise.

— Não. Preciso estar com a cabeça lúcida pra isso. Manda ver.

— O que você quer saber?

— Tudo. Não sei nada sobre o meu passado. Meu celular, minha bolsa e todas as minhas contas nas redes sociais sumiram, isso se eu já tive alguma dessas coisas antes. Tudo no meu quarto é tão novo que dá para ver as marcas do suporte de papelão nas cortinas. Mas o mais estranho é o seguinte, Easton. Consigo me lembrar de coisas como lojas e endereços, e também de alguns acontecimentos de quando eu era mais nova. Quando Felicity foi ao meu quarto pela primeira vez, achei que ela fosse Kayleen O'Grady. Nós nos conhecemos no jardim de infância. Eu lembro que tive um professor de música chamado Dennis Hayes. Felicity me disse que Kayleen se mudou da cidade três anos atrás e que o sr. Hayes foi expulso da cidade um ano depois, porque descobriram que era pedófilo.

Eu fico tenso.

— Você está dizendo que acha que foi uma das vítimas do sr. Hayes?

— Não. — Ela balança a mão. — Pesquisei isso on-line, na biblioteca. Ele estava tendo um caso com uma aluna de dezessete anos, o que é obviamente errado.

Relaxo ao ouvir a notícia e falo de outras coisas.

— Você se lembra da sua família?

Ela passa um dedo pela cicatriz na parte de baixo do pulso.

— Um pouco. Eu me lembro do casamento de Parker. Me lembro de fazer coisas bobas com Dylan, tipo fazer trança no cabelo dela e brincar de Lego. Eu lia pra ela às vezes… — Ela para de falar e continua esfregando a cicatriz. — A gente brigava às vezes. Não consigo lembrar por quê, mas me lembro de gritarmos uma com a outra.

Hart uma vez me disse que a irmã tinha humores extremos, o que me lembrou um pouco de mim mesmo. Eu fui diagnosticado com TDAH, e por um tempo minha mãe me obrigou a tomar remédios, mas as vozes na cabeça dela começaram a tomar muito do seu tempo e sua atenção. Eu usei a bebida e outros comprimidos para compensar. Acho que ainda faço isso.

— Mas nada nos últimos três anos — adivinho.

— Definitivamente nada nos últimos três anos. Eu não consigo nem ao menos me lembrar do que aconteceu aqui. — Ela levanta o pulso.

— Eu lembro. — Meu olhar se desvia para a vodca. O que eu não daria para virar meia garrafa, desmaiar e não ter que contar para Hart que o pai a machucou. Mas é uma saída covarde e, mesmo com todos os meus defeitos, gosto de pensar que nunca fui covarde.

— Eu vi uma foto sua no Instagram — diz ela.

A mudança de assunto me surpreende, mas consigo me recuperar rapidamente.

— Andou me procurando, foi?

Ela não se dá ao trabalho de negar.

— Foi. Você. Eu. Felicity. Minha prima Jeanette. Mandei uma mensagem e ela respondeu, mas decidi não ler.

— Por quê?

— Porque, depois que encontrei com você hoje, decidi que não queria me lembrar de mais nada. Meu cérebro decidiu que eu devia esquecer certas coisas, e era isso que eu ia fazer.

— Era?

— Era, sim. Porque esquecer o passado só funciona se todo mundo também perdesse a memória. Você se lembra de coisas. Minha irmã se lembra de coisas. Meus pais se lembram de coisas, e todas as lembranças de vocês têm impacto na forma como vocês reagem a mim hoje. Até Felicity e Kyle são motivados por alguma coisa que eu fiz pra eles antes.

Isso faz sentido de um jeito triste.

— Sim e não. Não sei qual é a do Kyle. Se fosse apostar, diria que é porque está ganhando alguma coisa de Felicity. Você e Kyle não se conhecem. Vocês têm zero aulas juntos e nunca andaram juntos. Você vivia ocupada. Quando não estava na escola, estava trabalhando feito uma escrava. Porra, às vezes você matava aula pra trabalhar.

— É mesmo?

— É. — Meu estômago está embrulhado. As mentiras que contei antes, os pecados que tentei esconder, tudo precisa aparecer agora. — Vem aqui. — Eu dobro os dedos.

— Por quê? — ela pergunta, mas chega perto até nossos pés se tocarem.

— Vou precisar segurar sua mão pra poder ir até o fim agora. — Não estou brincando, mas dou o sorriso que consigo para ela não ficar nervosa.

Estico as mãos com as palmas para cima e espero. Ela olha para as minhas mãos e, em seguida, para meu rosto, pensando em tudo o que vou contar. Quando coloca as palmas das mãos nas minhas, sinto um tremor nelas. Fecho os dedos em volta dos dela e desejo estar segurando mais do que só os dedos.

— Eu não sou uma pessoa muito boa — começo, tentando manter meu olhar firme nos olhos dela, tentando não afastar o olhar como um babaca medroso. É difícil, principalmente porque agora os olhos dela estão suaves e lindos e calorosos, mas a qualquer momento podem ficar frios de repulsa. — Eu não sou uma pessoa muito boa — repito. Minhas mãos estão ficando suadas. Foi uma ideia idiota essa de segurar as mãos dela. Por que me preocupo tanto? Que importância tem o que ela pensa de mim? Eu a solto, mas ela me segura e me puxa.

— Não.

— Por que não? — digo com a voz rouca.

— Porque vou precisar segurar sua mão pra enfrentar isso. — Os lábios dela se erguem nos cantos. Ela chega mais perto até nossas pernas estarem encostadas dos joelhos aos tornozelos e nossas mãos estarem unidas no colo dela. — Não quero saber sobre o passado se te faz sofrer. Não me conta se te magoa. Acho que nós dois sofremos o suficiente por uma vida inteira.

Eu gostaria que isso fosse verdade, mas não vamos dar nenhum passo à frente se eu não for direto com ela. Reúno minha coragem e começo a falar. Conto como fui sacana com Felicity quando aceitei ser namorado dela e a tratei como lixo no dia seguinte. Conto que transei com as namoradas dos meus irmãos porque elas eram o fruto proibido. Conto que gostei de Ella porque ela me lembrava muito da minha mãe, e, quando ela me beijou na boate, eu sabia que era para fazer ciúme em Reed, mas deixei rolar porque magoar as pessoas era algo muito divertido para mim. Conto que minha mãe se matou e foi culpa minha.

Minha garganta está doendo e meus olhos estão vermelhos quando finalmente paro de falar. Minhas mãos não estão mais nas de Hart. Estou deitado com a cabeça no joelho dela. Não sei como fui parar nessa posição, só sei que não quero sair... nunca. Ela fica passando o dedo no alto da minha testa, e, embora a intenção desse movimento fosse me tranquilizar, meu pau está despertando e me lembrando que não nos tocamos há muito tempo.

E é por isso que quando ela se inclina e o cabelo dela cai como uma cortina em volta do meu rosto, bloqueando o mundo, eu não me afasto. É por isso que quando os lábios dela tocam nos meus, eu não a afasto imediatamente. É por isso que retribuo o beijo. É por isso que seguro a cabeça dela e a giro até ela estar embaixo de mim. É por isso que seguro o cabelo dela e puxo de leve até que ela abra a boca.

Quando ela enfia os dedos no meu cabelo e lambe o céu da minha boca, uma trilha de calor arde da minha língua até meu pau. Parece que estamos no alto da roda-gigante de novo, só que não estamos girando em círculos. Nosso carrinho foi arremessado em meio à noite escura, as luzes do parque servindo de holofotes.

Mas o beijo não é suficiente para mim. Ela anda solitária? Eu também, porra. Estou solitário desde que minha mãe morreu. Estou sofrendo desde que minha família se dividiu em tribos que não me incluíam. Estou morrendo por dentro enquanto tento manter um sorriso no rosto porque estou com medo de acabar fazendo a mesma coisa que minha mãe fez se deixar esse frio escuro se espalhar para além da caixa onde estou tentando contê-lo.

Eu viro de costas, seguro o joelho de Hartley e o posiciono junto ao meu quadril. Ela faz o resto do trabalho e se ajeita até que esteja montada em mim, uma perna de cada lado. Seus lábios estão salgados e doces, e a boca é tão macia e úmida. O sangue lateja na minha cabeça e meu pau grita implorando por um contato mais próximo, mais suave, melhor. Meus dedos afundam na bunda deliciosa dela e eu a puxo até estarmos fundidos.

O calor do corpo dela consome tudo de indistinto que o álcool tinha deixado, até que tudo esteja preciso e claro novamente. As lágrimas não derramadas fazem com que os cílios úmidos dela pareçam renda de cristal junto à bochecha macia. As tramas da calça jeans roçam nas pontas dos meus dedos. Quando inspiro, meus pulmões se enchem do aroma dela, mel quente com especiarias e limão. Quando ela se move, roçando a pélvis dela na minha, ouço o ruído da roupa dela contra as minhas.

Ela geme na minha boca, e quase gozo de roupa só de ouvir o som. Eu, Easton Royal, que trepei com mais garotas e mulheres do que astros pornô de cinquenta anos, estou duro como pedra e quase chegando ao clímax só com um beijo e um pouco de esfrega.

Estou louco. Louco por essa menina, e ainda nem contei o pior para ela.

Capítulo 21

HARTLEY

Não preciso de lembranças para saber que esse é o melhor beijo que já dei, e, se for para ser lembrado como meu primeiro beijo, sou uma garota de muita sorte. O corpo de Easton é duro como pedra, mas a boca é deliciosamente macia. O jeito como ele me agarra contra o peito, como se nunca quisesse me soltar, faz meu coração cantar.

Foi por isso que vim aqui. Eu não estava procurando um lugar, mas uma pessoa. Eu tinha vindo para casa.

Não sei como aconteceu, mas ele está emaranhado em meu DNA. Uma coisa assim pode ser explicada? Será que isso sequer existe? Felicity estava certa sobre uma coisa. Eu me apaixonei por uma pessoa imediatamente. Meu coração sabia. Assim como meu coração procurou Dylan, também procurava Easton.

Ele ofega na minha boca. O jeito como se move contra mim me deixa ousada.

Minhas mãos descem pela pele, quente como uma fornalha debaixo da camiseta.

— Hart — ele sussurra nos meus lábios. Não sei se está pedindo que eu pare ou continue, então subo mais com as mãos e acompanho cada crista do abdome, assim como o vale entre elas. Sinto a pele quente e lisa, a planície dura e ampla do peito e os ombros sólidos e firmes. Os quadris se movem embaixo de mim, desesperados, ansiando.

Não sei por quanto tempo teríamos continuado. Quantas peças de roupa teriam sido tiradas, quantas partes do corpo dele eu teria tocado, quantas das minhas ele teria beijado, porque ele se afasta da minha boca e esconde a cabeça no meu pescoço.

Com relutância, eu o seguro ali, sabendo perfeitamente bem que fazer sexo neste momento seria errado. Nós dois estamos em um estado emocional péssimo. Ouvir sobre os erros dele do passado me deixou com lágrimas nos olhos, não por eu ter ficado horrorizada com o que ele fez, mas por causa da quantidade de autodesprezo que pude sentir em cada uma de suas palavras. E desconfio que haja mais histórias que Easton está escondendo e que vão me fazer mal. Mas o sangue latejando nos meus ouvidos me pede para me contorcer para baixo e descobrir qual seria a sensação de ter em minhas mãos aquele volume duro que está apertado contra minha barriga.

Como se conseguisse sentir meu dilema, ele me descola delicadamente do corpo dele e se afasta um pouco, como se não fosse conseguir se controlar se estivesse mais perto.

— Sua primeira vez não devia ser em um piso barato — ele diz.

Sinto uma onda de alívio.

— Eu nunca fiz sexo?

Ele hesita.

— Não sei. Nós nunca falamos sobre isso, nunca foi importante para mim. Claro que eu não sou virgem. Por que esperaria que você fosse? Você não transou com ninguém de Astor, se isso te faz se sentir melhor.

— Faz, sim. — A ideia de andar pelos corredores junto com caras que poderiam ter me visto nua era mais horrível do que eu era capaz de descrever. Mas o outro horror com que convivo tem a ver com o irmão de Easton. Engulo em seco e me obrigo a perguntar: — O acidente foi culpa minha?

— Porra, não — ele insiste. Ele rola de lado, enfia uma das mãos embaixo da cabeça e me olha com cara séria. — Você achou isso esse tempo todo?

— Não sei o que pensar — admito. — Ninguém me contou nada. Eu perguntei ao médico e às enfermeiras, mas ninguém me deu uma resposta clara.

Easton suspira e baixa o queixo até o peito.

— Eu não quero contar porque pode acabar fazendo com que você me odeie, e essa é a última coisa que eu quero neste mundo.

Minha garganta se aperta de medo, mas forço palavras de encorajamento mesmo assim.

— Acho que eu não conseguiria odiar você.

É verdade. Todas as coisas que ele disse antes foram dolorosas de ouvir, mas só porque vieram de um poço muito fundo de dor.

Ele levanta a cabeça como se houvesse uma bigorna pendurada nela. Meu olhar se gruda no dele e o sustenta, encorajando-o silenciosamente a continuar.

— Foi culpa minha. Eu estava bêbado e com raiva. Seus pais estavam ameaçando mandar sua irmã pro colégio interno em que você estudou e eu achei, porque eu sou um merda, que podia solucionar tudo procurando seu pai. Nós brigamos.

Uma pressão horrível está surgindo no nervo atrás do meu olho esquerdo. Eu pisco.

— Nós brigamos? — digo, a voz rouca.

— Nós todos brigamos. Eu, você, seu pai. — Os olhos dele descem até meu pulso.

Escondo a cicatriz na coxa, sabendo instintivamente que a verdade por trás da cicatriz é o segredo disso tudo.

— Você estava aborrecida — ele continua. As palavras estão ficando lentas. O franzido na testa fica mais fundo. Os músculos do pescoço trabalham quando ele engole culpa e remorso. — Você saiu dirigindo. A curva perto da sua casa tem um ponto cego, e os gêmeos sempre dirigem rápido demais por ali. Já quase tinham batido na gente uma vez. Nós tínhamos ido até sua casa porque você estava preocupada com a sua irmã. Seus pais não deixavam você ver a Dylan. Eles eram contra você voltar pra Bayview.

Minha cabeça parece pronta para se abrir. Tem ácido subindo pela minha garganta e eu consigo sentir o gosto no fundo da minha língua. Quero que ele pare. Eu deito de costas e levanto a mão. Já ouvi o suficiente.

— Não preciso saber de mais nada — anuncio.

Mas o silêncio é pior do que as palavras dele, porque eu tenho que saber. Tenho que saber o que fiz, senão não vou conseguir conviver comigo mesma.

— Me conta — digo, engasgada.

— Seu pai quebrou seu pulso.

Me sinto desmoronar ao ouvir isso. Uma mistura de raiva e tristeza toma conta de mim e força as lágrimas para fora. Eu queria ignorar as evidências na minha frente e fingir que o que meu pai fez com Dylan foi uma aberração, mas sabia lá no fundo, assim como sabia chegar aqui, que havia alguma coisa errada em casa.

— Como foi? — Eu seco as lágrimas, mas elas não param de sair.

— Eu não estava presente. Não conhecia você na época, mas você me contou que estava com dificuldade pra dormir e, quando desceu as escadas da sua casa, viu seu pai com uma mulher e que a mulher pagou seu pai pra alterar uma acusação de drogas contra o filho dela.

— Ele aceitou suborno?

Easton assente com tristeza.

— Eu o enfrentei?

— Não. Você procurou sua irmã, Parker, que disse pra você ir pra casa e fingir que não tinha acontecido nada.

— Mas eu não fui. — Meu coração está disparado. Tem uma certeza pulsando dentro de mim. Não consigo me lembrar de todas as coisas que East está me contando, mas todas parecem verdade. Não há motivo para ele mentir sobre essas coisas horríveis para mim.

— Não. Você viu quando ele aceitou outro suborno. Tentou voltar correndo para casa, mas ele também te viu. Você disse que ele ficou com raiva, mas que quebrou seu pulso sem querer. Ele fez sua mala e mandou você pro colégio interno. Seu pulso só foi examinado três semanas depois. É por isso que a cicatriz é tão feia. Tiveram que quebrar de novo e abrir para poder botar no lugar.

Eu cubro os olhos com o pulso que tem a cicatriz e deixo as lágrimas rolarem. Não conseguiria impedi-las nem se quisesse. Era isso que meu cérebro achava que eu não devia lembrar. Que meu pai me machucou e minha família me abandonou. Meu peito dói mais agora do que quando acordei naquele quarto de hospital. Parece que alguém enfiou a mão dentro de mim e quebrou cada costela individualmente, e depois enfiou a ponta quebrada de uma delas no meu coração.

— Eu queria parar de chorar — digo, chorando.

— Ah, porra, gata. Chora quanto você quiser. — Tem um som de movimento e um corpo longo e quente encostado no meu. Ele encosta meu rosto molhado na camiseta e passa a mão pelas minhas costas. — Chora quanto quiser.

Fico chorando no peito dele pelo que parece uma eternidade. Quando meu poço aparentemente infinito finalmente seca e meus choros viram soluços, East pergunta:

— Você sente medo em casa?

— Não. Não por mim. Por Dylan. Aconteceu algo assustador hoje. Dylan precisa de remédios, e acho que ela não tinha tomado. Estávamos discutindo na mesa sobre a raiva que Dylan sente por eu estar novamente em casa. Ela falou um palavrão e meu pai explodiu. Pegou os remédios dela e obrigou ela a engolir todos. Foi... feio. — Eu paro e fico engasgada com essa lembrança. — Ele segurou o rosto dela com tanta força.

— Você precisa sair daquela casa. Vocês duas.

Eu faço que sim, mas não sei bem o que posso fazer. Parece que Parker não ajuda em nada. Ela não acreditou em mim antes e não vai acreditar agora. Minha mãe? Ela pode ser o curinga, mas por que procurei Parker em vez da minha mãe desde o começo?

— A gente pode morar aqui. Ou eu posso arrumar um apartamento maior.

Eu pisco.

— A gente?

— Não vou te deixar passar por tudo isso sozinha.

A indignação dele gera um sorriso relutante.

— Desculpa. Eu não estava pensando.

— Obviamente.

Meu momento de leveza não dura. Dylan está em uma casa com um monstro, e eu estou aqui resmungando e me preocupando com a escola e outras coisas idiotas quando deveria estar me preocupando com ela.

— Minha irmã me odeia. Ela tem sido tão cruel desde que voltei do hospital, e hoje eu tentei consolar a Dylan, mas ela não me deixou entrar no quarto. Ela deve estar com muita raiva de eu ter deixado ela sozinha pra ser atormentada pelo meu pai.

— Você não deixou a Dylan sozinha. Você tinha catorze anos quando foi mandada pra longe, quase a mesma idade que ela tem agora. Você espera que ela lute contra seu pai? Não. Você voltou pra salvar ela.

— Estou fazendo isso muito mal.

— Seu pai é advogado. Acho que você não pode simplesmente fugir com a sua irmã. E, pelo que parece, você teria que sequestrar ela, considerando que ela está sendo meio bosta com você em casa.

Bosta. Eu sufoco uma risada. Estou cansada, exausta e histérica, então qualquer coisa parece engraçada.

— Adoro esse som — diz Easton, um sorriso largo no rosto.
— Que som?
— Sua risada. É o melhor som do mundo.
Reviro os olhos.
— Tenho certeza de que tem sons bem melhores. Tipo… hum… — Tenho dificuldade de encontrar um exemplo.
Easton ri.
— Rá! Está vendo! Até você concorda, a gargalhada de Hartley Wright é o melhor som do mundo.

Isso só me leva a rir de novo, o que faz o sorriso dele se alargar ainda mais, e nós dois ficamos sentados rindo como dois idiotas, com uma risadinha ocasional escapando da minha boca. Não consigo acreditar no poder dele. Cinco minutos antes eu estava chorando como louca, arrasada. *Ainda* estou arrasada. E, de alguma forma, Easton tem uma capacidade mágica de me fazer sorrir mesmo quando estou na pior.

Isso me empolga e me assusta.

— Eu tenho que ir — digo com constrangimento, porque nosso festival de sorrisos de repente parece tão… não sei. Tão *alguma coisa*.

Ele estica o braço e segura minha mão.
— Fica — diz ele.
Eu engulo em seco, hesitante.
— Só um pouco mais — ele acrescenta.

A voz rouca e outro sorriso doce são todo o encorajamento de que preciso. Fecho os olhos e uso East como travesseiro, meu aquecedor pessoal, minha fonte exclusiva de consolo. Vou descansar os olhos… só por um minuto. E então vou para casa.

* * *

Acordo com uma pessoa cantando, em ritmo de rap, que está aqui por causa de sua música, que é real por causa de sua música. Eu me sento e olho em volta para ver quem está falando, mas não tem ninguém além de mim deitada no peito de East. A cabeça dele está no blazer enrolado da Astor Park.

Ao lado dele, a tela do celular está acesa. Eu sacudo o ombro dele.

— Estou acordado — ele murmura.

Dou um sorrisinho pela mentira óbvia e o sacudo com mais força. Desta vez ele rola de lado e abre um sorriso sonolento.

— Oi, gata. Por acaso você teve algum sonho sexy e quer resolver os detalhes na vida real?

Ele é tão lindo acordando que eu queria poder aceitar a proposta.

— Seu celular está tocando.

Ele geme e bota o braço sobre o rosto.

— Que horas são?

— Três. — Eu me levanto e procuro meus sapatos. Preciso ir para casa. Quero dar uma olhada em Dylan. Meus movimentos estão lentos, provavelmente de desidratação. Eu chorei toda a água que tinha no corpo.

— Da tarde?

O celular dele para de tocar. Encontro meus tênis junto à porta.

— Da madrugada. — Olho para a jaqueta dele com tristeza. Não quero deixá-la, mas é dele. Não posso ficar roubando as roupas dele.

— Da madrugada? — Ele geme sem acreditar. O celular começa a tocar de novo.

Sou tomada por um tremor.

— Acho que você devia atender. Ninguém liga tarde assim se não for emergência.

Ele não atende imediatamente, e passa pela minha cabeça que talvez as garotas da Astor Park liguem para Easton no meio da noite. O ciúme me faz me inclinar e pegar a jaqueta no chão. Ele que me deu, digo para mim mesma.

— Alô. — East finalmente atende. Ele escuta por uns dois segundos e dá um pulo para ficar de pé. — É melhor você não estar zoando com a minha cara — ele grita, embora não pareça zangado. Um lindo sorriso está se abrindo em seu rosto. — Já vou pra lá. — A mão dele desce para a lateral do corpo e ele se vira para mim com um sorriso largo e ofuscante. — Ele acordou.

— Quem? Sebastian?

— É. — East assente com empolgação. — Ele acordou!

— Ahhhhh! — eu grito e dou pulos. Finalmente uma boa notícia.

Easton faz uma dancinha, depois nos abraçamos e pulamos pela sala como doidos até haver uma batida no chão.

— Parem o barulho senão expulso vocês — grita o senhorio.

Nós paramos na mesma hora e nos olhamos com animação e surpresa.

— Ele está acordado — eu sussurro, como se falar mais alto fosse fazer com que o irmão de Easton voltasse ao sono encantado.

— Está acordado mesmo. — Ele olha em volta. — Eu tenho que me vestir.

— Você precisa de carona? — eu pergunto. Não me lembro de ter visto carro lá fora.

— Não. Durand vem me pegar.

Não faço ideia do que é isso. Pego os sapatos de East e coloco perto dos pés dele.

— Você tem meias?

— Na mala. — Ele sopra na mão e cheira. — Merda, estou com bafo de cinzeiro. Você tem alguma bala?

Verifico os bolsos e não encontro nada.

— Merda. Tudo bem. Vou escovar os dentes pra ele não desmaiar quando eu falar com ele. Grita se um Bentley preto grande aparecer lá fora.

Não sei o que é um Bentley, mas fico de olho para ver se aparece uma coisa grande, preta e cara. Na mala dele encontro meias, cuecas boxer pretas com um bordado branco que diz Supreme e outra calça jeans.

Quero ir com ele para pedir desculpas ao irmão, mas não sei se seria bem-vinda. Easton disse que a família dele não me odeia, mas como eles podem não me odiar? Mesmo ele dizendo que é culpa dele e que os garotos estavam em alta velocidade, foi meu carro que bateu no deles. Eu coloquei o filho e irmão deles em coma.

— Será que eu posso ir ver seu irmão? — pergunto quando Easton sai do banheiro. Entrego para ele os sapatos, as meias e a cueca.

Ele inspira por entre dentes.

— Porra, não sei. Vou ter que ver quanto Sawyer está racional. Ele vai querer proteger Seb e pode reagir. Nós sabemos que não é sua culpa, mas Sawyer se sente culpado e, por isso, quer culpar outra pessoa.

— Tudo bem — concordo com infelicidade. — Mas eu posso pelo menos mandar um presente. De que seu irmão gosta?

Um sorrisinho debochado surge no rosto de Easton.

— De garotas.

Pego um dos sapatos e bato no ombro dele.

Ele pega o sapato rindo.

— Caramelo coberto de chocolate.

Levanto um braço para bater de novo.

— Você está inventando ou ele realmente gosta disso?

— Ele gosta, demônia. — Ele se inclina para me dar um beijo rápido. — Vai pra casa cuidar de Dylan, mas me liga se precisar de qualquer coisa. Não importa a hora, manhã, tarde, noite. Me liga.

— Tá.

— E responde às porcarias das mensagens de texto.

— Sim, senhor! — Eu bato continência.

Nós dois estamos sorrindo quando nos separamos, e fico novamente perplexa com a magia que é Easton Royal. A única pessoa na minha vida que, nos meus altos e nos meus baixos, nunca deixa de botar um sorriso na minha cara.

Capítulo 22

EASTON

— Como você está hoje? — pergunta Durand quando seguimos para longe do apartamento velho que estou começando a identificar como minha casa.

— Exausto — confesso.

— Foi uma noite cheia de emoções — ele concorda.

Cara, ele não faz ideia. Essa coisa de expor sentimentos esgota mesmo, mas, apesar do meu cansaço, meus ombros parecem mais leves do que em qualquer outra ocasião que eu consiga me lembrar. Eu confessei todos os meus pecados para Hartley, e ela não me mandou embora. No entanto, todas as informações que contei sobre a família dela lhe fizeram muito mal, e isso me deixa arrasado. Preciso pensar em um plano para afastar Dylan do pai babaca de Hartley.

Eu olho minhas mensagens.

Sawyer: Seb acordou

Tem um espaço de vinte minutos. Pelas outras mensagens, parece que ele ligou para o meu pai em Dubai, e meu pai convocou as tropas.

Ella: Acabei de saber por Callum. Meu Deus, estou indo pra lá!
Reed: Isso aí, caralho!
Gideon: Reed e eu vamos amanhã de carro. Reed tem uma prova 13h. Proteja o forte.
Reed: Vou matar a prova.
Gideon: Nós vamos depois da prova do Reed.

— Ella está no hospital? — pergunto a Durand.
— Está. Chegou faz cerca de dez minutos.
— Tudo bem.
Durand faz a viagem pela cidade rapidamente. O fato de não haver trânsito a esta hora da madrugada só ajuda. Saio correndo do carro antes de ele parar, passo direto pelos elevadores e subo rapidamente um lance de escada.
— Shhh — diz uma enfermeira para mim enquanto corro pelo corredor. Eu a ignoro e entro no quarto.
— Seu filho da puta, deixou a gente se cagando de medo! — eu grito.
Sebastian responde com o dedo do meio. A euforia toma conta de mim. Por um tempo, achei que os Royal estavam desmoronando, como Ella disse, mas não. Ninguém segura a gente.
— De que você precisa? Está com sede? Com fome? — Eu olho em volta e paro no armário no canto. Deve haver comida e água ali. Sawyer tem que estar vivendo de alguma coisa.
— Sede — diz Seb, a voz parecendo cascalho.
— Sua voz parece de quem anda se arrastando pelo Saara — digo olhando para trás quando abro a porta do armário. Bingo. Nas prateleiras, encontro uma fileira de garrafas de água. Pego uma, abro a tampa e volto correndo para a cama. — Onde fica o botão pra subir essa cama? — Preciso fazer com que Seb se sente para não correr o risco de engasgar quando eu tentar lhe dar a água. Mexo em tudo e encontro um pequeno controle remoto. Depois de um falso começo, eu o coloco um pouco inclinado.

— Aqui está.

A água escorre pela lateral da boca, e ele fala um palavrão.

— Puta que pariu, East. Não dá pra tomar mais cuidado?

Minhas sobrancelhas sobem.

— Foi mal, cara. Ser enfermeiro não está na minha lista de truques.

Ele tenta empurrar minha mão para o lado, e *tenta* é a palavra-chave. O garoto está fraco como um filhotinho. A única coisa que acontece é que cai mais água no lençol.

— Droga! Para de ficar em cima! Gahhhh! — Ele segura a cabeça.

Eu quase largo a garrafa, em pânico.

— O que foi? Puta merda. Como eu chamo uma enfermeira? — Vou até a parede atrás da cama e enfio o dedo no botão vermelho de emergência.

— Para! O que você está fazendo? — Seb tenta bater em mim de novo.

— Chamando um profissional. O que você acha?

— Onde está Sawyer? — ele pergunta, olhando para a porta como se isso fosse fazer o irmão gêmeo aparecer magicamente.

— Ella levou ele pra comer. A lanchonete fica no primeiro andar. A comida lá é horrível, então imagino que aqui também seja péssima. Não se preocupe. Vou trazer umas coisas escondidas pra você.

— Por que você faria isso? Eu vou pra casa. — Ele tira o lençol de cima das pernas e as vira para o lado.

— Ficou maluco? Você não vai pra casa. — Coloco as pernas dele de volta na cama e puxo o lençol. Ou tento. Seb coloca as mãos embaixo das minhas e começa a empurrar. — Isso é ridículo. Espera a enfermeira chegar.

A porta se abre e uma enfermeira de plantão entra, o rabo de cavalo escuro voando.

— Sai da frente — ela ordena.

Eu recuo.

— Aonde você vai, moço? — diz ela, repreendendo Seb, que está tentando firmar os pés no chão.

— Vou embora.

— Não vai, não. Me passa esse prontuário na beira da cama. — Ela estica a mão e eu coloco a prancheta de metal nela.

Seb olha para nós dois enquanto luta para se sentar.

— Eu quero ir pra casa.

— Sr. Royal, você esteve em coma por duas semanas. Não vai pra casa hoje, e saiba que também não vai tão cedo. — Ela coloca um aparelho de pressão no braço e olha para o relógio.

— Por que Sawyer está demorando tanto? — resmunga meu irmão. — Que babaca. Eu acabei de acordar. Ele devia estar aqui.

— Seu gêmeo só saía do seu lado se fosse carregado. Ele precisa comer, senão vai tomar o seu lugar nessa cama. — Procuro sinais de ferimento, mas não sei o que estou procurando. Uso o máximo de casualidade na voz para que Seb não fique preocupado. Não quero chocá-lo a ponto de fazê-lo voltar ao coma com uma notícia ruim. — Tudo bem?

— Todos os sinais vitais estão bons — diz a enfermeira. Ela faz uma anotação no prontuário.

Meus joelhos ficam bambos de alívio. Eu seguro a grade da cama de hospital.

— É uma boa notícia. Não é, Seb?

Mas Seb está ocupado demais olhando para os peitos da enfermeira. Eu pigarreio e, quando ele olha para mim, faço um gesto de corte no pescoço. Ele precisa parar com essa merda antes que a enfermeira enfie uma agulha bem comprida no saco dele.

Ele mostra o dedo do meio e volta a despir a mulher com os olhos.

— Você pode me dizer onde nós estamos? — pergunta a enfermeira, felizmente alheia ao comportamento de Seb.

— Eu já respondi isso antes.

— Eu sei — ela diz, tentando acalmá-lo. — Mas temos que verificar seus sinais vitais todos os dias para ter certeza de que estamos seguindo o tratamento certo.

— Responde logo — digo com impaciência.

— Nós estamos no Centro de Recuperação Maria Royal. Você sabe, o lugar que meu pai construiu com o dinheiro da culpa depois que minha mãe teve overdose por causa das drogas que receitaram para ela.

A caneta da enfermeira treme no prontuário. Seb não deixa de perceber a surpresa dela.

— Ah, você não sabia? Achei que essa ainda fosse uma fofoca comum aqui pelos corredores.

— Seb — eu digo, repreendendo-o. — Deixa a enfermeira fazer o trabalho dela.

— O que você tem aí embaixo? Quarenta e seis bojo D? Você parece apetitosa.

Dou um gemido e cubro o rosto.

A enfermeira fecha o prontuário com um estalo.

— Você deve estar se sentindo melhor, sr. Royal. O médico já vem.

O tom de frieza na voz dela faz com que minhas bolas fiquem geladas.

— Sua bunda é boa também — grita Seb quando ela se afasta.

— Dá pra calar a boca, cara? Qual é seu problema? — Vou até a cabeceira da cama para poder enfiar um travesseiro na cara dele caso ele tente incomodar a enfermeira de novo.

Ele faz cara feia e cruza os braços.

— Só estou me divertindo. Além do mais, eu queria ver se o equipamento de baixo ainda funciona.

Olho para baixo e vejo uma elevação no lençol.

— Parabéns. Você consegue botar o menino de pé. Eu poderia ter botado uns filmes pornôs no seu celular se a curiosidade era tanta.

— Deixa de ser estressadinho, East. Se você estivesse deitado aqui, estaria fazendo a mesma coisa.

— Negativo. Já vi o arsenal de ferramentas da sua enfermeira: as agulhas, os tubos, as comadres. — Eu tremo. — Tenho um respeito louco por ela. E então, está com fome? Porque nos últimos catorze dias, isso aqui é tudo o que você consumiu. — Bato no saco intravenoso e leio: — Nutrição Parenteral Completa. Delicioso, aposto. É só dizer e trago o que você quiser.

— Por que você não traz alguém pra chupar meu pau? — diz Seb.

Sei que meu irmão estava doente e apagado nas duas últimas semanas, mas eu não esperava que ele acordasse um babaca desesperado por sexo.

— Vou sair e ver onde Sawyer está.

— Provavelmente comendo a Lauren.

É esse o problema? Sawyer ainda não deve ter dado as más notícias, o que é compreensível.

— Duvido. — Eu só digo isso.

A boca do meu irmão se curva em uma expressão de desprezo.

— Você ajuda muito, hein. Como não está fazendo nada que preste, dá um apertão na minha bolsa de morfina. Estou com dor de cabeça, e você só está piorando.

— Pode deixar comigo. — Lembro a mim mesmo que Seb acabou de acordar do coma e me obrigo a sair sem dizer nada. Chego a tempo de ver Sawyer correndo pelo corredor com Ella ao lado.

— Como ele está? — pergunta Sawyer.

— Está de mau humor.

Ella faz uma careta.

— Ainda? Achei que ficaria melhor quando se acostumasse com o lugar onde está.

Sawyer ri. O sorriso é tão largo que vai de orelha a orelha.

— E daí que ele está de mau humor? Ele ficou em coma duas semanas.

— Ele perguntou por Lauren — eu digo.

O sorriso do meu irmão desaparece.

— Merda.

— Eu não disse nada.

— Não diz. Não quero que ele receba nenhuma notícia ruim.

— Eu não vou contar pra ele.

Sawyer olha para Ella, que levanta as mãos.

— Eu também não vou, mas, quanto mais você esperar, pior vai ser.

— Ele vai reparar que tem alguma coisa estranha quando ela não aparecer — observo.

— Não digam nada — diz Sawyer com rispidez. — Eu decido quando ele vai saber. — Ele passa por nós e entra no quarto.

Ella fica para trás e, assim que a porta se fecha, ela se vira para mim.

— Tem alguma coisa errada com Sebastian.

— Você está falando isso porque nosso irmão sempre tão fofo e dócil acordou um grosseiro demônio sexual?

— É — ela assente enfaticamente —, exatamente isso. Eu entrei e ele me perguntou se eu tinha ido fazer um boquete nele. Ele disse que era minha obrigação como irmã. E, quando lembrei a ele que era namorada do irmão dele, porque achei que ele podia estar com algum tipo de amnésia, como Hartley, ele respondeu que, como não tínhamos nenhum parentesco de verdade, eu podia subir na cama, mas que ele preferia que eu montasse nele de costas pra não ter que olhar na minha cara! — Ela termina com um grito.

Os poucos funcionários no corredor se viram na nossa direção. Pego o braço de Ella e a levo pelo corredor, distante de todos os olhares curiosos.

— Como Sawyer disse, Seb estava em coma havia duas semanas. É normal acordar de pau duro, e talvez ele não esteja avaliando os sentimentos direito, mas também pode ter a ver com os remédios. Por que você não vai pra casa? Sawyer e eu cuidamos disso.

Ella lança um olhar de culpa para trás, para o quarto.

— Eu não devia.

Mas ela quer.

— Vai. Vamos ficar bem com ele — eu garanto.

Ela não precisa ouvir duas vezes. Aperta meu braço, murmura alguma trivialidade e vai embora. Seb deve ter dado um susto e tanto nela.

Quando chego perto do quarto, ouço gritos. Corro e abro a porta. Há uma enorme agitação lá dentro.

— O que está acontecendo?

— Estamos fazendo uns exames — diz uma enfermeira.

Mais pessoas entram, e logo Seb é levado para que, literalmente, examinem a cabeça dele. Durante todo o trajeto, ele alterna entre xingar as enfermeiras do hospital, com frases como "Tirem essas porras de mãos de cima de mim, seus merdas!", e abusar verbalmente delas, dizendo: "Em uma escala de um a molhada, qual é a condição da sua calcinha agora que você está olhando pro meu pau há cinco minutos?".

— O que foi aquilo? — pergunto baixinho quando Sawyer me encontra no corredor. — Aconteceu alguma coisa?

Sawyer se apoia na parede e os sorrisos são substituídos por uma expressão cansada e exasperada.

— A enfermeira fez ele mijar numa comadre.

— Ah, então foi por isso a gritaria toda.

— Eu e dois ajudantes tivemos que segurar ele pra não jogar a comadre na cabeça da enfermeira. Não sei o que tem de errado com ele. — Sawyer parece perplexo.

Dou um tapinha nas costas do meu irmão.

— Ele saiu da cama com o pé esquerdo, obviamente.

Sawyer abre um sorrisinho por causa da piada ruim.

— Acho que não importa. Ele acordou, isso é tudo o que importa.

— É. Agora você pode ir pra casa.

— O quê?

— Vai pra casa, Sawyer. Você está exausto. Não dorme uma noite inteira há catorze dias. As provas estão chegando e você precisa se cuidar.

— Desde quando você virou o papai? — brinca Sawyer, mas vejo o alívio nos olhos dele.

— Desde que nosso pai verdadeiro foi para Dubai vender nossos aviões pra uns árabes ricos. Agora que temos que dividir uma parte da herança com Ella, nosso pai verdadeiro precisa ganhar ainda mais dinheiro.

Para minha surpresa, Sawyer concorda. Ele deve estar exausto.

— Tudo bem. Mas, se Seb ficar com raiva, vou botar a culpa em você.

— Eu aguento.

— Não esquece: nada de Lauren.

— Pode confiar. Não vou tocar nesse assunto. — Se Seb começar a jogar comadres longe porque não pode mijar de pé, ele vai fazer coisas bem piores quando descobrir que a namorada não segurou o tranco por meras duas semanas.

Seb é trazido de volta quase três horas depois, inconsciente. Sigo as enfermeiras e atendentes e espero uma explicação.

— Tivemos que sedá-lo para fazer a tomografia — diz a enfermeira, quando pergunto o que houve. — Mas está tudo bem. Você devia ir pra casa também, porque ele vai demorar para acordar.

— Alguém tem que estar aqui quando ele acordar.

— Na verdade, não fomos rígidos com as regras, mas, agora que o sr. Royal voltou a si, nós temos que impor uma certa ordem, pela saúde dele. Você quer que ele melhore, não quer?

Que pergunta idiota é essa? Fico irritado.

— Claro.

— Então nos vemos amanhã. — Ela fecha a porta com firmeza ao sair.

Mando uma rápida mensagem no grupo da família para informar a todos que estou sendo expulso do hospital, esperando que pelo menos Sawyer me mande ficar, mas só recebo uma mensagem de Ella.

Sawyer apagou. Deixa o Seb dormir também. Os dois precisam. Você também.

Penso em Seb e na agitação dele. Ele está fazendo isso porque está com medo, e a última coisa que deve acontecer é ele acordar em um quarto vazio.

Ah, não. Eu vou ficar.
Nossa, Easton Royal. Que coisa mais adulta. *carinha piscando*

Um calor estranho e desconhecido se espalha por mim. Guardo o celular. Pode ser que eu esteja crescendo. E até que a sensação não é tão ruim.

Capítulo 23

HARTLEY

— Desculpa por ter voltado tão tarde para casa — digo para minha mãe enquanto coloco açúcar mascavo na aveia.
— Você voltou tarde? Eu nem percebi. Dylan, cadê seu capacete? — minha mãe grita.
— No armário dos casacos — diz a voz sem corpo.
— Eu já olhei lá — minha mãe resmunga, jogando um pano de prato na bancada e desaparecendo no armário de casacos.
Capacete? Me pergunto para que seria. Dylan entra correndo na cozinha. Eu a observo com atenção em busca de sinais de ferimento. Ela quebrou alguma coisa por acidente nos últimos três anos? As ações do meu pai teriam sido uma aberração ou será que ele tem agredido minha irmã regularmente?
— Oi, Dylan. Tudo bem com você hoje?
Ela abre a geladeira e me ignora, como tem feito durante toda a manhã. Bati na porta de seu quarto quando acordei, mas ela não respondeu. Esperei no meu quarto e fiquei prestando atenção em barulhos no corredor. Saí correndo quando a ouvi, mas era tarde demais, pois ela já tinha se escondido no banheiro.
Vou até ela e dou um tapinha no ombro.
— Dylan, você está bem hoje?

Ela se afasta da minha mão e fecha a porta da geladeira.

— Eu ouvi da primeira vez. Estou ótima. Você pode voltar a me deixar em paz, como fez nos últimos três anos? — Com o leite na mão, ela vai até a despensa e pega uma caixa de cereais.

A culpa se aloja na minha garganta, e preciso limpar o nó para conseguir falar.

— Me desculpe por ter passado tanto tempo longe. Eu não pretendia. Foi por isso que voltei pra casa, sabe, porque quero ficar perto de você.

— Tanto faz — murmura ela. O celular está na mão, e ela está olhando as mensagens.

Tenho certeza de que mandei algumas enquanto estava fora. Fico me perguntando o que eu havia dito. Pode ser que eu tenha sido cruel com ela ou que ela tenha me dito coisas e que eu não tenha dado a devida atenção por estar pensando apenas nos meus próprios problemas.

— Desculpa — eu digo baixinho. — Desculpa por te magoar.

Ela olha para mim por cima do celular.

— Para ficar magoada, primeiro eu teria que me importar.

— Ai. — Eu massageio o peito e tento rir do golpe que ela acabou de me dar. — Tudo bem, espero que você saiba que eu te amo.

A resposta de Dylan é pegar o prato, levar até a pia e gritar:

— Mãe, achou meu capacete?

— Ainda estou procurando.

Passo a mão pela boca. Parece que elas queriam que eu não morasse aqui.

— Está quase na hora de ir. Você não pode levar depois?

— Tá, tudo bem. Calce os sapatos e vamos.

Pego meu blazer da Astor Park e o visto. A porta dos fundos se abre.

— E a Hartley? — diz Dylan.

— Ah, eu tinha me esquecido dela. — Erguendo a voz, minha mãe grita. — Hartley, está na hora de ir para a aula.

— Meu Deus, a gente tem que esperar por ela?

— Estou bem aqui — respondo.

Dylan olha para trás com surpresa, vai até o carro e se senta no banco de trás. Minha mãe corre até o banco do motorista.

— Entra — ela diz para mim. Ela se vira para trás e fala com Dylan. — Fez todo o dever?

— Fiz.

— Não esquece de trocar de roupa antes de eu pegar você.

— Tá, mãe. Já entendi.

— Semana passada você não lembrou, né?

Dylan fica em silêncio. Eu baixo o quebra-sol e finjo verificar minha maquiagem inexistente, mas uso o espelho para poder espiar minha irmã. Ela coloca fones de ouvido e olha para o celular.

Preciso saber se ela está bem.

— Mãe, sobre ontem à noite. Será que posso ajudar Dylan a se lembrar de tomar os remédios dela?

Minha mãe freia em um sinal e se vira com uma expressão surpresa, como se tivesse esquecido que eu estava no carro.

— Ah, Hartley. Você precisa pegar carona com algum amigo pra casa. Dylan tem aula de equitação hoje — diz, ignorando completamente minha sugestão. Pode ser que ela não tenha ouvido.

— Ontem à noite foi assustador.

— Seu pai fica nervoso. — Ela faz sinal para descartar o assunto. — E está tudo bem porque, se Dylan não tomar os remédios, não poderá ir à feira de cavalos no fim de semana.

Minha mãe olha pelo retrovisor e espera resposta, mas não há nada. A música de Dylan está tão alta que conseguimos ouvir.

— Dylan — repete minha mãe.

Minha pressão está subindo por causa da falta de resposta de Dylan. Estico a mão para trás e estalo os dedos. Ela nem se mexe.

— Dylan, abaixa isso — grita minha mãe enquanto freia com força na frente da Astor Park. — Está tão alto que até eu consigo ouvir a música. Desse jeito você vai perder a audição.

— Sai. Você vai me fazer chegar atrasada — diz Dylan com rispidez.

Lembro a mim mesma que minha irmãzinha está traumatizada pela noite anterior, e Deus sabe quantas outras noites, e saio calmamente do carro.

Fico feliz de não estar ouvindo gritos, mas um nó de insatisfação cresce pelo fato de parecer que sou uma coisa de que minha mãe só se lembra depois. Não é que eu queira ou precise de solidariedade, mas sofri um acidente feio não muito tempo atrás e ainda estou sofrendo as repercussões de ter batido a cabeça no hospital. Depois de três longos anos de ausência, voltei para casa. Ela não devia estar gritando comigo por ter chegado em casa às três da madrugada?

Piso na calçada da Astor Park me sentindo irritada. Pode ser que Felicity me irrite hoje e eu consiga xingá-la, o que faria com que eu me sentisse um pouco melhor. Infelizmente, não encontro Felicity, mas Kyle decide falar comigo na biblioteca durante o tempo de estudos.

Ele puxa a cadeira e coloca o braço peludo na minha mesa.

— Todo mundo está falando que você está dando pro Bran Mathis.

— É esse o assunto interessante de agora? — Arqueio uma sobrancelha. — Por que não estão falando que vou entrar pro circo nas férias de Natal? Meu grupo bem que precisa da publicidade gratuita.

— Circo? — Ele pisca, sem entender.

— É piada — diz uma aluna que está passando. É a primeira vez que alguém fica do meu lado na escola, e é por puro milagre que eu não pulo da cadeira para abraçá-la. Decido abrir um pequeno sorriso.

A loura dá de ombros.

— Piada? — repete Kyle. O rosto dele fica vermelho como o de um personagem de desenho animado que está com vapor saindo das orelhas. — Você está tirando sarro da minha cara?

— Não. Estou tentando fazer meu dever de casa. — Me estico para pegar minha poesia quando uma mão suada bate na minha.

Um gritinho escapa da minha boca. Um gritinho bem alto. A sra. Chen levanta a cabeça.

— Sr. Hudson — diz a monitora da sala de estudos —, nós não tocamos em outros alunos aqui em Astor Park. A não ser que você queira ter um ponto tirado da sua conta, é melhor afastar a mão imediatamente.

A mão de Kyle aperta meu pulso. Eu trinco os dentes porque essa merda dói. A sra. Chen abre o laptop. Ao reconhecer que a professora de fato fará o que disse, Kyle me solta na mesma hora, mas a sra. Chen está ocupada digitando.

— Espera, você disse que não tiraria nenhum ponto se eu soltasse ela — protesta ele.

Ela nem olha para ele quando responde.

— Mandei você tirar a mão imediatamente, e você não tirou. Não vou tolerar esse tipo de comportamento.

— Vaca — murmura ele. Um apito soa. Kyle pega o celular e fica de pé, sacudindo o aparelho. — Foram dois pontos! Você tirou dois pontos! — grita ele.

— E você me chamou de vaca. Isso é insubordinação e violação da regra 4-13 do Código de Honra sobre conduta aceitável. Será que terei que tirar três pontos ou você vai se sentar, sr. Hudson?

Kyle se senta com um estrondo.

— E o resto de vocês precisa saber que, por estarem no último ano, eu espero que ajam como adultos e não como um bando de animais selvagens, tentando agredir algum outro aluno porque você o vê como alguma espécie de concorrência.

— Nós não estamos no jardim de infância — reclama Felicity em outra mesa da biblioteca.
— Então aja de acordo com a sua idade, srta. Worthington. Vocês todos têm dez minutos de estudo. Devem usá-los com sabedoria.

Acho que estou com corações nos olhos quando olho para a sra. Chen. Ela é oficialmente a minha professora favorita.

— Obrigada — digo para ela quando o horário de estudos acaba.

Ela dá um aceno breve, que não é exatamente receptivo, mas eu ainda a amo. Do lado de fora da biblioteca, Kyle me espera com fúria nos olhos.

— Não pense que venceu, vaca.

— Nós não estamos em uma competição, e não tem vencedor nem perdedor — respondo. Olho meu horário e vejo que tenho música agora, o que quer dizer que posso ir mexer no meu armário.

— Você é uma perdedora na vida.

— Tudo bem. — Abro um sorriso e aceno enquanto me afasto. Kyle fica parado atrás de mim, boquiaberto. O que ele queria? Que eu discutisse com ele? Ele pesa o dobro de mim, e sei que, se ele quisesse, poderia me destruir fisicamente, então não vou entrar numa briga com ele. Além do mais, parece que ele está dançando na beirada de um perigoso precipício e precisa tomar cuidado.

— Você está bem?

Eu enfio os livros no armário e me viro para Ella, que parou perto de mim.

— Como está Sebastian? — pergunto na mesma hora.

Ela franze o nariz.

— Ele está... diferente.

— Como assim?

— Só está. Ele era compreensivo e fofo e, agora, parece um velho mal-humorado.

A sensação de embrulho que tenho sempre que me lembro do acidente explode no meu estômago.

— Sinto muito — digo. As palavras são inadequadas, mas não sei o que mais posso fazer. Decido perguntar: — Tem alguma coisa que eu possa fazer? Cozinhar ou lavar as meias dele? Easton disse que caramelos com cobertura de chocolate são um bom presente.

— Seria legal, mas eu enviaria em vez de entregar pessoalmente. Não que o acidente tenha sido culpa sua nem nada, mas Seb está... estranho agora. — Ela estica a mão e encosta os dedos no meu braço. — Você devia se concentrar em melhorar. Sebastian vai voltar a ser como era, ou então nós iremos nos ajustar. Só estamos felizes de ele ainda estar com a gente.

— Eu também — digo com veemência. — Mas, se houver alguma coisa que eu possa fazer, me avisa.

O rosto dela fica sério.

— Não foi culpa sua, sabe. Se tivesse sido, Callum teria acusado você de alguma coisa. Não teria se importado com o fato de seu pai ser um promotor.

O sinal toca. Se não fosse isso, eu teria respondido. Ella abre um meio sorriso e vai para a próxima aula. As palavras dela me dão certo consolo, mas minha próxima aula é de música, e preciso do tempo para me acalmar tocando as sonatas de Mendelssohn, todas em notas altas. Os cinquenta minutos seguintes são os mais tranquilos que tenho desde que acordei.

— Acabou o horário, srta. Wright — diz uma voz vinda do alto, pelo sistema de interfone. Com tristeza, guardo o violino e vou para o refeitório.

O refeitório é mais um restaurante chique do que de fato um refeitório. O teto deve ter pé-direito de pelo menos seis metros. As paredes são revestidas de madeira escura e as mesas retangulares estão cobertas por toalhas de linho branco. Música clássica toca ao fundo, acompanhada pelo som da água que pinga no chafariz da entrada. Em um canto há uma enorme parede de plantas vivas que ocupam todo aquele espaço. As mesas na frente da parede estão vazias.

No centro, vejo Ella com duas outras garotas. Uma tem cabelo comprido e meio ruivo e a outra tem cabelo escuro na altura dos ombros. Ao lado delas há mais dois outros alunos que eu provavelmente classificaria como populares. Uma mesa depois estão Felicity e a galera dela.

— Está pensando onde sentar?

Olho para o lado e vejo Bran.

— Não. Eu vou sentar perto do jardim.

Ele faz uma careta.

— O quê? Qual é o problema de lá? É bonito.

— Insetos — ele diz e treme. Não sei se é um tremor falso ou real. — Tem uma infestação lá. Pode acreditar que você não vai querer comer lá. Vem comigo. — Ele inclina a cabeça na direção de uma mesa no canto do salão. Já está meio ocupada de caras musculosos.

— Parece que já está lotada.

— Que nada, é só porque Dom está lá, e ele é tão grande que ocupa o lugar de duas pessoas.

Passo a língua nos lábios e penso nas minhas opções. Não tenho muitas. Ou vou para o canto com insetos ou vou com Bran.

— Está tão ruim assim lá? — pergunto.

— Acho que a pergunta é: será que eu sou tão ruim que você preferiria se sentar com insetos a se sentar comigo? — Os olhos dele brilham, e sei que ele não está magoado de verdade, mas entendo o que ele diz.

— Por que você é tão legal comigo? — pergunto enquanto andamos pela fila. As escolhas do bufê são surreais. Nunca mais vou deixar de almoçar. Kyle pode ficar sentado do meu lado durante a aula inteira sussurrando todos os seus insultos nojentos, mas não vou ligar porque o ravióli de abóbora está com cheiro tão bom que eu poderia morrer.

— Por que não deveria ser?

— Hum, porque eu era uma pessoa horrível.

— Desde quando você era uma pessoa horrível?

Eu inclino a cabeça e observo Bran. Estaria ele dando em cima de mim e é por isso que diz que eu não era ruim? Ele é muito atraente. Acho que seria capaz de levar um monte de garotas para a cama sem se esforçar muito.

— Nós passávamos muito tempo um com o outro? Não temos muitas aulas juntos. — Pensando bem, acho que não temos nenhuma.

Ele fica um pouco vermelho.

— É que eu não faço as de nível de faculdade como você.

Ah, merda. Ele interpretou como insulto?

— Não foi isso que eu quis dizer. Eu… eu… — gaguejo. — Só acho que não sou popular aqui, e você é um gato, então será que não andava com gente mais popular?

Ele pega uma maçã em uma cesta e coloca na minha bandeja.

— Você me acha gato, é? Deve ser por isso que estou andando com você. — Ele pisca, pega minha bandeja e leva até o caixa.

A moça faz as contas e passa a identificação dele. Eu entrego o meu para a moça do caixa. Ela passa minha identificação e me devolve.

— Você tem dinheiro?

— Há? — pergunto. — Por que eu preciso de dinheiro?

Ela vira a tela.

— Porque não tem dinheiro na sua conta.

Que constrangedor. Os alunos atrás de mim dão risadinhas, e sinto que uma nova onda de fofocas humilhantes começará a nascer.

Bran dá um passo à frente.

— Eu pago.

— Só aceito dinheiro — diz a moça. — Só temos permissão de passar a identificação uma vez.

Ele parece frustrado.

— Algum problema? — diz Felicity da mesa dela, com um tom de alegria em sua voz, como se o radar do constrangimento tivesse sido acionado.

— Ela não tem dinheiro na conta — grita um garoto atrás de mim. — E Bran está sem grana.

As pontas das orelhas do meu salvador ficam vermelhas. Aperto a bandeja entre os dedos para não jogar macarrão laranja em cima do garoto bocudo.

— Vocês estão prendendo a fila — reclama outro aluno.
— Tenho que ir pra aula.

— É, deixa ela passar pra gente poder comer.

— A gente está com fome!

— É por isso que gente normal não devia poder vir estudar em Astor.

— É horrível, né.

O sorriso de Felicity se alarga a cada reclamação. Ela está adorando. Estou prestes a abandonar a bandeja quando me lembro do dinheiro que minha mãe me deu na noite anterior. Enfio a mão no bolso e entrego o dinheiro para a moça do caixa.

Que pena, Felicity, eu penso.

— Desculpa — digo para Bran. — Esqueci que tinha dinheiro. Acho que minha memória recente está tão ruim quanto a de longa duração.

— Não tem problema — ele diz, mas seus ombros estão rígidos. Ele não gosta do deboche.

Quero dizer para ele relaxar, mas é algo que eu mesma tenho que aprender. Quanto a mim, vou para o canto e almoço. Tenho coisas mais importantes a fazer do que me preocupar com Kyle, Felicity e Bran. Minha irmã está em perigo e, como não posso tirá-la de casa, vou ter que encontrar um jeito de me livrar da ameaça.

Capítulo 24

EASTON

— Estou indo pro hospital. Sua voz está péssima. Não conseguiu dormir durante a noite? — pergunto a Sawyer pelo celular. Ele apareceu no hospital por volta das seis da manhã, e eu fui para casa para dormir um pouco.

— Eu tentei, mas fiquei preocupado. Eu não devia ter ido embora.

Tradução: faz quatro horas que Seb está pegando no pé dele por ter ido para casa.

— Seb quer alguma coisa? — Visto uma jaqueta de couro e desço a escada.

— O que ele quer? Já ouvi ele pedir bife, sushi, um avião, Lauren, a cama dele, menos enfermeiras, enfermeiras mais bonitas, um boquete, uma punheta, sair da porra da cama. — Meu irmãozinho dá um suspiro.

— Então você não contou para ele sobre a Lauren?

— Não. Liguei pra ela e disse que Seb acordou. Ela disse que era bom, mas que nós somos muito para ela.

— O que isso quer dizer?

— Não tenho ideia. Olha, eu tenho que ir. Seb está gritando com a enfermeira de novo.

Sawyer desliga antes que eu possa responder. Uma ideia surge na minha cabeça.

— Direto pro hospital? — pergunta Durand quando entro no Bentley, alguns minutos depois.

— Não. Primeiro vamos para a loja de brinquedos e depois para o hospital.

— Qual loja de brinquedos?

— A que tem na Kovacs.

Durand nem pisca, apesar de saber o que é. Porra, qualquer pessoa com mais de treze anos sabe, e provavelmente metade de Bayview já entrou... mais para pegadinhas, mas, pelo que as garotas de Astor dizem, tem muitos brinquedos a pilha que tremem nos fundos de bolsas e mochilas.

Fazemos o retorno para o sex shop e eu entro, encontro o que preciso e pago. Durand não é de falar muito e eu estou exausto, então fecho os olhos e cochilo durante o resto do caminho. Quando chegamos ao hospital, Durand me acorda aumentando o volume do rádio.

— Vou pegar carona pra casa — digo quando fecho a porta. Como Seb está fazendo todo mundo do hospital desejar que ele voltasse ao coma, adiciono potência extra ao meu sorriso conforme cumprimento as pessoas.

— Rhonda, esse tom fica muito bem em você.

A enfermeira de plantão, que tem uns cinquenta anos, abre um sorriso.

— Obrigada, Easton. Azul sempre foi a minha cor.

— Estou falando do seu batom. É tom de beijo. — Eu pisco, e a enfermeira, ficando vermelha como se tivesse doze anos de idade, esfrega os lábios.

— E eu? — diz Sarah, a colega dela.

— Eu teria que passar três dias no confessionário se fosse falar em voz alta os pensamentos que tenho sobre você, srta. Sarah — digo.

Sarah dá tapinhas no cabelo tingido de azul e dá risadinhas. Quando estou indo para o quarto, encontro Matthew, um dos ajudantes.

— Está malhado hoje, amigão.

— Eu treinei pesado hoje cedo — diz ele, dobrando o bíceps.

Bato com o punho no braço dele e faço cara de impressionado.

— Legal, mas é melhor tomar cuidado porque senão as pacientes vão se apaixonar e não vão mais querer ir embora.

— É esse o plano. Camas cheias, contracheque cheio.

— Entendi. — Faço um revólver com os dedos na direção dele e entro no quarto de Seb.

— Se abaixa! — escuto, e obedeço instintivamente.

O vento acima da minha cabeça assobia quando uma coisa é jogada. Eu me viro a tempo de ver uma bandeja de comida bater na parede e cair no chão, deixando uma mancha indistinta feita de ervilhas, purê de maçã e uma carne misteriosa.

— É, a comida fica ruim assim — comento.

— Este lugar é um buraco — rosna Seb. — Quando eu vou poder ir para casa? — O rosto dele está vermelho, e tenho medo que uma de suas veias estoure e ele volte para o coma. Sawyer está na cadeira, com o rosto escondido nas mãos.

— O que seu médico disse? — Quando chego na cama, pego o prontuário pendurado no pé e olho, mas nenhum dos rabiscos tem significado para mim.

— Que eu posso ir embora quando meu pai ou tutor chegar. Você tem dezoito anos. Seja meu tutor e me tire daqui.

— Tudo bem. — Eu vou até ele. Tem dois tubos intravenosos enfiados em seu braço. Começo a puxar um.

— O que...? — Sawyer dá um pulo, mas não precisa, porque o irmão gêmeo dele já afastou o braço de mim.

— Não toca nos meus tubos. Está querendo me matar? — diz Seb, cobrindo o pulso com a outra mão.

— Você disse que queria ajuda para sair daqui.

Ele faz cara feia.

— Você tem que conseguir a liberação de um médico, não arrancar meus tubos. Eu preciso desses remédios para aliviar a dor.

— Então parece que você devia relaxar e calar a boca até que o médico diga que você pode ir para casa. Pode acreditar, se você ficar agindo desse jeito babaca só mais um pouco, vão jogar você na rua. Aí, não vai mais ter isso. — Bato com o dedo em um dos tubos intravenosos.

— Não preciso que você finja se importar. Já tenho babá — diz Seb, mal-humorado como uma criança pequena.

— Se você está falando de Sawyer, então não tem, não. Ele vai para casa agora porque precisa cagar, tomar banho e dormir. — Aperto o ombro do meu irmão mais novo com a mão livre. Sinto-o relaxar de alívio. O garoto está se matando aqui. — Você só tem a mim pra te distrair. Sawyer disse que você queria um boquete. Não posso oferecer isso, mas trouxe outra coisa. — Jogo o saco de papel no colo de Seb.

Ele pega o brinquedo sexual.

— É sério? Não quero isso. — Ele joga o brinquedo na minha cabeça, mas está tão fraco que sua força não é suficiente para que o brinquedo me atinja, e ele cai no chão na minha frente. — Cadê a Lauren?

— Ela está em casa. — Não faço ideia, mas é meu palpite.

— Você devia ter trazido uma prostituta.

— Falei com Rhonda, e ela disse que não é permitido trazer prostitutas pro hospital. — Pego o brinquedo e coloco na cama.

— Como se você já tivesse deixado regras te limitarem.

Minhas têmporas começam a latejar. Aponto para Sawyer com o polegar.

— Hora de ir.

Ele se levanta e anda até a porta sem dizer nada.

— Você vai me deixar? — grita Seb. — Vai me deixar, porra? Eu acordei menos de vinte e quatro horas atrás e você já vai pular fora!

Sawyer para.

— Ele vai embora e eu sou tudo o que você tem no lugar dele. Agora cala a porra da boca e deixa seu irmão ir em paz — eu digo com rispidez. — Vai — ordeno a Sawyer.

Ele sai correndo, e não o culpo. Eu também sairia correndo se pudesse.

— Quem morreu e te nomeou rei? — pergunta Seb.

— Eu. — Eu me sento em uma das cadeiras vazias, coloco as mãos atrás do pescoço e estico as pernas. Estou acordado há apenas uma hora, mas minha cabeça está doendo, e tudo que quero é fechar os olhos e cochilar.

— O que tem de tão cansativo na sua vida? Garotas demais em cima? — Ele fala com muita inveja.

Decido contar a patética verdade.

— Só uma garota, e a gente nem ao menos deu uns amassos ainda.

Isso o silencia. Abro os olhos para ver o que ele está pensando e o vejo olhando pela janela. Lembro a mim mesmo que ele sofreu um acidente horrível, ficou em coma durante duas semanas e deve estar muito inquieto.

— O médico disse mesmo que você só precisa da assinatura do seu pai ou de um responsável?

— Disse, mas papai não está atendendo — responde Seb com azedume.

— Ele está voltando para casa. O voo leva dezenove horas, e eles têm que parar pra reabastecer — lembro a ele.

— Eu sei. — Ele aperta o lençol no punho. Ele quer muito sair daqui.

O telefone na mesa de cabeceira ao lado da cama apita na mesma hora que o celular no meu bolso vibra. Meu pai deve ter chegado. Os olhos de Seb se iluminam quando ele pega o celular, mas o que ele lê não é bom. Seu rosto passa de alegre para sombrio conforme ele lê a mensagem. Com um xingamento, ele joga o telefone do outro lado do quarto. Acerta a mancha da carne misteriosa.

— Boa mira — digo, suspirando. Seb é um dos maiores pontuadores do time de lacrosse de Astor.

— Papai está em Londres e só vai chegar na madrugada de quinta.

— Para quê? — Pego o celular e leio a mensagem: o tempo ruim o está segurando lá.

— East.

— O quê?

— Você tem que fazer alguma coisa.

Faço uma careta.

— Tipo o quê? Nós estamos no segundo andar. Você quer que eu amarre seus lençóis para você descer pela janela?

Um brilho astuto surge nos olhos dele.

— Tem uma pessoa que pode nos ajudar.

Um quartel de bombeiros cheio de alarmes soa na minha cabeça. Tem uma pessoa que tem responsabilidade por nós quando meu pai está fora do país, ou ao menos tinha. Ele podia assinar nosso boletim, pedidos de autorização da escola ou qualquer outra coisa que um menor não pudesse comprar sem autorização de um adulto. Mas essa pessoa é *persona non grata*, e Seb sabe disso.

— Não. — Eu balanço a cabeça. — Não e não. É uma péssima ideia.

— Por quê? Porque Ella se importaria? O que ela não souber não vai magoar, e não vou contar se você não contar.

— Não, porque você não quer dever nada a um cara daqueles. É como entregar sua conta bancária a um viciado e dizer: "Não pega nada".

— Qual é a pior coisa que poderia acontecer? Ele ligar pedindo um favor e a gente dizer não.

Isso também não me parece certo.

— Por favor, East. Eu não pediria se não estivesse desesperado, mas juro que vou acabar fazendo alguma coisa drástica se tiver que passar mais uma noite aqui.

Eu trinco os dentes. Acho que Seb não está falando sério, e é golpe baixo ele fazer essa ameaça considerando que nossa mãe tirou a própria vida.

Decido que preciso de um intervalo antes de fazer alguma coisa de que me arrependa.

— Vou buscar água — eu digo, e saio na direção da porta.

— Eu tenho água! — ele grita.

Ando um pouco pelo corredor e paro quando chego ao antigo quarto de Hartley. Lesões na cabeça são terríveis. Hartley perdeu a memória e Sebastian se perdeu. Passo a mão pela cabeça. Somos tão frágeis. Uma queda brusca e o mundo todo pode mudar. Nem Hart nem Seb pediram por isso, e aposto que, se pudessem voltar a ser como antes, voltariam num piscar de olhos. Eu estalo o pescoço. Tudo que posso fazer é ser paciente. Claro que sou péssimo em ter paciência, mas o que mais posso fazer?

Eu me obrigo a dar meia-volta e voltar para o quarto de Seb. Ele precisa de mim, mesmo que seja só como alvo. Ele tem que desabafar, e eu aguento.

Quando entro, Seb está vestido, sentado na sala de estar, parecendo mais um visitante do que um paciente. Está folheando uma revista *GQ*.

— O que está acontecendo?

Ele não responde.

— Seb? Por que você se vestiu?

Ele finalmente me olha com uma expressão arrogante em seu rosto.

— Estou indo embora daqui.

— Como?

Uma sensação de medo surge conforme ele continua sorrindo.

— Você não fez isso.

Ele dá de ombros.

— Qual é o problema? Ele vem buscar a gente e deixar em casa. Ninguém vai ligar se você não fizer drama.

— Isso é errado. — Eu pego o celular, mas percebo que não posso fazer a ligação. Apaguei o contato dele um tempo atrás e não sei o número. Eu trinco os dentes de novo. — Não se liga para o diabo em busca de ajuda.

— Tarde demais.

* * *

— Que bom que você me ligou. — A mão pesada de Steve O'Halloran cai no meu ombro, e me esforço para não me encolher. Isso só deixa evidente como o sistema é burro, pois um cara acusado de assassinato e tentativa de assassinato anda livre por aí. E não me diga que a tornozeleira eletrônica e a fiança de um milhão de dólares impedem alguma coisa. Steve tem acesso a muito dinheiro; ele o esconde como um esquilo esconde suas nozes, em vários lugares diferentes. Comecei a adquirir esse hábito também. Até pedi ao meu pai para instalar o cofre no meu closet depois que Steve mostrou um bem legal no quarto dele.

Lanço um olhar mortal para Seb, mas ele me ignora e senta no banco de trás. Ele conseguiu o que queria e não está preocupado com nada, um sentimento que reconheço e estou começando a perceber que não é só egoísta e raso, mas é também perigoso. O discurso que eu fiz para Ella sobre ir atrás da diversão acima de tudo parece tão idiota comparado a isso.

— Esqueceu alguma coisa? — pergunta Steve.

— A cabeça — murmuro baixinho. Abro a porta de trás e empurro Sebastian para o lado.

— Vai na frente — reclama ele. — Estou enjoado. Preciso me deitar.

— Porque não ficar sentado no seu lugar e não usar o cinto de segurança funcionou muito bem para você da última vez — eu digo com sarcasmo.

Demonstrando muita maturidade, Seb me mostra o dedo do meio em resposta. Eu coloco o cinto e ignoro o fato de que o banco do passageiro do Tesla novo de Steve esteja empurrando meus joelhos no peito. É desconfortável atrás, mas não vou me sentar ao lado do homem que tentou matar Ella. Já me sinto tão baixo quanto um pé de formiga, e não vou piorar isso ao tratá-lo como se ele fosse amigo da família.

— Como vocês estão, garotos? — pergunta Steve enquanto dirige lentamente para casa. O homem é um demônio da velocidade. Estaríamos em casa em cinco minutos se ele dirigisse normalmente, mas ele está tentando ser mais lento do que Ella. Nesse ritmo, vamos ter sorte se chegarmos em casa antes do sol nascer.

— Ótimos — diz Seb. — Podemos parar em algum lugar?

— Não — eu digo. — Nós vamos pra casa.

Não consigo acreditar que Seb quer passar mais de dois minutos com aquele cara no banco do motorista. Steve matou uma mulher e, para encobrir, tentou matar Ella. Respirar o mesmo ar que ele me enoja.

— A gente pode parar onde você quiser — diz Steve.

Seb se anima e começa a dizer alguma coisa, mas coloco meu pé esquerdo em cima do pé direito dele e aperto. Não ligo se ele acabou de sair do hospital. Nós vamos para casa. Meu olhar transmite uma série de ameaças bem reais, e Seb me conhece bem o suficiente para saber que minhas promessas não são vazias. Ele pode ter dezessete anos, mas passou duas semanas no hospital, e nós dois sabemos que não exigiria muito esforço de mim para colocá-lo de volta lá. Ele fecha a boca e se encosta na janela enquanto afasto o pé e puxo de volta para o meu lado.

— Vamos para casa — respondo por nós dois.

O trajeto é misericordiosamente curto. Assim que o veículo para, estou pronto para pular fora. Steve nos levar para casa não vai ser um problema se ninguém souber.

— Hora de acordar, dorminhoco. Chegamos em casa. — Eu sacudo Seb, que adormeceu apesar da viagem curta.

— Vamos logo — sussurro. Quanto mais tempo passarmos na porta de casa, mais chance temos de sermos descobertos.

— Ele está bem? — Steve se vira e bate no joelho de Seb. — Ei, garoto. Você está bem?

— Ele está ótimo — digo, embora esteja preocupado por dentro. Nós o levamos para casa cedo demais? Eu o sacudo com mais força. Talvez força demais, porque ele geme de dor e sacode pernas e braços para me afastar.

— Foda-se — rosna ele. — Você quer me botar em coma de novo?

— Desculpa. — Saio rapidamente do carro e vou para o lado dele.

Ele cambaleia para ficar de pé e se apoia no carro e em mim antes de dar um passo bambo à frente.

Steve segura o lado direito de Seb e me instrui com um movimento de cabeça para ir para o outro. Meu plano de entrar escondido em casa foi por água abaixo.

— Eu posso andar. — Seb tenta se soltar de nós, mas ele está fraco como um recém-nascido.

Steve e eu praticamente o carregamos pelos largos degraus da porta principal.

— Pode deixar comigo a partir daqui — digo para Steve. Ele sorri.

— Eu nem sonharia em abandonar vocês.

Eu trinco os dentes.

— É sério. Estamos bem. Não estamos, Seb?

A cabeça de Seb balança sobre os ombros.

— Estamos, sim — ele diz, sonolento.

Um alarme toca dentro de mim. Aperto os olhos para Steve com uma certa desconfiança.

— O médico realmente assinou a autorização para isso?

Steve assente.

— Assinou. Disseram que os sinais vitais dele ficaram bem em um período de quarenta e oito horas e que devíamos ligar se houver algum sinal de degradação da capacidade mental dele.

— O que isso quer dizer?

— Se eu começar a babar, vocês têm que me levar de volta — brinca Seb.

— Ele me parece ótimo. — Steve ajeita Seb. — Por que você não abre a porta, Easton?

Não preciso, porque Ella aparece de repente na abertura, os lábios entreabertos e mágoa nos olhos.

— O que está acontecendo? — ela pergunta com raiva.

Steve se adianta e arrasta Seb junto.

— Viemos trazer Sebastian pra casa.

— Desculpa — digo para Ella com movimentos labiais, mas seus olhos estão grudados em Steve, observando-o com atenção, como se ele pudesse puxar uma arma a qualquer minuto e apontar para a cabeça dela.

E por que ela não estaria pensando isso? Não foi muito tempo atrás que Steve de fato *apontou* uma arma para a cabeça dela.

Merda. Tenho que tirar ele daqui. Pra ontem.

Passo o braço por baixo de Seb e o levanto para longe de Steve. Fazemos um curto cabo de Seb até Steve finalmente ceder.

— Por que você não vai chamar Sawyer? — eu sugiro para Ella.

Ela assente e recua, os braços cruzados sobre a barriga de forma protetora, sem afastar os olhos de Steve. A porta fica aberta atrás de mim, porque, apesar do tamanho gigantesco da casa, Ella está se sentindo encurralada e com medo.

Coloco meu irmão em uma cadeira no saguão de piso de mármore. Ele me espia por entre as pálpebras semicerradas.

— Está bem, cara? — Esbarro de leve no ombro dele.

— Minha cabeça está doendo. — Ele passa as costas da mão na boca. — E estou com vontade de vomitar.

— O banheiro fica ali. — Aponto para o lavabo logo depois da entrada.

Ele respira fundo duas vezes, tentando lutar contra a náusea, mas o enjoo vence. Ele fica verde-acinzentado e sai correndo para o banheiro. O som do vômito dele ocupa o corredor.

— Pode ir agora — informo ao homem que ajudou a me criar, o homem com quem minha mãe teve um caso, o homem que tentou matar minha melhor amiga.

— Como Callum não está em casa, acho melhor que eu...

— Não — interrompo. — O melhor é você ir embora. — Vou até a porta que Ella deixou aberta. — Obrigado pela ajuda, mas Seb não devia ter te ligado.

— Vou embora porque não quero provocar confusão, filho. Ella pareceu meio aborrecida. — Ele ergue a voz, provavelmente com esperanças de que Ella o escute. — Estou querendo explicar, mas não tive a oportunidade de fazer isso. Eu não tentei ferir a minha filha. Jamais faria isso. Assim que soube da existência dela, eu só queria encontrá-la e protegê-la. Aquela noite... — Ele faz uma pausa e balança a cabeça, fingindo tristeza. — Aquela noite — continua ele — vai me assombrar pra sempre. Eu queria proteger Ella, mas só a coloquei em perigo.

— Boa atuação. — Eu bato palmas. — Eu daria um C. Você é psicopata demais pra conseguir demonstrar qualquer emoção real, mas a tentativa foi realmente muito boa. Mas, agora, está na hora de você ir. Ninguém aqui está interessado nas suas mentiras.

Ficamos nos encarando. Fico tenso, pensando se vou ter que brigar com Steve. Sou jovem e tenho muita energia, mas

Steve tem aquela força do homem de idade, sem mencionar o treinamento militar. Ele e meu pai foram SEALs da Marinha.

Por sorte, não preciso ver no que daria. Ele baixa o olhar e vai na direção da porta. Quando chega em mim, ele para e, com voz baixa, diz:

— Filho de peixe peixinho é, não é mesmo, filho?

Com uma piscadela, ele sai pela porta, me deixando gelado e incomodado. Odeio que ele me chame de "filho". Odeio mais ainda por desconfiar que ele faça isso por eu *ser* filho dele. Foi o que John Wright disse quando apareci bêbado na porta dele. Ele debochou de mim falando de exames de DNA, sobre eu não ser um Royal de verdade, que eu sou um O'Halloran…

Afasto a lembrança à força. Que se foda o pai de Hartley. E que se foda Steve. Que se fodam.

Bato a pesada porta e me viro. Dou de cara com Ella no alto da escada curva. Mesmo de onde estou, consigo sentir toda a sua raiva e perturbação.

— Onde está Seb? — Não estou ouvindo mais o ruído de fundo de vômito.

— Lá em cima, Sawyer o levou. Por que você o trouxe aqui?

Não é preciso perguntar de quem ela está falando.

— Sebastian queria sair do hospital, e o médico não quis liberar ele comigo.

— Você é adulto.

— Não sou responsável por ele.

— Nem Steve! — ela grita.

Eu aperto a nuca.

— Quando minha mãe morreu, meu pai deu o controle sobre nós para Steve. Uma espécie de — preciso pensar na palavra — tutoria. Toda vez que ele se ausenta, Steve tem autorização de tomar decisões em nome de Callum. Acho que meu pai ainda não rescindiu a autorização.

Ella fica pálida como um lenço de papel.

— O que exatamente você está dizendo? Que cada vez que Callum viaja, Steve pode nos dizer o que fazer? Ele poderia me tirar desta casa?

O nó de ansiedade que surgiu na base do meu pescoço está se espalhando como doença por todo o meu corpo.

— Não sei — respondo com sinceridade. — Seb... — Eu paro de falar. Não posso botar a culpa no meu irmão doente. Ele precisará da ajuda de Ella em seus cuidados. — Eu lembrei que Steve tinha isso, ele assinava autorizações pra eu voar quando meu pai estava fora, e arrisquei. Foi burrice e estou arrependido.

— Estou muito chateada de você ter trazido ele aqui. — Ela sobe a escada, mas tenho tempo de ver as lágrimas escorrendo. Ela foi ligar para Reed. Desconfio que vou ouvir muito dele hoje, e acho que mereço. Fiz uma besteira enorme.

Eu devia ter dito não para Seb. A ameaça que ele havia feito de fazer alguma coisa drástica provavelmente era de correr nu pelo corredor, não de se matar. Eu não devia ter entrado em pânico. Havia muitas outras escolhas que eu podia ter feito, e, embora nenhuma estivesse me ocorrendo naquele momento, eu sei que elas deviam existir.

Porra, cara. Ser adulto é difícil.

Capítulo 25

HARTLEY

Na quarta-feira, após a aula, encontro minha mãe na cozinha, fazendo o jantar.

— O pai está em casa? — pergunto. Ainda não são cinco horas, e tenho esperança de que ele trabalhe em horário regular. Preciso entrar no escritório dele. O plano que elaborei no almoço envolvia inspecionar com atenção cada folha de papel na mesa dele na esperança de encontrar alguma informação incriminadora.

— Não, querida. Você pode picar isto aqui? — Ela empurra dois pedaços de fruta na minha direção.

— Claro. — Eu lavo as mãos e esfrego o dedo na cicatriz. De certa forma, é uma bênção que eu não lembre como isso aconteceu. Desse modo, consigo viver sem o peso dessas lembranças ruins. Mas só será de fato uma bênção se eu puder ajudar minha irmã e impedir que o passado se repita. — Então Dylan vai a uma feira de cavalos? É um evento de um dia?

— Ela vai amanhã depois da escola e volta só no domingo.

Finalmente algo a meu favor. Tenho uma janela de quatro dias para recolher provas contra o meu pai. Seco as mãos, pego uma faca e paro ao lado da minha mãe junto à bancada. Ao parar ao lado dela, percebo que sou cinco centímetros mais alta do que ela.

Eu não tinha reparado, mas cresci durante os últimos três anos. Eu observo o rosto dela. Ela também cresceu; não está mais alta, mas mais velha. Os lábios estão mais finos. Tem rugas nos cantos dos olhos e a pele das suas bochechas está um pouco flácida. Ela parece cansada e infeliz.

Não tenho lembranças de um momento em que ela tenha rido com vontade ou agido com total liberdade. Ser adulto é assim? Ou as linhas tão fundas na testa, que nem botox apaga, são resultado do comportamento do meu pai?

Uma pergunta fica no fundo da minha mente, no centro do meu coração. Sobe pela minha garganta e desliza até a ponta da língua. *Você me ama?*

Desesperada para saber, eu mostro o pulso.

— Você sabe como eu quebrei isso?

O olhar dela se volta para a minha cicatriz e depois para o meu rosto. Seus olhos são tomados pela confusão.

— Claro. Você caiu na escola.

— Foi o meu pai.

Minha mãe bate com a faca na bancada.

— É disso que você se lembra? Não é verdade. Foi a mentira que a escola contou para conseguir escapar de pagar pelo que fizeram. Bom, seu pai resolveu isso. Eles pagaram os três anos dos seus estudos lá. — Ela pega a faca e volta a cortar cebolas. — Não consigo acreditar que depois de tudo que nós fizemos por você é dessa mentira que você se lembra.

Minha mente gira em confusão. Easton mentiu para mim? Não. Ele só está repetindo o que eu contei. Então *eu* me enganei? Entendi tudo completamente errado? E o que ela quer dizer com "tudo que fizemos por você"? A imagem do meu apartamento vazio, meu celular desaparecido e meu quarto completamente estéril se combina com uma imagem maior e mais alarmante. Ela tentou me impedir de lembrar o passado porque tinha medo do que eu sabia?

— Onde está meu celular? — pergunto. — E a minha bolsa? Onde estão? Onde estão todas as coisas que vocês retiraram do meu apartamento?

A mão da minha mãe treme, mas ela não afasta o olhar da tábua de corte.

— A polícia deve ter perdido.

O tom seco entrega a mentira.

— Da mesma forma que a polícia perde provas dos casos do meu pai toda vez que ele aceita um suborno?

— Saia. — A voz dela está cheia de ameaça. — Saia daqui e fique fora até que sua cabeça esteja novamente no lugar. Não vou tolerar você falando mal do seu pai assim. Se você não consegue parar de mentir, pode ser que precise voltar para o hospital.

Minha mão aperta a faca.

— Espero que vocês não estejam fazendo mal a Dylan.

— Eu mandei você sair.

Respiro fundo, coloco a faca na bancada e saio. Não subo. Acho que não consigo passar nem mais um minuto dentro dessa casa. Pego a jaqueta de Easton e a minha mochila e saio. Minha mãe não me impede. Não pergunta aonde eu vou. Ela não quer saber.

Pego o celular e pesquiso o número de Parker. Não vou me dar ao trabalho de ligar para ela. Ela poderia bater o telefone na minha cara, mas não vai poder me fazer sair da casa dela enquanto eu não terminar de falar. Não tem nenhum ônibus que pare perto da casa dela. Levo meia hora para chegar.

Ela atende a campainha com a testa franzida.

— O que você está fazendo aqui, Hartley?

— O pai está fazendo mal a Dylan — digo sem preâmbulos. — Você tem que vir e tirar ela de lá.

Parker faz cara de raiva.

— Mamãe ligou e avisou que você estava espalhando essas mentiras novamente. Você quase destruiu nossa família da última vez. Pode ser que ninguém tenha te contado isso, mas você foi mandada para longe porque não parava de inventar essas histórias. Então, pelo amor de Deus, Hartley, para de mentir para que todos possam ser felizes. Se tem alguém fazendo mal a Dylan, é você.

As acusações dela me abalam.

— Você não estava lá em casa outro dia — eu respondo com nervosismo. — O pai colocou a mão na cara dela...

— Ela não estava tomando os remédios. Você sabe como isso é perigoso? Claro que não sabe, porque não estava em casa para ver a Dylan passar por todos esses problemas. A mão do papai estava na cara dela? Claro que ele botou a mão na cara dela. Ele queria ter certeza de que ela ia engolir os comprimidos. Você não sabe de nada. Mamãe diz que você só consegue se lembrar das mentiras, e estou vendo que ela está certa. Volte para Nova York, Hartley. — Ela curva a boca. — Você não é desejada aqui.

Ela recua e bate a porta na minha cara.

Fico parada ali durante muito tempo, olhando para a maçaneta de metal até que as curvas do W em caligrafia desenhado no centro ficam borradas aos meus olhos. Não sei o que fazer. Eu poderia ir à polícia, mas denunciar o quê? Não tenho provas.

Meu pulso começa a doer. Massageio o local. Eu poderia pegar meus registros médicos. O que será que eles dizem? Mas nem ao menos sei o nome da escola onde estudei ou onde ela ficava. Nova York é um estado grande. Quem saberia?

A mensagem não lida de Jeanette surge na minha mente. Com pressa, pego o celular e o abro o aplicativo de mensagens.

Oi! Está melhor? Mamãe disse que você sofreu um acidente horrível e perdeu a memória!!! Que horrível. Não tenho muitas informações pra você. Nós perdemos contato quando você foi pro colégio interno em NY. Quando a vovó morreu, seus pais usaram o dinheiro do fundo educacional pra mandar você pra lá. Não consigo lembrar o nome, mas acho que era tipo Northwind ou

Northfield Academy. Tinha North no nome. Seu antigo número é 555-7891. Liguei pra ele, mas está desconectado. Eu queria lembrar mais. Espero que você esteja melhor!

Merda. Eu devia ter entrado em contato com ela antes. Preciso voltar para casa, eu decido. Não vou entrar, mas preciso ver Dylan e falar com ela, avisar que, se alguma coisa acontecer, eu estarei ao lado dela. Não vou de ônibus desta vez. A casa dos meus pais fica a dez minutos da casa de Parker, então chamo um carro. É um pequeno milagre, mas chego na mesma hora que minha irmã está sendo deixada em casa.

— Dylan! — Eu corro para chamar a atenção dela. — Se divertiu?

Ela para com um sorrisão no rosto.

— Aham.

Ela está com cheiro de feno e bosta e suor, mas o sorriso está tão lindo que não me importo com o cheiro. Tenho vontade de abraçá-la, mas temo que ela vá me rejeitar. Eu me aproximo mesmo assim e a abraço com os dois braços. Ela não se mexe muito, mas, como também não me empurra, considero uma vitória.

Olho para trás e penso quanto tempo vai demorar até que nossa mãe apareça e me expulse.

— Você está com seu celular?

Dylan une as sobrancelhas.

— Estou, por quê?

— Porque estou com um celular novo e quero que você salve o número. Assim, podemos trocar mensagens de texto durante a aula. — *E à noite, caso você precise de mim.*

Ela pega o celular lentamente.

— Tudo bem. Mas não escrevo muitas mensagens de texto.

— Não tem problema. Vou tentar não te incomodar. — *Anda. Anda*, eu a apresso silenciosamente. — Que tipo de equitação você faz?

— Estou fazendo saltos agora. — Ela destrava o aparelho.
— Uau. Que incrível. Posso ir assistir?
— E por que você ia querer fazer isso? — pergunta ela, a desconfiança no rosto e na voz.
— Você é minha irmã e está fazendo uma coisa legal. Acho que a pergunta certa é por que eu não ia querer?
— Você nunca se interessou antes. — Os dedos dela pairam sobre a tela.
— Eu obviamente era uma péssima irmã antes — brinco, mas sinto que morro por dentro um pouco com isso. Dylan é tão nova e precisava de apoio, mas parece que eu era uma babaca desalmada. — A lesão na cabeça me fez ter bom senso.
— Você está tentando me fazer sentir pena de você? Eu não sinto — responde minha irmã.
— Não. Não é essa minha intenção.
A porta se abre atrás de mim. *Ah, merda.*
— Seu número — digo com urgência.
Ela faz cara de desprezo.
— Você vai me abandonar de novo?
De novo. Deus, como podem duas pequenas palavras terem um poder tão grande de me destruir? Ela sofreu por eu ter ido para o colégio interno.
Pisco para afastar as lágrimas antes de assentir.
— Não. Estou aqui. Eu nunca quis ir embora, mas não posso mudar o passado. Estou aqui agora. É por isso que quero seu número e quero que você tenha o meu. Por favor. Por favor, Dylan.
Ela olha por cima do meu ombro.
— Dylan, está na hora de entrar — diz minha mãe com frieza. — Sua irmã não vai se juntar a nós hoje.
— Achei que você não fosse me abandonar! — exclama Dylan.
— Eu não vou. Prometo. Vou ficar em Bayview. Talvez não aqui nesta casa, mas em Bayview, tá? Me diz seu número, por favor.
Ela hesita, e eu prendo a respiração.

— Dylan, entra — minha mãe diz novamente.

Minha irmã assente e sai andando. Quero morrer por dentro, mas ela murmura sete dígitos baixinho quando passa por mim. Fecho os olhos de alívio e digito rapidamente cada um deles no celular. A porta se fecha atrás de Dylan, mas minha mãe fica na varanda.

— Como você lembra que tem apartamento, sugiro que volte pra lá. Há três anos que essa casa já não é mais sua. Você não é bem-vinda aqui enquanto não parar com as mentiras e a difamação.

Parece então que não vou mais voltar para casa. Seguro a jaqueta de Easton na mão e queimo minha última ponte.

— Vou voltar, mas vai ser para tirar Dylan de vocês.

Dou meia-volta e saio andando. Não sei como vou fazer, mas vou dar um jeito.

Pego o ônibus até o apartamento. Espero que Easton não se importe de dividi-lo comigo. Quando chego, as luzes do segundo andar estão acesas. Uma sensação calorosa começa a derreter o frio que se espalhou durante o trajeto. Subo a escada correndo e reparo que a luz em cima da porta foi trocada e que a maçaneta está mais bem presa. A escada ainda está bamba, mas estou começando a adorar essa casa velha.

Bato de leve, mas não espero resposta para entrar. Easton está na frente do fogão, nu da cintura para cima. A calça preta de moletom com a tira branca do lado quase cai dos quadris. Eu me encosto na porta e me permito observá-lo durante uns bons trinta segundos. Eu mereço, penso. Depois de ter uns dez pensamentos pervertidos diferentes, eu guardo a língua de volta na boca e verifico os cantos dos lábios para ver se estou babando antes de cumprimentá-lo.

— O que temos para jantar?

— Espaguete — diz ele sem se virar. — É a única coisa que eu sei fazer. Ella me ensinou. Quer botar a mesa? Deve ter uma sacola cheia de pratos e coisa parecida por aí.

Afasto o olhar dos ombros dele e vejo um pequeno conjunto de mesas e cadeiras.

— Desde quando temos mesa?

— Desde hoje. Fui comprar algumas coisas.

O que ele diz parece piada. O apartamento, antes vazio, agora está todo equipado. Além da mesa e duas cadeiras, tem um lindo sofá novo, na cor cinza. Há também um tapete branco, cinza e preto e um colchão encostado na parede. Várias sacolas com o familiar alvo vermelho estão no canto do sofá. Dou uma olhada até encontrar pratos, copos e uma caixa de talheres. Tem também um escorredor, que vai ser necessário para o macarrão.

— Espero que essas coisas sejam boas.

Tem nervosismo na voz dele?

— São lindos. — Pego dois de tudo e levo até a pia para dar uma lavada. Não tem muito espaço na cozinha e, então, tenho que me espremer ao lado de Easton para chegar à pia. Ele chega para o lado, mas nossos cotovelos se esbarram enquanto trabalhamos.

É tão bom depois do horror que aconteceu na minha casa. Acho que nunca mais quero sair dali.

— Comprei na Target — diz ele enquanto vira um frasco de molho de tomate em uma panela com carne frita. Meu estômago ronca. — Aquele lugar é demais — ele continua, adoravelmente. — Tem tudo. Comprei a mesa e as cadeiras lá, além de todas as coisas para a cozinha. Também comprei o colchão, mas não consegui descobrir como montar a cama. Tinha toalhas e xampu e tudo. É a única loja de que a gente precisa.

Adoro como ele usa a expressão *a gente*. Não me sinto mais tão sozinha. Coloco o escorredor no meio da pia e levo os pratos até a mesa.

— Chegando — diz ele. Eu me viro e o vejo carregando uma panela grande até a mesa. — Pode pegar o pão? Está no forno.

Pego um pano de prato, que também é novo, e tiro o pão de alho embrulhado em papel-alumínio do forno.

— Como você sabia que eu estava vindo?

— Humm, talvez eu não soubesse, mas tinha esperança.

— Ele se senta depois de mim, um ato de cavalheirismo de que eu não sabia que gostava até que ele o fizesse.

Se me dissessem vinte minutos atrás que eu estava com fome, eu teria dito que a pessoa estava mentindo, mas o cheiro do molho e do pão amanteigado, junto com o tratamento doce de Easton, me deixou faminta. Boto umas dez porções de macarrão e molho e começo a comer.

— O que você acha da minha comida?

Levanto o polegar.

— Uma delícia.

Ele pisca para mim antes de atacar o prato. Comemos em silêncio, ocupados demais enchendo a cara de comida para conversarmos. Quando paro de comer, a enorme panela de macarrão e molho já está quase no fim.

Eu me afasto da mesa e ando até a pia com o prato nas mãos.

— Estou com a sensação de que comi uma fábrica inteira de macarrão.

— Estava bom, né? — Ele coloca o prato ao lado do meu. Está com um sorriso enorme no rosto lindo. Está tão satisfeito com o que fez que tenho vontade de beliscar as bochechas dele.

Mas, se eu tocar nele, não vou querer parar.

— Perfeito — concordo. — Vai se sentar enquanto eu lavo a louça.

— Eu posso ajudar — protesta ele.

— Não. Você cozinhou, eu lavo. Essa é a regra.

— Que regra é essa?

— A regra da nossa casa. — Eu o expulso da pequena cozinha.

Ele vai até a estrutura desmontada da cama e pega um recipiente de plástico rosa-bebê.

— Sabe o que é isso?

— Não faço ideia. Um secador de cabelo?

— Isso é coisa de homem. — Ele abre a caixa e mostra um conjunto de chaves de fenda.

— Por que você acha isso?

— Porque homens de verdade sabem montar as coisas, Hart. Como você não sabe disso? — Ele pega as ferramentas e as coloca ao lado da estrutura de metal.

— Aparentemente é porque eu tenho vagina.

— Não. Acho que é porque você não teve contato suficiente com homens de verdade. — Ele faz uma pausa para flexionar os músculos para mim.

Finjo não ficar impressionada pela óbvia definição de seus músculos.

— Se você diz.

— Deve ser porque você estudou naquela escola só para garotas durante muito tempo. Não que eu esteja reclamando. Quanto menos caras perto de você, melhor pra mim. — Ele gira a chave de fenda na mão e ri.

Faço uma pausa com água pingando das mãos.

— Eu alguma vez disse o nome da escola?

— Não. Acho que não. Por quê?

— Porque acho que preciso dos meus registros médicos.

Ele coloca a chave de fenda rosa no chão e abandona o miniprojeto de construção.

— O que houve?

— Eu questionei minha mãe acerca do meu pulso e ela disse que eu o quebrei na escola e que a escola tentou botar a culpa na minha família pra fugir de um processo.

— É mentira — jura ele. — Por que você mentiria sobre uma merda dessas para mim? Eu praticamente forcei você a admitir o que aconteceu. Você não queria me contar, então não foi que você disse aquilo para ganhar atenção ou solidariedade. Foi a verdade.

— Tudo bem, mas como eu posso provar isso? Faz três anos. Fiquei pensando o dia todo sobre como tirar Dylan do meu pai, mas essa é a única coisa em que consigo pensar.

Ele coça a cabeça.

— Tudo bem. Vamos descobrir onde fica sua antiga escola. Pesquisamos nos hospitais lá perto e pegamos seus registros médicos.

— E o fato de eu ser menor?

Easton bate com os dedos no chão.

— Tive uma ideia. Pega sua jaqueta. Vamos encontrar uma pessoa.

Capítulo 26

EASTON

Essa pessoa é Lawrence "Me chama de Larry" Watson, um sujeito enorme que, de alguma forma, mesmo com todo aquele tamanho, não parece ter uma única grama de gordura.

— Larry joga na linha ofensiva — explico para Hartley, mas o rosto dela não registra compreensão. Esqueci que futebol americano não é a especialidade dela.

Apesar da habilidade de Larry no campo, o futebol americano também não é a verdadeira especialidade dele. São os computadores. Quando tinha quinze anos, ele se mudou para o apartamento acima da segunda garagem de sua família, dizendo que precisava de mais espaço. Não fazia diferença que a casa dele fosse maior do que alguns ginásios. Os pais deixaram porque acharam que seria bom para aquele cérebro enorme.

— Isso aqui parece uma sucursal da NASA — comenta Hartley quando olha as cinco telas de computador na penumbra do quarto que Larry chama de escritório.

— Bem que a NASA gostaria de ter uma configuração tão boa quanto a minha — ele se gaba. — Essa belezinha tem vinte e quatro cores de poder computacional num dual Intel Xeon 3.0 ghz E5-2687W v4, e mais trinta megas de Smart Cache por processador.

O olhar de Hartley parece encarar o infinito. Ela é musicista, não codificadora. Eu me intrometo antes que ela perca o interesse por completo.

— A questão é a seguinte, Larry. Hartley perdeu a memória.

— Ah, isso é sério?

Eu faço cara feia.

— É, claro que é.

Ele dá de ombros e se vira para a mesa.

— Só perguntei. Não precisa arrancar minha cabeça fora.

— Tudo bem — garante Hart, colocando a mão no meu ombro.

Respiro fundo e aperto os dedos dela. Se ela não tem problema com isso, eu também não preciso ter.

— O que você quer que eu descubra?

— O colégio interno de Hartley. Fica em Nova York e deve ter as palavras *North* e *Academy* no nome.

— Só isso? Vocês mesmos poderiam ter descoberto essa informação. — Ele digita algumas coisas e uma tela que diz Astor Park Prep no alto aparece.

Eu trinco os dentes em frustração. Larry não me ouviu?

— Nós não precisamos dos registros dela da Astor Park...

— Olha — interrompe Hartley, apontando para a tela.

Larry não está olhando para a transcrição de Hartley, mas para o arquivo estudantil completo. Ele vira as páginas digitais e para na que diz Northwood Academy para Garotas no alto.

— Uma escola só de garotas, é? — Ele balança as sobrancelhas. — Legal. Alguma gata lá?

— Imagino que todas eram maravilhosas — diz Hartley. — Fazíamos orgias lésbicas todo fim de semana. Passávamos creme umas nas outras, fazíamos competição de cócegas e todas as noites terminavam com uma festa do pijama de seda e guerras de travesseiro.

O queixo de Larry cai.

— Ela está de sacanagem — digo.

— Cara, e daí se ela está de sacanagem? — Ele gira a mão. — Continua. Não ligo se você está inventando essas histórias ou se aconteceu de verdade, mas continua.

— É só isso, desculpa. Fora as orgias que fazíamos a cada terceiro domingo como parte da nossa adoração por Nix, a deusa da noite. Era um ritual e tanto. Nós selecionávamos um calouro da escola vizinha, que era só de garotos, tirávamos a roupa dele e castrávamos ele antes de alimentar nossos gatos com as bolas dele.

Larry suspira.

— Você tinha que estragar tudo, né? — Ele se vira para a tela novamente. — Não estou vendo nada de interessante aqui. Boas notas. Nenhuma atividade extracurricular. Uma anotação diz que você não gosta de participar de atividades em grupo. Só isso?

Ele parece decepcionado.

— Não, na verdade a gente quer os registros médicos dela, mas não sabíamos onde ficava a escola. Você consegue descobrir isso?

Os olhos dele brilham.

— Registros de hospital? Isso é bem mais divertido. Vamos ver. — Ele digita um endereço e abre o site do único hospital da região. — Vai depender se eles digitalizam os documentos ou não, mas a maioria dos hospitais faz uma digitalização dos registros porque precisam enviar pra outros lugares. Ah, um portal do paciente — diz ele, rindo. — Eu não vou nem ter que hackear nenhum sistema.

E ele de fato não precisa. Larry consegue digitar os números do registro social, a data de nascimento e o nome de solteira da mãe de Hartley, dados que tirou dos registros de Astor, para obter acesso ao portal do paciente, que tem resultados de laboratório, imagens de raio X e anotações de médicos. É ridiculamente fácil. O mundo é um lugar assustador, eu acho.

Coloco uma mão reconfortante nas costas de Hartley, mas ela está absorta demais lendo os detalhes na tela para reparar. Acho que, na verdade, quem está se reconfortando sou eu.

— Porra, três semanas de fratura não diagnosticada. Devia estar doendo pra cacete — comenta Larry.

— Eu não lembro. — Ela massageia o pulso.

Acho que ela nem se dá conta do gesto. Aposto que, mesmo que a memória pareça em branco, o corpo dela consegue se lembrar, caso contrário ela não ficaria sempre botando a mão na cicatriz.

— Sou cientista computacional, não médico. O que estamos procurando?

— Causa — explica Hartley. — Como aconteceu? Minha história muda. — Ela aponta para o alto da tela. — Quando fui admitida, eu disse que tinha machucado em casa, mas, depois da segunda visita, diz que eu caí na escola.

— E a parte do diagnóstico diz que sua lesão é consistente com um "resultado direto de se proteger em uma queda" — eu leio.

Hart e eu expiramos com decepção. Não tem nenhuma informação em seu registro médico que possa nos ajudar. Não podemos levar isso para a polícia, nem para um advogado como prova de que o pai de Hartley é um perigo. Os ombros dela murcham, e ela passa a mão agitada pelo cabelo.

— Nós vamos encontrar outra coisa.

Ela assente, mas não estou convencido de que acredita em mim. Passo o braço pelos ombros dela e a trago para perto de mim. Ela está rígida como uma tábua. Eu queria poder ir até a casa dela e apagar o pai dela com um soco, mas, infelizmente, essa é uma daquelas vezes em que a violência não é resposta. E isso é um saco, porque o combate físico é a única coisa em que sou bom atualmente.

Eu me achei tão brilhante de levá-la até Larry.

— Querem ver mais alguma coisa? — pergunta Larry, colocando uma batata frita na boca e parecendo não perceber a tensão que agora paira no ar.

Hart está desanimada demais para responder.

— O que mais temos? — pergunto em nome dela.

— Eu poderia criar um perfil combinando todas as postagens de redes sociais de Hartley do passado pra você poder recriar suas lembranças a partir daí — ele oferece.

Acho que ele conseguiu perceber a inquietação dela.

— Você é um bom homem, Larry — digo.

Ele abre um sorriso hesitante.

— Devo fazer isso?

Hartley olha cegamente para a tela. Sem dúvida está pensando em Dylan.

— Hart? — pergunto baixinho.

— Já tentei isso antes — responde ela. — E não encontrei nada.

— O que você procurou? Seu nome?

— É.

Ele grunhe.

— Ninguém usa mais o nome real na internet. Você tem que saber qual nome você usava.

— Mas não sei.

— E antes, que identidades você usava antes?

— Eu não tinha contas antes dos treze anos. Era contra as regras.

Impressionados, Larry e eu nos viramos para olhar para Hartley.

— O quê? — diz ela. — Era o que os sites diziam. Você tinha que provar que tinha mais de treze anos.

— Por que você não mentiu? — Larry pergunta o óbvio.

— Eu... porque e se alguém descobrisse e eu me metesse em encrenca?

Ele revira os olhos e volta a atenção para o computador. Enfio o rosto no cabelo dela para esconder as risadas.

— O que é tão engraçado? — ela pergunta rigidamente.

— Todo mundo mente on-line — diz Larry, os dedos voando no teclado.

— Nem todo mundo.

— Não consigo acreditar que você achou que tinha colado na prova. — Puxo uma mecha comprida do cabelo dela que caía pelas costas como um filete de tinta. — Você não consegue nem mentir sobre sua idade pra uma máquina.

— Me deixa. — Ela cruza os braços e faz cara feia.

— Você pode me mandar uma foto da sua cara?

Ela se inclina para ver o que ele está fazendo.

— Pra quê?

— Vou fazer uma busca por imagem.

— Dá pra fazer isso?

— Claro. É fácil. Você nunca fez?

— Não. — Ela me olha como se achasse que eu deveria ter pensado nisso antes.

Dou de ombros.

— Eu uso o celular pra mandar mensagens de texto, pesquisar placares de esportes e ver vídeos de voo.

— Vocês são uns inúteis — reclama Larry. — Me manda uma foto.

Tiro o celular do bolso e mando uma para o Larry. Ele abre a foto, faz algumas coisas, e logo temos uma página cheia de rostos de garotas. Olho para a tela, procurando o de Hartley. Enquanto estou olhando as primeiras fotos, penso que a ideia é idiota, mas logo encontramos uma foto em que uma Hartley séria usa um blazer escolar amarelo horrível e uma calça preta no meio de várias outras alunas, todas segurando violinos.

— Não fala nada — digo. — A mascote era uma abelha.

Ela faz um som de repulsa antes de se inclinar para a frente.

— Consigo ver que é melhor deixar algumas coisas esquecidas. Estou horrenda.

— A foto não está mesmo muito boa — concorda Larry.

Dou um soco no ombro dele, mas bem mais forte.

— Ai — grita ele. — Só estou falando a verdade. Você está gata agora, Hartley.

— Uau, valeu, Larry.

Ele massageia o lugar onde bati nele e nos olha com irritação.

— Não consigo acreditar que estou sendo agredido enquanto ajudo vocês.

Esse comentário faz o sorriso desaparecer do rosto de Hart. Agressão nunca vai ser engraçado para ela.

— Larry, eu agradeço, mas essa informação não é o que estou procurando, e não é só por eu parecer ter sido rejeitada pro filme *A história de uma abelha*. — Ela se empertiga.

Meu amigo encara bem a rejeição.

— Me diz o que você precisa que eu vejo se consigo encontrar.

Consigo perceber que ela não quer contar que desconfia que o pai seja corrupto e pode ou não estar agredindo a irmã. Também há muitas informações sobre a minha família que eu não gostaria de revelar, mas não vejo como conseguiremos encontrar as provas de que precisamos se ela não se abrir mais.

— Hart, sei que é difícil — sussurro —, mas será que você pode contar alguma coisa?

Ela pensa na minha sugestão até uma ideia se formar. O rosto dela se ilumina, e ela se vira para Larry com uma controlada empolgação.

— Você é bom hacker?

— Não quero me gabar, mas sou melhor em invadir computadores do que East em tirar a calcinha de uma garota.

Eu bato na cabeça dele.

— Droga, Larry.

— Ei, desculpa, foi a única comparação que surgiu na minha cabeça.

— Deixa isso para lá. — Hart balança a mão. — Eu não me importo. Se eu dissesse o número do meu celular, você conseguiria acessar minhas mensagens de texto antigas?

— Ah, sim. Isso não é difícil, principalmente você sabendo o número. Posso acessar seus e-mails, registros de ligação, downloads de aplicativos, fotos e talvez até a caixa postal. Qual é?

Ela diz o número.

— Vão se sentar ali, isso vai demorar um pouco. Tenho que entrar no SS7. Todas as mensagens de texto do mundo passam pelo sistema de sinalização por canal comum número 7. Vocês sabiam que o governo pode rastrear seus movimentos em qualquer lugar do mundo usando apenas o seu celular? Eles também escutam. Vocês deviam instalar programas no celular que alertam sobre ataques ao SS7. Aquela autenticação de dois fatores não impede isso. É só uma coisa que o governo força as pessoas a fazer para que se sintam seguras. Eles estão sempre de olho. Celulares descartáveis também são bons. Eu troco de celular a cada três meses.

Levo Hart até um par de sofás de couro fundos enquanto Larry fica falando sobre os perigos da comunicação via celular.

— Espero que o agente do FBI designado para mim não esteja muito entediado, porque parei de ver pornografia no verão passado — brinco, puxando Hartley para o meu lado. Estico as pernas e tento relaxar.

Ao meu lado, Hartley parece estar na igreja, as mãos em volta dos joelhos, os ombros tensos e o rosto firme com os olhos grudados nas costas de Larry.

Levanto a mão e massageio o pescoço dela.

— O que você acha que vai encontrar nas suas mensagens?

— Não sei, mas se meu pai quis se livrar do meu celular é porque tem algo de importante lá.

— É verdade. — Eu não tinha pensado nisso. Achei que os pais queriam que ela ficasse sem lembranças para que ela não se lembrasse de ter espionado o pai, mas talvez fosse para esconder alguma coisa específica.

— Você acha que tinha fotos ou que tinha gravado algum áudio?

Ela balança a cabeça.

— Não sei. Se tinha, por que não enfrentei eles antes? Por que voltei depois de três anos?

— Você tinha catorze anos quando foi mandada pra lá. O que ia fazer aos catorze anos? — Odeio o fato de ela sentir culpa por isso. Ela é adolescente. Não devia ter que lidar com esse tipo de merda. Assim como eu não devia ter que lidar com o suicídio da minha mãe, com o abandono do meu pai e com a traição do meu ídolo.

Os adultos deveriam proteger as crianças e os adolescentes, não destruir a vida deles.

— Não é culpa sua — eu digo. — Você fez o que podia pra sobreviver.

Estou dizendo isso tudo mais para mim. Já usei drogas, bebi álcool demais, trepei com garotas demais. Mas eu estava apenas tentando sobreviver. Puxo seu corpo rígido para perto e a abraço. Eu a abraço até a rigidez passar, até ela parar de fazer um buraco nas costas de Larry com o olhar, até ela se encolher no meu colo e se agarrar a mim.

Hartley é uma garota pequena. Às vezes me esqueço disso, quando ela está brigando comigo ou sendo petulante, como fez mais cedo com Larry. Mas, quando ela está nos meus braços, posso sentir sua fragilidade. Ela se esforça muito para resolver os próprios problemas. Antes do acidente, ela era muito fechada; não queria compartilhar nenhuma informação comigo. Eu tive que arrancar tudo dela.

Agora consigo entender o porquê. Segredos sórdidos são aqueles que você tenta enterrar no porão, não usar como capa em volta dos ombros. Agora ela finalmente se encostou no meu ombro, mas há uma sensação de falta de esperança no jeito como ela suspira e se mexe. Passo a mão pela cabeça dela e enfio os dedos no seu cabelo comprido e escuro.

— Se isso não der certo, vamos encontrar um jeito.

— Eu sei — ela murmura, mas não me parece convencida.

Viro o queixo dela para cima, para ela poder ver a sinceridade nos meus olhos.

— Eu não vou parar aqui — prometo a ela. — Por mais que demore, por mais difícil que seja, estou com você.

Ela pisca, os olhos cinzentos brilhando por baixo dos cílios pretos. Fico massageando as costas dela, passando os dedos pelos nós da coluna e tentando passar algum calor para seu corpo gelado.

Ela respira fundo uma vez, duas, três, até a tensão finalmente sumir do corpo dela.

— Tudo bem. Somos uma equipe. — Ela estica a mão.

Eu a aperto e a levo à boca.

— Uma equipe.

Ela se inclina na minha direção, os olhos descendo para os meus lábios. Minha calça jeans fica mais apertada e meus batimentos aceleram. Aperto os dedos em volta dela e a puxo...

— Entramos! — comemora Larry.

Hartley pula do meu colo e corre até os computadores.

Dou um suspiro frustrado, puxo a camiseta para fora da calça e me ajeito. Sou tão fraco quando o assunto é Hartley. Enquanto os dois conversam, tento imaginar Larry nu, saindo do chuveiro do vestiário e coçando a bunda. "Quer sentir um cheiro gostoso?", ele diria, esticando os dedos. O time todo gemeria.

Minha ereção murcha na mesma hora. Eu me levanto e vou me juntar a eles. Os dois estão empolgados com alguma coisa. Hart abre um sorriso para mim.

— Acho que sei o que fazer.

Capítulo 27

HARTLEY

Depois de agradecer mil vezes a Larry e de prometer um fornecimento adequado do salgadinho favorito dele, Doritos, em um futuro próximo, East e eu vamos embora e revisamos o tesouro de informações que Larry carregou em um celular descartável. A magia dele recuperou e-mails, fotos de câmera e mensagens de texto antigas.

Minha caixa de entrada tem algumas centenas de spams misturados com trabalhos da escola. A única outra informação de interesse é uma troca de e-mails entre mim e o Bayview National Trust sobre um fundo educacional deixado pela minha avó para que eu usasse ao completar dezessete anos. Os responsáveis achavam que o dinheiro era para ser usado para a faculdade, mas acabaram concordando que a linguagem era ambígua e dizia só "objetivos educacionais", e que, por isso, eu podia usar na Astor Park.

É o sonho da minha mãe que eu estude em Astor Park, eu escrevi. *Obrigada por fazer isso acontecer.* Meus pais não pagaram um centavo pelos meus estudos em Astor Park. Eu resolvi tudo sozinha, e eles não podiam dizer nada porque o fundo da minha avó estava no meu nome e eu tinha idade suficiente para usá-lo.

Sinto um triunfo enorme por isso, porque ao menos uma vez consegui ser mais esperta do que meu pai. Isso quer dizer que sou capaz de fazê-lo novamente.

As fotos não mostram nada de interessante. Eu era chata demais e ocupava o espaço com fotos de paisagens, meus integrantes favoritos de bandas e algumas selfies sérias.

São as mensagens de texto que nos oferecem o prêmio. Um pouco depois do Dia de Ação de Graças do ano passado, comecei a trocar mensagens com uma pessoa chamada sra. Roquet, com esperanças de que ela se voltaria contra o meu pai. Quando vê a expressão de incompreensão em meu rosto, Easton explica rapidamente que a sra. Roquet foi a mulher de quem meu pai recebeu suborno. Ela deu dinheiro a ele para que o caso de drogas contra o filho dela fosse abandonado. Não sei o que me fez procurar a mulher; minhas mensagens só davam a entender que eu estava preocupada com a minha irmã.

Sra. Roquet. Me chamo Hartley Wright. Você poderia conversar em algum momento?

Um dia se passou sem que eu obtivesse qualquer resposta. Mandei outra mensagem.

Hartley Wright de novo. Estou preocupada com a minha irmã. Não consigo falar com ela há meses. Acho que você pode me ajudar.

Depois de uma semana esperando, fiquei impaciente e comecei a mandar várias mensagens por dia. Finalmente consegui uma resposta, depois do Natal.

Pare de me mandar mensagens e de me ligar. Vou bloquear seu número.

Mostro isso para East com a testa franzida.

— Depois que ela bloqueou meu número, eu devo ter começado a ligar de outros — explico —, porque após o Ano-Novo ela escreve dizendo: "Você vai me deixar em paz se eu aceitar conversar com você?".

— Você tem alguma ideia de quando vocês conversaram?

— Teria que ser depois de abril, porque tem uma mensagem aqui que diz: "Estou pensando em você e na sua perda".

— Abril foi quando Drew Roquet teve overdose — reflete Easton.

Larry encontrou essa informação para nós, juntamente com o endereço da sra. Roquet.

— Ela deve ter decidido que a punição por ter subornado uma pessoa fazia valer falar a verdade. — Achei que era um ato de coragem.

— A última mensagem que você tem é do verão passado? — East se inclina por cima do meu ombro para ler a tela.

— É, e mais nada. Se consegui essa declaração, por que não entreguei meu pai? Não consigo imaginar que eu a ignoraria, né? Eu não receberia essa mensagem sem tomar uma atitude depois. Eu fiz muitas coisas. Fiz o Bayview Trust liberar uma parte do meu fundo. Me matriculei na escola favorita da minha mãe, provavelmente pra cair nas graças dela. — Não deu certo. Ela estava firme contra mim. Não levou mais do que umas duas semanas depois do acidente para que ela decidisse que eu era perigosa demais para morar na mesma casa que ela. Ela sabia que eu estava chegando bem perto da verdade, perto demais de pôr um fim à vida perfeita dela.

Mas por que a última resposta que eu tinha da sra. Roquet era do verão? E por que não fiz nada?

Eu li a mensagem de novo.

Desculpe por ter demorado tanto para retornar o contato. Precisei pensar bem, mas você está certa. Meu filho não está mais aqui. Eu devia ter deixado que ele fosse para a prisão. Talvez isso o tivesse salvado. Eu paguei 25 mil dólares ao seu pai para que ele sumisse com as drogas que Drew estava carregando, e estou disposta a dizer isso no tribunal se você precisar. Tem três anos, e não há uma noite em que eu não pense nisso. Me sinto melhor por desabafar. Me avise quando quiser se encontrar.

— Eu nunca te contei nada sobre isso? — pergunto a East.
— Não. Você disse que tinha ouvido seu pai discutindo com o chefe sobre deixar as acusações contra Drew de lado e que o viu no carro com uma mulher diferente, não essa sra. Roquet. Foi quando ele quebrou seu pulso.

Eu coço a cicatriz.
— Será que ela mudou de ideia?
Ele fecha os dedos sobre os meus.
— Vamos até a casa dela. Não temos nada a perder se formos até lá e mostrarmos a mensagem para pedir o depoimento dela.
— Você está certo. — Ainda me sinto péssima, como se tivesse pisado na bola. Dylan tem todo o direito de estar com raiva de mim.

Do lado de fora, Easton chama um táxi que nos leva pelos oito quilômetros até o lado norte de Bayview, um subúrbio de verdade, onde as únicas características identificáveis das casas são os tons variados de azul e bege. O endereço que Larry encontrou fica no fim de uma rua sem saída. A casa está iluminada; deve haver alguém lá.

Eu inspiro fundo, reúno minha coragem e saio do carro. East paga o motorista e me encontra na calçada.
— Quer que eu vá com você ou que espere?
Lanço um olhar caprichado de cima a baixo ao belo garoto.
— Definitivamente que venha comigo. Pode ser que um sorriso seu faça a mulher ceder. — Além do mais, preciso do apoio moral.

Ele abre aquele meio sorriso arrasador, segura minha mão e faz sinal para que eu vá na frente.

Tem um capacho de vime no chão e uma guirlanda de trepadeira e frutas silvestres pendurada acima da porta. Uma espiada mais cuidadosa revela que a sra. Roquet está iniciando a decoração de Natal, embora ainda não tenhamos chegado no Dia de Ação de Graças.

— Eu devia ter trazido flores ou chocolate — digo, passando as palmas úmidas das mãos na calça jeans. — Qual é o presente apropriado para quem vai admitir legalmente que subornou um funcionário público?

— Chocolate, definitivamente. Vou mandar uma caixa para ela quando terminarmos.

— Isso é considerado suborno? Melhor não.

Ele aperta a minha mão.

— Só bate na porta, Hart.

Uma mulher aparece na porta e a abre apenas alguns centímetros.

— Como posso ajudar?

Ela nos olha com desconfiança, e não a culpo. Já está de noite e é tarde demais para que sejamos vendedores ou testemunhas de Jeová.

Estico a mão, desajeitado.

— Hartley Wright, senhora. Você disse que eu podia vir conversar. Eu sofri um acidente e não pude vir antes. — Não menciono que o acidente foi há apenas duas semanas. Julgo que essa informação não seria útil no momento.

A sra. Roquet franze a testa.

— Hartley Wright? Me desculpe, mas você pode me dizer sobre o que íamos conversar? — Ela parece genuinamente surpresa.

— Seu filho, Drew.

— Drew? Ah, meu Deus, você está falando de Drew Roquet? — Ela abre mais a porta. — Estou me lembrando de você agora. Você veio aqui uns meses atrás, perguntando sobre ele.

— Vim?

— Ela sofreu um acidente e bateu a cabeça — diz Easton. — Não se lembra de muitas coisas do passado.

A moça, que imagino não ser a mãe de Drew, demonstra surpresa.

— Ah, meu Senhor. Entrem. Entrem. — Ela nos leva para dentro de casa e nos faz sentar na sala. — Querem alguma coisa pra beber?

— Não, senhora — nós dois dizemos.

— Bom, sou Helen Berger e comprei esta casa de Sarah Roquet em junho.

— Ah. — Sou a própria imagem do balão desinflado neste momento. — Onde ela está agora?

— Ela faleceu, querida. Alguns meses depois que o filho dela foi acolhido por Deus, ela foi para o meio da rodovia e um caminhão a atropelou. Uma coisa terrível. Que Deus a tenha. Ela tinha perdido o filho havia poucos meses, e acho que tudo aquilo foi demais pra ela. — Helen balança a cabeça com tristeza. — Eu contei isso quando você veio aqui, em agosto. Você ficou com a mesma expressão de choque. Acho que você precisava de alguma coisa de Sarah, e é uma pena que não tenha conseguido.

— É, eu também acho uma pena — respondo, entorpecida. Sinto o sangue se espalhar pela minha corrente sanguínea. Cheguei atrasada, tanto antes de perder a memória quanto agora. A impotência pesa sobre mim como uma bigorna. Eu baixo o queixo no peito porque a decepção torna muito difícil manter a cabeça erguida.

Easton e a sra. Berger estão trocando gentilezas.

Sinto muito por não ter podido ajudar mais.

Não foi nada. Obrigado pelo seu tempo.

Claro. Sua amiga parece chateada. Querem alguma coisa antes de irem embora?

Não, obrigado. Vou cuidar dela.

Você é um bom amigo.
Obrigado.
East me ajuda a levantar.
— Obrigado de novo, sra. Berger.
— Não foi nada.
East me dá um cutucão na lateral do corpo e consigo reunir massa cinzenta o suficiente para me lembrar dos bons modos.
— Obrigada, sra. Berger.
East me leva até a porta.
— Quer que eu chame um carro ou espere?
Eu não respondo. Estou com raiva demais: de mim mesma, do meu pai e da sra. Roquet por ter morrido. Afasto a mão de East e saio andando, batendo os pés na calçada.
— Posso não ter colado nem feito chantagem com ninguém, mas fui covarde. — Eu bufo. — Fiquei parada sem fazer nada e agora não tenho mais opções. Faltam três dias até Dylan voltar.
— Você não está sem opções — diz ele para me tranquilizar.
— Porra nenhuma. — Passo a mão no rosto, irritada com as lágrimas caindo. No que isso iria me ajudar agora? — Por que eu esperei tanto tempo?
— Você não esperou. Você estava botando as coisas em ordem. Sabia que não conseguiria tirar sua irmã da família aos dezessete anos e estava tentando entrar naquela casa para proteger Dylan. Você foi pra Astor Park pra fazer sua mãe feliz e ficou calada sobre as armações do seu pai. Você estava fazendo o que podia.
— Não foi o suficiente. — Aperto as mãos nas laterais do crânio porque estou com medo da pressão lá dentro fazer minha cabeça explodir. — Não foi o suficiente!
Eu repito e repito, bato o pé e chuto pedras, mas nada disso faz com que eu me sinta melhor. Easton fica de lado, me vendo fazer papel de boba. Cachorros começam a latir e alguns carros que passam diminuem a velocidade para ver que tipo de louca está diminuindo o valor das propriedades deles. Um dos motoristas

buzina e me faz voltar a mim. Com o rosto vermelho de constrangimento, eu me sento no meio-fio e escondo o rosto nos braços.

— Vem. — Easton puxa meu braço.

— Não quero — eu resmungo como se tivesse cinco anos. Acho que minhas birras não acabaram.

— Mas você vem. — Ele praticamente me puxa e, me colocando de pé, me arrasta por vários quarteirões, até chegarmos a um posto de gasolina. — Espera aqui.

Como não tenho nada melhor para fazer, sento com a bunda na calçada e olho cegamente para o fluxo de carros e clientes enchendo os tanques dos veículos, lavando os para-brisas, parando para fazer um lanche rápido. A vida de todo mundo segue com uma normalidade de dar inveja, enquanto a minha está aos farrapos. O pior é que sinto como se estivesse com a resposta ao alcance, mas acabei descobrindo que ela não existia.

E se, e *se ao menos.* Essas expressões me atormentam. E se eu tivesse respondido antes? Se ao menos eu não tivesse sido mandada para longe. E se eu tivesse ficado de boca calada? Se ao menos eu tivesse convencido minha mãe de que Dylan não estava em segurança.

— Vamos — diz East.

Levanto o rosto e o vejo segurando uma caixa com seis latinhas e uma barra de metal de noventa centímetros embrulhada em borracha amarela, que meu cérebro logo informa ser um dispositivo antirroubo. Eu me lembro disso, mas não as merdas sobre a sra. Roquet. Eu me odeio.

— Não estou a fim de beber — respondo rispidamente, irritada por ele procurar a bebida como solução. Encher a cara não vai resolver nenhum dos meus problemas.

— Eu também não. — Ele vira a caixa e vejo que é 7-Up. — Tem um parque ali. Vamos. — Ele não me espera.

Fico olhando enquanto ele se afasta e acabo me levantando. Ele está sendo tão bom para mim. Ouve meus problemas, espera com paciência que minhas birras passem, fica ao meu lado apesar de eu ter perdido a memória. Ele tem sido um amigo de verdade. Eu estaria perdida se não tivesse East durante toda essa confusão. Então, se ele quer beber, vou ficar um pouco com ele enquanto ele toma a porcaria da bebida.

Ele está esperando na quadra de basquete de piche, os refrigerantes no chão e a barra na mão. Oferece-a para mim quando chego perto dele.

Pego a barra e fico surpresa com o peso.

— O que devo fazer com isso? — pergunto. — Nenhum de nós dois tem carro.

— Sempre que estou frustrado, me sinto melhor quando bato em alguma coisa. Sempre tem umas brigas no porto. Alguns caras brigam por dinheiro, mas Reed e eu íamos lá porque enfiar o punho na cara de um cara é muito satisfatório. Acho que esse é seu estilo...

Eu tremo.

— Não.

— ... então comprei o refrigerante e a barra. — Ele balança a mão na direção das latas. — Dá uma surra nessa merda. Prometo que você vai se sentir melhor.

Não estou convencida, mas bato de leve.

Ele se aproxima de mim por trás, envolve meus braços com os dele e bate com a barra nas latas. O refrigerante começa a jorrar e dou um pulo para trás, mas ele me segura.

— Bota energia nisso, Hart. Como você se sente quando pensa que seu pai quebrou seu pulso?

Péssima pra caralho. Bato com mais força desta vez, e ouço um satisfatório som quando as laterais das latas afundam. Não desvio do spray de líquido gaseificado. Na verdade, uso o ombro para dar energia ao golpe seguinte. Isso é por meu pai aceitar suborno. *Tum!* Isso é pela sra. Roquet ter morrido antes de eu conseguir o depoimento dela. *Tum!* Isso é por Felicity e Kyle e minha porra de perda de memória. Bato com a barra nas latas até não haver nada além de metal esmagado e uma poça de líquido branco com gás borbulhando como um peixe morto no asfalto.

— Como está se sentindo? — pergunta East, tirando a barra das minhas mãos.

Passo o pulso grudento na testa.

— Surpreendentemente melhor. — Ter chiliques e bater em latas de refrigerante pode ser uma solução temporária, mas não vou conseguir viver em paz enquanto não tirar Dylan daquela casa. Afasto uma onda de impotência. Sentir pena de mim mesma não vai resolver nada.

Sopro o cabelo da cara e tento organizar meus pensamentos. Minha cabeça está mais lúcida agora. Recito as provas que temos.

— Tenho uma mensagem de texto de uma mulher morta. Meu pai conseguiria invalidar isso em um segundo. Qualquer um consegue falsificar uma mensagem de texto atualmente. O que precisamos fazer é procurar a fonte.

— Interrogar seu pai? — Easton esfrega as mãos. — Eu topo.

— Não. Vamos invadir o escritório... de casa.

— Hoje?

Dou de ombros.

— Por que não? Ainda não está muito tarde, e já estamos por aí bancando o Scooby-Doo como dois profissionais.

Easton ri, mas logo fica sério.

— Você acha que ele guarda alguma coisa no escritório?

— Não vai fazer mal tentar.

— Tem certeza de que quer fazer isso? Pode fazer muito mal à sua família.

Olho para East com expressão dura.

— Se eu não fizer isso, ele vai machucar Dylan. A melhor coisa que posso fazer é encontrar provas de que ele está aceitando suborno e o entregar.

East me puxa para perto.

— Estou ao seu lado. Até o fim.

Capítulo 28

EASTON

— Não consigo acreditar que estou usando um Town Car com chofer pra espionar uma pessoa. — Eu não queria chamar um táxi para uma aventura desse tipo, então Hartley e eu estamos nos virando com o motorista do meu pai, que não perdeu tempo para nos buscar no posto de gasolina. — Dá para você ser menos evidente? — peço a Durand, batendo no ombro dele.

Ele desliza no assento.

— Está bom assim, sr. Easton? — Ele está debochando de nós, mas bem que nós merecemos isso.

Essa merda de detetive deve parecer ridícula para qualquer um que não saiba o que está acontecendo dentro da casa dos Wright. A ideia de invadir o escritório do pai dela pareceu boa meia hora atrás, mas agora já não tenho tanta certeza. O que vai acontecer se ela for pega? Não vou ficar parado enquanto o pai dela quebra seu outro pulso, mas não sei como abordar o assunto. *Ei, gata, eu posso ter que dar porrada no seu pai hoje. Espero que não haja problema.*

Mas Hart está cansada de não fazer nada. Ela disse que tinha sido passiva demais antes. Não sei se é uma caracterização justa, mas entendo que ela queira agir. Sou sempre a favor de *fazer* em vez de ficar parado.

— Sem querer ofender, mas este carro chama muita atenção. — Hart parece preocupada.

— Não me ofendo, moça — responde Durand.

— Vamos dar uma olhada mais de perto. Foi por isso que a gente veio, né? — Dou uma chance para que ela possa recuar.

— É — ela responde e sai do carro.

Acho que essa é minha resposta.

— A gente já volta — digo enquanto saio do carro atrás dela.

— Estarei aqui. — Durand está de bom humor. Acho que gosta dessa coisa de espionar. Deve ser bem mais interessante do que ficar me levando de casa para a escola e do hospital de volta para a casa.

Levanto a gola para me proteger do ar frio da noite e corro atrás de Hart, que parou no meio da calçada e está olhando para a rua.

— O acidente foi aqui perto, não foi? — diz ela quando a alcanço.

— Se lembrou de alguma coisa? — Procuro sinais de reconhecimento no rosto dela.

— Não, mas eu soube que aconteceu depois da curva. — Ela aponta para a curva fechada pela qual passamos.

A cena passa na frente dos meus olhos como um pesadelo. A traseira do carro dela amassada. Pedaços de vidro do para-brisa dos gêmeos espalhados no cascalho. O corpo de Seb a seis metros do Range Rover.

Viro as costas para a cena e bloqueio a visão dela. Se ela não consegue lembrar, de que adianta ficar pensando nisso? Não vai desfazer o acidente.

— Vocês dois estão melhores agora — digo. — Isso é tudo o que importa.

Ela olha para trás de mim e assente rapidamente, tentando aceitar.

— Certo. Tudo bem, vamos lá. — Ela olha em volta e observa as casas, muitas delas mansões, enfileiradas pela rua.

A propriedade Royal é grande o suficiente para impedir que vejamos a casa vizinha, mas as casas no bairro de Hartley não são tão isoladas. — Devemos fingir que perdemos o cachorro e que é por isso que estamos correndo pelo quintal das pessoas e olhando por janelas? — Tusso de leve para disfarçar uma gargalhada. — Isso pode atrair mais atenção do que você quer.

— Não temos escolha. A sra. Roquet está morta. A única opção que nos resta é conseguir provas diretas nas coisas do meu pai. — Ela enfia as mãos nos bolsos do meu casaco marinho, os ombros tão murchos que daqui a pouco vão encostar na calçada.

— Vamos andar pelos fundos, no limite da propriedade — sugiro, porque ela está certa. Isso é tão bom quanto qualquer outra coisa.

— E se alguém atirar em nós porque parece que vamos roubar essas casas?

— Essa jaqueta vale alguns pagamentos de hipoteca. Acho que ninguém vai confundir você com um ladrão.

— Claro que vale. — Ela revira os olhos. — Você tem alergia de roupas que custam menos do que quatro dígitos?

— Tenho. Tenho, sim. Elas fazem meu pau encolher.

— Só você, Easton, teria confiança suficiente pra brincar sobre o pau ficar menor.

— Problemas de quem tem pau grande — digo solenemente. Nós chegamos ao limite entre casas. Ainda não tem nenhum cachorro atrás de nós.

— Como você consegue dormir naquele apartamento velho e pequeno se gosta de coisas boas?

Porque é a sua casa, quero responder, mas acho que ela não está pronta para isso.

— Porque tem privacidade. Não tenho que aguentar os gêmeos nem Ella. — *E você está lá.* — Por que você morava lá numa boa? Sua casa não é nenhuma espelunca.

— Ah. Não é tão bonita por dentro. Acho que meus pais compraram essa casa para tentar parecer mais ricos do que realmente são. Nós não temos coisas de marca como vocês. Minha mãe só fala sobre como as coisas são caras. Manter as aparências é importante pra eles. Quando pedi ajuda a Parker, ela me disse que eu estava sujando a boa aparência da família.

— Que droga.

Os ombros dela balançam de leve.

— É o que é.

Ela parece resignada. De todas as coisas que me dão raiva, a pior de todas é pensar em como a família a abandonou. Meus irmãos e eu podemos brigar, Seb pode ter acordado completamente diferente, mas estamos sempre ao lado um do outro. E até mesmo quando Ella começou a entrar na nossa família e nós ainda não aceitávamos totalmente a presença dela, estávamos prontos para defendê-la assim que alguém tentou fazer mal a ela. A família defende a família.

Acho que sou a família de Hartley agora.

— É aqui — sussurra ela. O quintal de Hart tem um tamanho bom, mas não tem nada, nenhum trabalho de jardinagem. Só grama e umas árvores. A mansão da família está escura, com exceção de um único aposento no final do primeiro andar, onde uma luz azul está piscando. Alguém está assistindo televisão.

— A quarta janela do primeiro andar é o escritório do meu pai.

Observo a parte dos fundos da casa. A varanda tem dois pares de portas de vidro, um que leva à cozinha e outro, à sala. Hartley acha que devemos entrar por essas. Aparentemente, o alarme não funciona há anos, então não me preocupo que algo vá disparar quando entrarmos na casa.

— Qual é seu plano de ataque? — eu pergunto a ela.

— Pelo que você disse, meu pai foi bem ousado e se encontrou com gente dentro da nossa casa. Então, aposto que ele deve ter coisa no escritório.

— Não estaria em um cofre?

— Pode ser. Mas qual é o mal de olhar? O que ele vai fazer? Me expulsar?

Ele pode bater em você e aí eu terei que bater nele. Mas guardo minhas reservas para mim.

Ela se aproxima e espia a sala.

— Minha mãe está no sofá, mas acho que está dormindo.

Estou agachado, mas me levanto para espiar rapidamente a cena. A sra. Wright parece mesmo apagada. A cabeça está inclinada para o lado, e sua mão inerte segura o controle remoto. O sr. Wright não está por perto.

— Pode ser que ele tenha ido se encontrar com um cliente — diz Hart baixinho.

Seguimos pela parede da casa e paramos logo abaixo do escritório do pai dela. Ela espia pela janela e faz sinal de positivo. O escritório está vazio. Ela se aproxima de uma grande churrasqueira de metal e enfia a mão embaixo, onde jura que tem uma chave das portas do pátio. Ouço barulho de metal batendo em metal e uma pequena exclamação de empolgação.

— Eu estava certa — diz ela, mostrando uma chave.

— Legal. Vamos. — O entusiasmo dela é contagiante, e digo a mim mesmo para relaxar. Não tem perigo real aqui. É a casa da família dela. Se ela quer invadir o escritório do pai, é isso que vamos fazer.

Ela coloca a chave na fechadura e começa a girar a maçaneta quando ouvimos a voz dele.

Nós dois nos abaixamos e nos deitamos no concreto.

— Já falei que vou resolver, mas essas questões são delicadas e precisam ser resolvidas devagar e com cuidado, caso contrário vamos acabar nos metendo em uma encrenca.

Hartley estica a mão e segura a minha. Eu aperto a dela. Ela bate em mim. Ela quer alguma coisa.

— O quê? — digo com movimentos labiais.

Ela leva a mão até a orelha. Ela quer que eu ligue para alguém?

Não, ela está balançando a cabeça. Ela faz sinal de segurar um celular e aponta para cima. Finalmente entendo. Ela quer que eu grave.

Pego o celular e abro o aplicativo de gravação de voz para começar a gravar. Espero que dê certo.

— Quero ser pago em dinheiro vivo. Não me importo com a dificuldade de se conseguir cinco milhões em dinheiro vivo. É assim que quero ser pago.

Cinco milhões? Agora, não fico surpreso de ele conseguir morar naquela casa com um salário de promotor. Deve ser um caso importante, porque o que mais poderia valer isso? Uma sensação ruim surge nas minhas entranhas. Há apenas um caso grande acontecendo em Bayview neste momento: o julgamento de Steve O'Halloran por assassinato.

— Eu tentei assustar a garota para que ela não testemunhasse, mas ela é muito teimosa. Vou ter que alterar as provas para resolver a questão. Seus advogados devem ser inteligentes o suficiente pra derrubar o caso assim.

Há outro momento de silêncio enquanto o sr. Wright escuta a pessoa falar.

— Se você está tão preocupado com o depoimento da sua filha, minha sugestão é dar um jeito para que ela *não possa* testemunhar. Você já me viu ter algum problema com a minha filha, por acaso? Sei muito bem como botar a putinha na linha.

Minhas veias endurecem como gelo. Fazer Ella não poder testemunhar? Ele está sugerindo que Steve *mate* Ella? Raiva e medo formam uma mistura letal no meu peito e fazem minhas costelas doerem. Não mesmo. Não tem a menor chance de Steve botar as mãos em Ella.

Ao meu lado, Hartley está igualmente abalada. A frase sobre a *putinha* a magoou e consigo perceber isso em seu olhar. Não pela primeira vez, desejo poder matar o pai dela estrangulado. E se antes eu tinha alguma dúvida sobre o que essa conversa quer dizer, o sr. Wright acaba de eliminá-la. Steve está tentando pagar para escapar do julgamento, e Wright está mais do que satisfeito em ajudar, desde que receba seu pagamento.

— Quero metade amanhã, uma espécie de depósito. Não vou chegar nem perto das provas enquanto não tiver metade do dinheiro. Me encontre no parque Winwood às dez. E, lembre-se, quero ser pago em dinheiro vivo.

Uma onda de náusea se espalha pelo meu corpo. Hart não pediu para ajudá-la por querer botar o pai na cadeia. Ela só quer poder libertar a irmãzinha. Mas não posso ficar quieto sobre o que acabei de ouvir. Ella tem que saber que o doador de esperma, aquele que tentou matá-la, está pretendendo escapar da prisão por ter matado a antiga namorada do meu pai, e pode ir atrás dela de novo para impedi-la de testemunhar contra ele.

Que porra de dilema horrível.

— Que babaca — reclama o sr. Wright. Ele desaparece pela porta, e o ouvimos gritar: — Estou com fome! Faz um sanduíche pra mim. — A voz dele vai ficando mais baixa a cada palavra.

Hartley dá um pulo e faz sinal para que eu a siga. Corremos de volta na direção de onde viemos, e ela só para quando chegamos a Durand. Ela abre a porta com mãos trêmulas e diz:

— Vamos. Por favor, vamos embora.

— Pra onde? — pergunta Durand, me olhando com preocupação.

— Acho que vamos ter que ir pra sua casa. — Ela ergue os olhos angustiados para os meus. — Você precisa contar isso tudo para o seu pai quando ele voltar.

— Então você sabe — digo, meu coração batendo alto.

— É o caso de Ella, não é? — Ela parece tão infeliz.

— É, sim. — Minha garganta está doendo. — Se contarmos para o meu pai, ele só vai parar quando seu pai for preso por muito tempo.

Ela engole em seco e também parece sentir dor ao fazer isso.

— Que seja.

Capítulo 29

HARTLEY

— Eles vão se encontrar amanhã à noite — concluo, caindo em um estado de exaustão emocional. — Melhor dizendo, hoje à noite, considerando que tecnicamente já é de manhã. — Passa das duas da madrugada e estou pronta para cair na cama.

Callum não parece muito melhor do que eu. Ele está viajando há vinte e quatro horas, e é possível ver as linhas de cansaço em seu rosto. Esperamos horas acordados até que ele chegasse de Londres. Eu até esperava que fosse mais tarde, mas, diferentemente das pessoas comuns, Callum Royal não precisa passar pela alfândega, nem esperar na esteira de bagagens. Acho que é uma das vantagens de ter um avião particular.

Easton passa o braço pelo meu ombro e me puxa para perto, desafiando Ella ou o pai dele a dizerem uma palavra contra o que acabei de contar. Nenhum dos dois fala nada. Ella está com raiva demais, e Callum está… acho que chocado e triste, como se não conseguisse acreditar que o antigo amigo fosse capaz de dar um golpe tão baixo. Acho que o que mais o assustou foi a sugestão de que Steve poderia fazer mal a Ella para impedi-la de testemunhar, e o fato de meu pai estar encorajando isso. Ella ficou pálida durante essa parte, mas seu rosto agora está vermelho de raiva. Ela quer o sangue de Steve, e não a culpo nem um pouco.

— É só isso? — pergunta Callum.

Eu faço que sim.

— É. Ao menos é tudo que eu sei.

Passo para ele o celular com a mensagem da sra. Roquet, e ele a lê com atenção.

— Essa é a mulher que você viu — diz ele.

— É.

— Mas ela já faleceu?

— Faleceu. Fomos até lá hoje e disseram que, depois que o filho dela morreu de overdose, a sra. Roquet perdeu a vontade de viver. Acho que foi por isso que ela demorou tanto tempo para responder às minhas mensagens. Se você olhar as datas das mensagens, eu esperei mais de seis meses até que ela me respondesse.

— Foi ela que trouxe você de volta a Bayview — especula Easton.

— Acho que foi.

Callum coloca meu celular e o de Easton na mesa atrás dele.

— Tenho que ser honesto com você, Hartley. Não posso permitir que isso aconteça. Tenho que proteger minha família a todo custo, e isso quer dizer expor essa corrupção e impedir seu pai.

— Pai... — diz Easton.

Eu o interrompo erguendo a mão.

— Não. Eu entendo. Tudo que eu quero é proteger minha família também. Preciso tirar Dylan de casa antes que tudo isso se torne público. Tenho medo de ele descontar a raiva nela. Você poderia ajudar minha irmã?

— Claro que pode. Não pode? — responde East, projetando o queixo com determinação.

— Posso, sim — responde Callum. — Vou ligar para os meus advogados e pedir que exijam outra reunião com seu pai, e vou mandar Durand vigiar sua irmã. Vamos manter os dois separados o máximo que conseguirmos. Quando isso se tornar público, vamos levar sua família para um ambiente seguro.

Isso é tudo que ele oferece e, embora não seja suficiente, me sinto culpada por aceitar a ajuda. Isso não é culpa minha. As ações do meu pai não têm nada a ver comigo, mas estamos ligados mesmo assim: pelo sangue, pelo nome.

— Nós precisamos de fotos deles juntos. — Ella fala pela primeira vez. — Não podemos contar só com essas mensagens e com a gravação de áudio. Sem prova fotográfica, vai ser muito fácil aquele filho da puta se safar.

Não sei se ela está falando do pai dela ou do meu.

Callum assente.

— Vou cuidar disso, Ella.

Espero que ela discuta, mas ela só faz que sim brevemente e sai. Easton me puxa para me levantar. Sinto-me morta por dentro. Quando chegar ao apartamento, vou desabar na primeira superfície macia.

— Vem — ele diz, me puxando.

— Aqui não é o caminho da porta — eu protesto.

— Eu sei. Você está quase desabando e eu vou te levar lá para cima. Você pode dormir no meu quarto, eu fico no de Reed. — Ele olha para Ella, como se para pedir permissão, mas os olhos dela estão vidrados como os de um zumbi. Sua cabeça está cheia de pensamentos, e lembro a mim mesma novamente que nada disso é culpa minha, apesar de ficar enojada pelo que ela está passando.

— Acho que vou para casa.

— Não. — A voz de Ella soa clara no corredor. Ela para no pé da escada. — Não — repete ela. — Vamos lá para cima. Nós temos que planejar.

— Planejar? — digo para Easton com movimentos labiais.

Ele dá de ombros em confusão, mas me empurra para a escada. Subo com relutância pelos degraus de mármore, os tênis fazendo barulho. No alto da escada, viramos à direita.

— Os aposentos do meu pai são lá — explica Easton. O quarto de Ella é o primeiro em um longo e largo corredor.

— Vem — diz ela.

Todo o interior do quarto é rosa-Barbie. As paredes são rosa, o tapete é rosa, a cama é rosa, a cortina é rosa com babados. É um quarto de princesa, isso se a princesa tivesse menos de dez anos. E nunca em cem anos eu adivinharia que aquela loura tranquila teria um amor tão grande pela cor rosa.

— Foi meu pai quem decorou — diz East, pegando uma cadeira rosa e me sentando nela.

— É horrível, né? — diz Ella, subindo na cama. Ela bate em um lugar ao lado, fazendo sinal para Easton se sentar, mas ele não vai.

Ele coloca a mão no meu ombro. Está escolhendo lados e isso não me agrada. Aquela é a família dele. Ele não deveria ter que escolher entre mim e a família.

Eu me levanto.

— Não quero ficar sentada — digo, e me afasto um pouco. Ele parece magoado, mas é a coisa certa a se fazer. Cruzo os braços e aponto para Ella com o queixo. — De que você precisa?

— Não quero jogar tudo isso nas costas de Callum. Não que eu não confie nele, mas digamos que alguma coisa aconteça e o homem de Callum não consiga a foto certa. Ninguém quer tanto que dê certo quanto você e eu. — Ela balança o dedo entre nós. — Então, somos nós que temos que fazer isso.

— Tudo bem.

— Não — diz Easton ao mesmo tempo.

— Por que não? — Eu olho para ele de testa franzida.

— Ah, sei lá. Porque é perigoso pra caralho, talvez?

— O parque Winwood tem um monte de árvores escondendo o estacionamento — diz Ella. — Podemos nos esconder lá.

— Parece ótimo. Você tem câmera?

— Tenho...

— Você também sofreu dano cerebral, Ella? E você, Hart? Achei que você tinha perdido a memória, mas parece que você também perdeu a cabeça — reclama Easton. Ele aponta para Ella. — Seu pai usa armas. — Ele aponta para mim. — E seu pai pode ou não ter matado a sra. Roquet para que ela ficasse calada. Nós sabemos que ele é violento a ponto de ter quebrado seu pulso. Somando dois mais dois, fiquem fora disso.

Ella olha para ele e se vira para mim.

— Sim, eu tenho câmera, mas sem visão noturna. Amanhã de manhã vou até a loja comprar.

— Achei o plano ótimo. Não tenho carro, mas tem um ônibus que para a três quarteirões, se você não se importar de andar um pouco.

— Alguma das duas está me ouvindo? — berra Easton.

Ella e eu calamos a boca.

— Vocês podem falar baixo? — reclama uma voz vinda da porta. — Estou tentando dormir, porra. Acabei de sair do hospital.

Nós três nos viramos e vemos Sebastian parado na porta de Ella, piscando como uma coruja. O cabelo castanho-escuro está espetado de um lado e ele está usando um lindo pijama azul de cetim com macacos marrons bordados.

— Desculpa — diz Ella, se levantando da cama.

Quando o olhar dele se volta para mim, ele recua com surpresa.

— O que você está fazendo aqui, porra?

— Eu, ah... — Faço uma careta. Não sei o que dizer e procuro a ajuda de Easton. Devo dizer a verdade ou Easton e Ella preferem ser discretos sobre o assunto?

— Ela veio nos ajudar a garantir que Steve seja preso — responde Easton. — E não fala palavrão para a Hartley.

— Falo palavrão para qualquer um que eu quiser — o irmão dele responde. — Principalmente pra merdinha que quase me matou.

— Seb, isso não é legal — protesta Ella. — Você sabe que foi um acidente.

— Que se foda o legal. Fiz aquela curva um milhão de vezes e a única vez que sofri um acidente foi quando essa vaca apareceu.

Easton dá um pulo. Eu seguro o braço dele.

Ella corre para entrar entre os irmãos.

— Já chega — ela repreende e, empurrando Sebastian para fora, vira o rosto para trás, na nossa direção. — Vocês dois, vão pra cama.

Um músculo no maxilar de Easton salta, mas ele assente rigidamente.

— Vem — ele diz, e muda a posição da mão de forma a fazer com que ele segure meu braço em vez de eu segurar o dele.

Ele sai andando pelo corredor, abre uma porta e me empurra para dentro. A porta se fecha atrás dele, mas não antes de eu ouvir Sebastian dizer:

— Não acredito que você vai deixar essa vaca dormir na nossa casa.

Não sei qual é a resposta de Ella.

— Desculpa — diz Easton, e anda até um conjunto de portas fechadas. Ele desaparece lá dentro.

— Não precisa pedir desculpas. Seu irmão tem o direito de achar isso. — Sinto a ansiedade corroer meu estômago. Como Easton e eu ficaremos juntos se a família dele se opõe tanto? A solidão é um sentimento terrível, e não quero que Easton tenha essa experiência. É horrível não ser bem recebido pela própria família. É uma terrível mistura de humilhação e abandono. É toda festa de aniversário que aconteceu para a qual você não foi convidado, todos os jogos para os quais você foi escolhido por último, todas as rejeições multiplicadas por um milhão. É ficar sozinho em um deserto enorme com sede de uma única gota, não de água, mas de afeição, atenção… amor.

— Easton, acho que eu não devia estar aqui.

Ele sai com cobertores nos braços.

— Eu vou dormir no sofá. Pode ficar com a cama. Eu não me mexo.

— Você me ouviu?

— Ouvi, mas não vou deixar você ir embora, então é melhor você se preparar para ir dormir. Tem uma escova de dentes aqui. — Ele joga uma coisa na minha direção e, por reflexo, eu pego. — Quer um pijama? Posso te emprestar uma camiseta, ou Ella pode ter um pijama de menina.

Ele fica ali parado, as mãos nos quadris, os pés firmes e o corpo tenso, como se achasse que eu fosse sair correndo na direção da porta e ele tivesse que me derrubar para me impedir. Como sempre, quando estou com ele, todas as minhas dúvidas se dissolvem e o frio é substituído por um calor profundo. Easton é meu sol, eu percebo.

— Nós vamos ter que lutar por causa disso? — diz ele. — Se formos, vamos ficar pelados e na cama. Esse é o único tipo de luta que permito aqui.

Olho para trás, para a cama enorme como um barco. Minhas bochechas ficam quentes quando penso em nós dois rolando naquela cama. Dando beijos... nos tocando. Quero muito beijá-lo de novo, mas sou medrosa demais para dar o primeiro passo. Então, respondo com sarcasmo.

— Aposto que você lutou *muitas* vezes neste quarto. Provavelmente mais do que eu seria capaz de contar.

Ele oferece um sorriso inocente.

— Não. Nunca lutei com ninguém aqui. Sou virgem.

Meu queixo cai.

— É mesmo?

Ele assente com sinceridade.

— É. Como você não tem lembrança nenhuma, sim, eu sou virgem. Agora vá trocar de roupa para podermos dormir.

Vou na direção do banheiro da suíte e paro na porta.

— Como você é virgem, vou me lembrar de ser gentil com você na nossa primeira vez.

Fechar a porta na cara chocada dele me dá um prazer enorme. Nada nos últimos dias foi particularmente engraçado, mas a expressão de Easton coloca um sorriso na minha cara. Posso não ser boa de flerte, mas esse comentário foi na mosca. Viva eu.

Eu escovo os dentes, lavo o rosto com um sabonete com cheiro de cedro e laranja e coloco a camiseta de Easton, que vai quase até meus joelhos.

As luzes estão apagadas quando abro a porta do banheiro.

— Está pronta? — diz a voz rouca dele.

Me sentindo repentinamente envergonhada, vou até a cama enorme e entro embaixo das cobertas. É grande o suficiente para provavelmente caber os cinco irmãos Royal. Ouvir os sons de Easton se arrumando é estranho. Estou acostumada com silêncio, eu acho, o que faria sentido porque eu morava sozinha naquele apartamento, e a falta de fotos em redes sociais indica que eu não tinha muitos amigos.

É agradável. Não, *agradável* é uma palavra comedida e sem sentido. É... maravilhoso, e não quero voltar à época na minha vida em que não havia sons além dos que eu fazia. Acho que é por isso que quando meu sol particular sai do banheiro esfregando uma toalha na cabeça, eu digo:

— A cama é tão grande que cabe uma família.

Ele para.

— É tamanho king.

Eu me sento, estico a mão até o outro lado e puxo o cobertor.

— Vem.

— Por que, Hartley Wright? Você vai me deflorar? — Ele finge consternação. Ou talvez seja uma ansiedade fingida. Quem sabe?

— Hoje, não. Sei que é sua primeira vez e quero que você se sinta tranquilo. Vamos começar só dividindo a cama.

East joga a toalha para trás, apaga a luz e mergulha no colchão, caindo metade em cima de mim e metade na cama.

— Não confio em você — ele provoca.

— Deu pra perceber — digo secamente enquanto empurro um dos membros pesados dele de cima de mim. — Você é a imagem perfeita do virgem assustado.

— Não é?

Eu jogo um travesseiro na cabeça dele.

— Entra embaixo do cobertor.

Ele pega o travesseiro, dobra embaixo da cabeça e se ajeita de forma a ficar deitado ao meu lado.

— Você não está com frio? — pergunto enquanto tento não olhar para o seu peitoral exposto. Easton Royal não usa pijama, e tenho certeza de que, se ele estivesse sozinho, não usaria nada na cama, nem mesmo a cueca boxer preta.

— Como falei, tem uma questão de confiança aqui. — Há um nível de autodepreciação que me faz acreditar que não é comigo que ele está preocupado, mas com a própria capacidade de controlar as mãos, as mesmas que ele colocou embaixo da cabeça.

— Podemos fingir que somos puritanos e usar os travesseiros como divisória — sugiro.

— Como assim, divisória?

— Como aqueles troncos ou sacos que eles colocavam entre duas pessoas antes de elas se casarem para que se acostumassem a dormir uma com a outra sem abrir mão da preciosa virgindade.

— Você se lembra de cada coisa estranha, Hart.

Meu coração dá um pulo, como sempre acontece quando ele me chama por esse apelido. Como se eu fosse o coração dele. Como se meu lugar fosse com ele. Forço o olhar para o teto.

— Vou decorar um monte de fatos aleatórios pra ficar com a cabeça cheia deles. Quem sabe ser campeã de *Jeopardy* deva ser meu novo objetivo de vida. Não vou fazer faculdade. Vou passar todo meu tempo decorando livros de futilidades e vou ganhar um milhão de dólares em um *game show*.

— Tudo bem — ele diz simplesmente, como se minha ideia não fosse estranha demais.

— Acho que você diria tudo bem mesmo que eu dissesse que meu plano era aprender a me balançar no trapézio e entrar para o circo.

Eu o sinto rolar para ficar de lado. Viro a cabeça e o vejo sorrindo para mim.

— Primeiro, se balançar em um trapézio é sexy. Segundo, o circo é maneiríssimo. Terceiro. — Ele estica o braço e passa a mão no meu cabelo. — Terceiro, eu te amo, Hart. Então, sim, se você quiser entrar pro circo ou vender revistas de porta em porta, ou trabalhar como funcionária do shopping, eu vou te apoiar. O que te fizer feliz.

Ele me ama?

Ah, meu Deus. Ele diz as coisas mais inesperadas às vezes. Meu coração dá um pulo, minha barriga parece estar sendo atacada por um furacão, e sinto as lágrimas que surgem em meus olhos. Pisco furiosamente para segurá-las.

— Você só está dizendo isso pra eu te convidar pra ser meu parceiro no circo.

Ele passa um polegar embaixo do meu olho pra limpar uma lágrima idiota que escapou.

— Claro. Preciso estar presente se você vai ficar se balançando de roupa grudada, gostosa pra cacete. Não posso deixar a mulher barbada ou o domador de leões roubar minha garota.

Como ele é Easton Royal e porque eu não tenho autocontrole, porque meu coração sofrido precisa de todo sol que conseguir pegar, porque eu o amo, eu me jogo nos braços dele e o beijo.

Eu queria que fosse só um beijo, até mesmo um selinho rápido, mas não consigo parar. Eu o beijo e beijo, e de repente minhas mãos estão procurando o elástico da cueca. Minha boca está deslizando pelo maxilar para alcançar o lóbulo da orelha e o pescoço salgado.

Ele me deixa fazer todas essas coisas até estar deitado embaixo de mim, nu com exceção da cueca boxer preta.

— Acabou? — pergunta ele quando até isso é retirado.

— Ainda não. — Minhas bochechas ficam quentes quando o admiro. *Todo*. Ele é lindo de um jeito que eu não esperava. Não sou muito fã de paus de homem. Costumo achar feios. Não passo nenhum tempo procurando fotos on-line. Mas não consigo parar de olhar para Easton; desde o cabelo castanho sedoso até os dedos anormalmente lindos dos pés, Easton Royal é a mais pura imagem da perfeição. O peito dele é poderoso, o abdome é dividido. As coxas são fortes e as pernas são longas. Cada centímetro dele é poderoso.

As mãos dele descem para segurar seu membro, e ele o aperta com tanta força que os nós dos dedos ficam brancos.

— Você está me deixando louco, Hart. Não vou conseguir me segurar nem mais dois segundos se você não parar de me olhar.

— Não consigo.

Ele responde com uma explosão de atividade, puxando a camiseta pela minha cabeça, me levantando do colchão o suficiente para tirar minha calça. Há um som baixo de tecido rasgando, um xingamento e um satisfeito:

— Finalmente.

Ele diminui o ritmo quando estou apenas de lingerie. As mãos percorrem meus quadris em movimentos longos e lentos. Ele mapeia minhas curvas, minha barriga, o arco das minhas costas. A boca vai dos meus lábios até meu maxilar, desce pelo meu pescoço e percorre minha clavícula. Beija a curva do meu seio, a ponta dele e o vale entre os dois.

Ele estica a mão entre nós para colocar um preservativo.

— Tudo bem pra você? — Os olhos dele estão ardentes e o rosto está corado. Os lábios estão inchados dos meus dentes e da minha língua.

Eu nunca estive tão pronta em toda a minha vida.

— Tudo — digo com uma ansiedade constrangedora.

Ele rola e me coloca acima dele.

— Lembra de pegar leve comigo. É minha primeira vez — ele sussurra antes de eu descer sobre ele.

Não sei se é minha primeira ou minha quinquagésima vez, mas não importa, porque é a nossa primeira. Ele trinca os dentes, e gotas de suor surgem na testa dele. Os dedos apertam meus quadris, e todo seu corpo fica tenso embaixo de mim. Os tendões do pescoço se contraem por causa do esforço que ele faz para se controlar.

— Hart — ofega ele.

— East — eu suspiro.

Nossos apelidos para o outro têm significados bregas que não podemos esclarecer, pois isso acabaria estragando o momento. Mas aqui, agora, podemos pensar neles. Podemos explicar com nossos corpos. Ele é meu sol, meu calor, minha estrela guia. Meu leste.

Assim como sou a alma dele, o propósito, o amor. O coração.

Inspiramos o ar um do outro e devolvemos até sermos uma unidade, um coração, um corpo. É erótico e intoxicante, uma euforia da qual nunca mais quero sair. Mas ele me segura quando perco o controle. Ele me abraça em seu peito largo, os braços quentes me puxando para perto, sussurrando que ele nunca vai me deixar, que nunca vai parar de me amar, nunca, nunca, nunca, nunca.

Capítulo 30

HARTLEY

Depois da noite mais emocionante da minha vida, achei que, na manhã seguinte, estaria nas nuvens. No entanto, o café da manhã mostra-se um evento um tanto quanto sombrio. Estão todos na cozinha, consumindo shakes de proteína, aveia e cereais preparados pela cozinheira, Sandra. Ela tem cinquenta e tantos anos e está de volta após longas férias para cuidar do neto recém-nascido. Ella e eu colocamos a mesa enquanto os garotos vão descendo aos poucos. Sebastian é o primeiro a chegar. Ele olha para mim, resmunga um palavrão, pega uma das vitaminas e desaparece. Sawyer aparece em seguida. Espero que ele faça o mesmo que o irmão, mas ele pega uma porção de aveia que a empregada fez e se senta à mesa de café da manhã com vista para o enorme gramado, para a piscina e para o mar.

Uns cinco minutos antes de sairmos, Easton chega.

— Ele vive atrasado — murmura Ella.

Nos sentamos à mesa com Sawyer.

— Ele é bonito, e acho que sempre acaba se safando por isso.

— Ele está bem aqui — reclama Easton, sentando o corpo delicioso na cadeira ao lado da minha.

— Ele não gosta muito das manhãs, não? — pergunto a Ella.

— Não. Quando vim morar aqui, achei que ele seria um bom vampiro, porque fica acordado a noite toda e dorme durante o dia.

— Se você quer saber a verdade... — Eu baixo a voz. — Acho que isso é bem possível. Nunca vi o peito dele na luz do sol.

— É sério. Eu estou aqui. Porra.

— Eu vi — declara Ella. Ela aponta com a colher para a piscina. — E, infelizmente, tenho que dizer que não tem purpurina nenhuma.

— Isso pode mudar. Tenho uma sombra incrível chamada Glitter Bomb. Podemos passar no peito dele.

— Ahh, quando ficar mais quente, vamos experimentar.

Ao meu lado, Easton resmunga que nunca devia ter me levado lá, mas sei que ele está de brincadeira. Ele me acordou da melhor maneira possível e, antes mesmo de sairmos da cama, anunciou que aquela já era a manhã mais iluminada da vida dele. Foi definitivamente a manhã mais ativa da minha.

E a noite passada foi... Não consigo nem ao menos expressar em palavras. Easton foi tão delicado e tão incrível e... Minhas bochechas ficam quentes toda vez que me lembro como ele foi devagar e paciente comigo. Considerando que ele tem a reputação de ser mulherengo, uma parte de mim achava que ele só pensaria em si, mas ele não foi nada egoísta. Ele foi... incrível. Minhas bochechas esquentam ainda mais.

Precisamos urgentemente de uma cama no apartamento, uma bem grande. Será que existe lençol que não solta da cama? Seria ótimo.

Ella suspira, um longo e desanimado sopro de ar que faz com que todos virem para olhá-la.

— O quê? — pergunta Easton.

Desta vez, eu sou o alvo da colher apontada.

— Eu reconheço essa expressão de satisfação matinal. Essa costumava ser a minha cara — reclama ela. — Graças a Deus a porcaria da temporada de futebol americano está quase acabando e vou poder passar mais tempo com Reed.

Do outro lado da mesa, Sawyer afasta o prato.

— A gente pode falar sobre outra coisa além de vocês duas trepando com meus irmãos?

Eu fico vermelha e gaguejo:

— Nós... eu... foi... nós não.

Easton estica a mão e bate no alto da cabeça do irmão.

— Cala a boca, a Hartley está ficando constrangida.

— E eu? — pergunta Ella com tom irritado.

— Desde quando você fica constrangida? — Ele dá um tapinha na cabeça dela, se levanta e dá um beijo na minha. — É melhor a gente ir. Ella dirige como uma vovó de noventa anos. Se não sairmos agora, vamos nos atrasar.

— Eu dirijo dentro do limite de velocidade — protesta ela.

— Foi o que eu disse. Como uma vovó.

Ella tenta bater nele, mas Easton se afasta com facilidade. Um corre atrás do outro pela cozinha, enquanto Sawyer e eu ficamos olhando, sentados à mesa. Um dia, Dylan e eu vamos ser assim uma com a outra, à vontade e felizes e amorosas.

Aproveito o momento de privacidade e me viro para Sawyer.

— Não sei se você vai ficar puto, mas sinto muito pelo acidente e pelo seu irmão.

Ele baixa o olhar para o prato quase vazio e mexe a colher aleatoriamente. Não sei que pensamentos ocupam a cabeça dele até que seu olhar sofrido volte a encarar o meu.

— Não foi sua culpa e nós dois sabemos — diz ele com tom baixo e resignado. — Nós estávamos indo rápido demais. Estávamos... distraídos por coisas que aconteciam dentro do carro. Não peça mais desculpas. Seb vai acabar aceitando. É que a gente tem passado por muitas... coisas.

Fico pensando no que essas *coisas* querem dizer, mas parece que não cabe a mim perguntar. Só fico aliviada de ele achar isso. Não quero que Easton se afaste de sua própria família por minha causa.

— Acabou? — Inclino a cabeça na direção do prato dele. — Posso levar pra pia.

Ele assente e empurra o prato para mim. Lança um olhar infeliz para a porta, provavelmente procurando pelo irmão, que deve estar esperando que eu saia para voltar. Espero que ele esteja certo e Sebastian acabe aceitando, porque esse amor entre mim e East é tão novo que não seria muito difícil acabar com ele.

A caminho da escola, encosto a cabeça no apoio do carro e escuto Easton e Ella conversarem sobre o dia de Ação de Graças e o Natal e sobre como ambos esperavam que a State fosse mal nos últimos jogos para Reed não ir a um jogo do Bowl. Easton diz que eles deviam ir para Aspen, e Ella quer ir para um lugar quente.

— É *inverno* — diz ela, enquanto dirige cerca de dez quilômetros abaixo do limite de velocidade. — E no *inverno* as pessoas vão pra lugares quentes.

— Não, no inverno a gente vai pra lugares com neve porque a neve só existe por pouco tempo, enquanto sempre existem lugares quentes no mundo — responde ele.

— Sempre tem neve no Everest — proclama Ella.

— Não dá pra esquiar no Everest. — Ele se vira no banco. — Gata, me ajuda aqui.

Eu abro um olho.

— Não dá pra esquiar o ano todo em Dubai? Acho que já li sobre isso.

— Disso você se lembra? — diz ele com voz ferida. — Você devia estar do meu lado, tem que inventar coisas para me apoiar.

— Não dá. Tem a sororidade, sabe como é.

Ella levanta o punho em resposta.

— Soro o quê? — questiona East. — E hoje de manhã, quando eu estava com a língua na sua...

Eu dou um pulo para a frente e coloco a mão sobre a boca de Easton. Ele lambe a palma da minha mão. Dou um gritinho e volto para trás.

— ... na sua boca — termina ele, com um brilho malicioso em seu olhar. — O que você achou que eu ia dizer?

— Nada. Você não ia dizer nada. — Faço cara feia para ele, mas, por dentro, meu coração está dando pulinhos de alegria. Eu amei cada coisa que Easton e eu fizemos na noite anterior. E... é... não tenho reclamação nenhuma da língua dele.

— Chegamos. Salvos pelo sinal da Astor Park — anuncia Ella ao entrar no estacionamento da escola.

Não sei dizer ao certo quem foi salvo, se foi Easton ou se fui eu.

Quando nós três seguimos pela larga calçada na direção do prédio principal, recebemos olhares que poderiam ser classificados como cômicos. Queixos caem, pessoas param de conversar, os assuntos parecem morrer abruptamente. Se olhos pudessem cair, o concreto estaria coberto deles.

East para no meio da calçada, logo na frente da escada, e se vira para encarar um corpo estudantil perplexo. Quero continuar e entrar, mas o braço dele em volta da minha cintura me impede de fugir.

— Como sou um homem atencioso e generoso, vou responder a algumas perguntas antes que as aulas comecem, para que vocês possam se concentrar nas merdas importantes que ouvirão lá dentro em vez de passarem as aulas inventando histórias. Sim, Hartley e eu estamos juntos. Não, minha família não tem problema com isso. — Ele dá um tapinha no ombro de Ella, que assente. — Sim, Hartley ainda está com amnésia e, sim, vou dar porrada em qualquer um que faça qualquer coisa que a deixe emburrada. Se alguém fizer ela chorar, vai ficar com tantos ossos quebrados que vai ser preciso uma frota inteira de aço chinês pra montar o corpo da pessoa de novo.

Ele diz isso tudo com um sorriso enorme no rosto e tom descontraído, e deve ser por isso que a mensagem passada se torna ainda mais sinistra.

— Alguma pergunta? — grita ele.

O silêncio é ensurdecedor. Easton sorri ainda mais, junta as mãos e diz:

— Muito bem. Obrigado por comparecerem ao meu Ted Talk. Vejo vocês lá dentro.

Ele se vira e me leva para dentro junto com Ella.

— Era mesmo necessário fazer isso? — Estou dividida entre o constrangimento pelo que aconteceu e o constrangimento comigo mesma por ter gostado tanto.

— Era necessário — Ella responde por ele. — Principalmente quando Seb aparecer. Temos que mostrar que estamos unidos. No ano passado, os Royal estavam cambaleando por aí como zumbis e a escola enlouqueceu. Rolou muito bullying até que nos uníssemos como uma equipe. É sempre melhor para os tubarões de Astor saberem que os Royal vão defender uns aos outros. Bom, vejo vocês no almoço.

Ela acena e sai andando rapidamente ao lado de uma morena que a abraça na mesma hora.

— Aquela é a Val, a melhor amiga de Ella. Vocês já se conheceram antes, no píer — murmura East no meu ouvido. — E aquela é a Claire, minha ex-namorada. — Ele aponta discretamente para uma garota delicada como uma boneca que nos olha com olhos tristes. — Só estou mostrando as pessoas pra você não ficar surpresa. Vamos ver. Você tem que conhecer Pash. Ele é meu melhor amigo fora da família. — Ele olha ao redor.

Ele faz coisas do tipo o tempo todo. Esses gestos casuais e aparentemente nada importantes deixam minhas entranhas moles. Alguns minutos antes, ele anunciou sua intenção de jogar um manto Royal enorme sobre meus ombros e, agora, está ansioso para compartilhar a menor parte da vida dele comigo. Ele não quer que eu me sinta de fora.

Entrelaço os dedos com os dele, sobre meu ombro.

— Posso conhecer ele depois. Amanhã. Temos aula agora.

Ele sorri para mim e me aquece de dentro para fora. Meu sol particular.

A manhã segue tranquila. Easton está em todas as minhas matérias. Ele admite que não foi coincidência e que deu um jeito de entrar em todas. Não me importo. É bom não ficar isolada. Há muitos olhares na nossa direção, mas o corpo grande de East é um escudo formidável.

Quando vamos almoçar, ele me leva para longe do canto.

— Tem bichos lá, lembra?

— Ah, é. Bran me contou.

Ele faz cara feia.

— Eu também contei, antes de Bran.

Eu me viro para esconder um sorriso. O ciúme bobo e mesquinho é adorável.

— Bran é um cara legal. Você podia ser amigo dele.

— Eu era amigo dele até ele tentar invadir meu território — murmura East baixinho enquanto entrega a identificação para o caixa.

— Seu *o quê?* — eu pergunto, com sobrancelha erguida.

— Nosso território? — ele responde em um esforço para se salvar.

Eu entrego o dinheiro.

— Não acho que seja muito melhor.

Ele afasta minha mão e entrega o cartão para o caixa.

— Não dá pra passar duas vezes — eu lembro a ele.

— Desde quando? — Ele aponta para o caixa. — Pode passar.

— Hum… — O cara morde o lábio. — Nós não devemos passar.

— Passa — repete East, com uma voz baixa, porém firme.

O caixa faz o que ele manda, a transação é feita e pegamos nossas bandejas para abrir lugar para o próximo aluno.

— Não quiseram fazer isso antes — eu conto para East, omitindo o detalhe de que havia sido Bran a se oferecer para pagar anteriormente.

— É uma regra idiota que ninguém aplica. Eles recebem, então qual é o problema? — Ele para junto a uma mesa localizada perto da grande janela, que vai do piso ao teto, e que dá vista para o campo de atletismo. Ella e a amiga Val estão sentadas lá, assim como os gêmeos. Agora que os dois estão juntos, é mais difícil saber qual é Sebastian e qual é Sawyer, mas acho que a cara feia é de Sebastian, enquanto a de sofrimento é do gêmeo dele.

Cumprimento os dois e falo um oi baixo. Sebastian finge vomitar quando me sento. É constrangedor e desagradável para todo mundo, mas não sei se ir embora seria uma cena maior do que ficar.

Meu dilema é momentaneamente interrompido por um drama que se desenrola a duas mesas de distância. Meu velho amigo Kyle está parado ao lado da mesa onde Felicity está sentada com as amigas. Ele está com uma bandeja na mão e é evidente que deseja se sentar com elas. É igualmente evidente que Felicity não quer isso. Ela coloca a bolsa no espaço vazio ao lado da bandeja.

— Está ocupado — diz ela.

— Por quem? — desafia ele. — Esse lugar está vazio há cinco minutos. Além do mais, você disse que eu podia sentar com você.

— Você deve estar de brincadeira — diz ela, com a voz alta carregada de desdém. — Você é aluno aba. Nós não sentamos com gente assim.

— Aba? — eu sussurro para East.

— Aluno que vive na aba da escola — murmura ele no meu ouvido. — Ele deve ter bolsa de estudos.

— Que insulto ridículo. Parece que ela roubou de um livro do Dr. Seuss — sussurro em resposta.

Ele dá de ombros.

— Ela tem dinheiro. Não precisa ser esperta nem inteligente.

Ao lado de Felicity, Kyle está ficando vermelho. Meu medidor de vergonha alheia está no máximo. Por mais que eu o odeie por ter me contado um monte de mentiras, esse tipo de humilhação escolar é horrível.

— Não foi o que você disse antes.

— Você deve estar brincando. Eu nunca convidaria uma ralé como você pra almoçar com as minhas garotas. Seu pai não ganha a vida consertando *carros*? E se você tiver graxa em suas mãos? Sabe quanto a mãe de Skylar pagou por aquele blazer? Ele não é feito do mesmo tecido sintético barato que você está usando. É de lã virgem de um vilarejo na Espanha. Você teria que consertar um milhão de carros pra poder ter o direito de sentir o cheiro dessa lã. Então — ela faz um gesto de expulsão —, vai.

É tão grosseiro que eu chego a engasgar. Fico tensa e começo a me levantar. Easton pega minha mão direita e Ella pega a esquerda. Juntos, eles me seguram no lugar.

— Essa briga não é sua — avisa East. — Os dois têm questões a ser resolvidas, e nenhuma delas tem a ver com você.

— Ele está certo. Tem hora certa para brigar, e agora não é uma delas.

Eu poderia ter ouvido os avisos deles em qualquer outro dia. Mas, quando Kyle sai andando pelo refeitório, tem alguma coisa no sorrisinho satisfeito estampado nos lábios de Felicity que incita minha raiva. Eu me solto de Easton e de Ella e fico de pé.

— Não — eu digo. — Ela não pode ficar se safando dessas merdas.

Antes que eles possam protestar mais, vou até a mesa de Felicity. Ela está prestes a tomar um gole de uma garrafa de refrigerante chique, toda escrita em francês. Claro que ela toma refrigerante importado. Claro.

Eu trinco os dentes e arranco a garrafa da mão dela. Ela grita de raiva e seus olhos ardem quando ela percebe que a culpada sou eu.

— O que você está pensando? Devolve! — Ela estica os braços com raiva.

Eu seguro o refrigerante fora do alcance dela.

— O que te dá o direito de tratar as pessoas desse jeito? — eu rosno.

Ela pisca sem entender. É sério? Ela realmente já *esqueceu* o que *acabou* de fazer com Kyle?

— Kyle — digo. — Como você ousa tratá-lo como se ele fosse um pedaço de lixo grudado no seu sapato?

A compreensão surge no rosto dela e ela cai em uma longa e aguda gargalhada.

— Você está falando sério, Wright? Por que você se importa com o modo que eu trato aquele otário? Você tem ideia de como foi fácil fazer com que ele concordasse em bagunçar sua pobre cabecinha estragada? — Ela ri de novo. — Custou menos do que gasto na tinturaria com o uniforme. — Ela indica a camisa branca e o blazer impecável.

— Você está falando *desse* uniforme? — Com um sorriso largo, viro a garrafa e derramo todo seu conteúdo em Felicity.

Há um momento prolongado de silêncio.

E então, ouço a risadinha familiar de Easton.

E o grito horrorizado de Felicity se espalha pelo refeitório. Outro grito soa logo em seguida, vindo da amiga dela, Skylar, que sofreu danos colaterais. Um pouco do líquido vermelho com gás respingou no blazer mágico de lã virgem da Espanha, e ela passa as unhas nas lapelas enquanto lágrimas surgem em seus olhos.

— *Meu blazer!* — berra Skylar.

— Sua vaca *filha da puta*! — Com a roupa manchada de vermelho e encharcada, Felicity dá um pulo e a mão voa em uma tentativa de me dar um tapa; no entanto, o refrigerante no chão forma uma poça e, na tentativa de alcançar meu rosto, seus sapatos de salto de marca deslizam no líquido derramado.

Ela escorrega para a frente e cai de cara no chão reluzente.

As gargalhadas explodem no salão enorme enquanto todo mundo a observa tentar se levantar, sem sucesso. Ela escorrega, se levanta e cai de novo, como em um ato ridículo de comédia.

Lanço um olhar assassino para a multidão que se reúne em volta e levanto a mão para silenciar as gargalhadas. Minha intenção não era constranger Felicity, nem fazer com que todo mundo risse dela. Isso não seria melhor do que ela fez com Kyle, e eu nem ao menos gosto dele! Mas preciso deixar uma coisa clara.

— Você *não* é melhor do que a gente, do que nenhum de nós — digo para ela com rispidez. — O fato da sua família poder comprar e vender a minha cem vezes e você e suas amigas idiotas não terem bolsa de estudos e terem fundos fiduciários de sete dígitos não as torna melhor do que qualquer outra pessoa daqui. Isso não te dá o direito de humilhar as pessoas, usá-las e nem de "dar um nó na cabeça delas". — A raiva borbulha na minha garganta. — Eu juro por Deus, Felicity... se eu voltar a ver você com essa merda de superioridade cruel pra cima de qualquer pessoa novamente, vou fazer bem mais do que derramar uma bebida em você. — Olho para ela de forma ameaçadora. — Vou quebrar a porra da sua cara.

Ouço uma risadinha familiar. *Droga, Easton, estou no meio do meu ato de garota durona aqui.*

Ele deve sentir minha irritação porque se adianta e diz:

— Lembra quando Ella arrastou Jordan Carrington pelo cabelo por toda a escola? — Ele abre um sorriso largo para Felicity. — Bom, Hart vai provocar o dobro desse prejuízo.

— Isso aí — confirmo.

Felicity finalmente consegue se levantar, embora ainda esteja oscilando precariamente em seus saltos. Ela faz cara feia para mim, para Easton e para Ella, para as amigas e para todas as pessoas que olham para ela com a risada solta.

Ela abre a boca como se fosse dizer alguma coisa, mas sabiamente decide fechá-la, passa por mim e sai voando do salão.

— Puta merda — diz Val, a amiga de Ella, quando Felicity foi embora. — Isso foi *foda*, Hartley! — Ela levanta a mão para que eu bata em comemoração.

Eu bato na mão dela e minhas bochechas vão ficando vermelhas conforme outros alunos se aproximam para bater na minha mão ou falar que o que eu fiz foi incrível.

Mas tem uma pessoa que não parece impressionada pelo que eu fiz.

— Nossa, ela derramou uma coisa numa vaca — diz Sebastian Royal com deboche. — Que heroína!

— Seb — avisa Sawyer.

— Não. — O gêmeo raivoso passa a mão pelo cabelo. — Quem se importa que ela deu um esporro na Felicity? Não consigo acreditar que tenho que ficar perto dessa vaca. Já foi bem ruim eu ter ido tomar café na minha própria casa e ela estar sentada à minha mesa, como se não tivesse enfiado o carro na lateral do meu Rover, quase matando meu irmão, eu e nossa namorada...

— Ex — interrompe Sawyer.

Sebastian o ignora.

— ... *namorada* que nem fala mais com a gente. Mas, agora, ela se senta à mesa da família na Astor Park também? E é tratada como se fosse uma heroína? Vocês não ligam que é por causa dela que eu estava em coma?

— Seb, cara, não seja assim — pede Sawyer.

— Estou vendo que você virou um veadinho depois do acidente — diz Sebastian, com desprezo. — Estou dizendo, ou vocês se livram dessa vaca ou vão ficar livres de mim. — Ele sai da cadeira e sai do refeitório batendo os pés.

— Ele não quis dizer nada daquilo. — East se vira para mim e passa a mão pelas minhas costas.

Um arrepio de inquietação segue o caminho da mão dele. Não parece certo aceitar consolo dele. Não mereço isso.

— Eu... eu tenho que ir ao banheiro. — Dou um pulo e fico de pé.

— Espera, Hart...

— Deixe ela ir — ouço Ella dizer para ele.

Como a terceira pessoa a sair correndo do refeitório em poucos minutos, tenho certeza de que estou ridícula, mas ficar sentada lá e sentir a culpa me oprimir seria muito pior. Não sei como posso acertar as coisas com Sebastian, mas posso pelo menos começar com um pedido de desculpas. Já pedi desculpas para Sawyer de manhã, mas não consegui falar com o irmão gêmeo dele. Palavras não são muito, mas podem ser um começo.

Percorro os corredores à procura de Sebastian, mas não o encontro. Quase paro perto de uma placa que diz "Vestiário Masculino". Encosto a orelha na porta e ouço o chiado de um tênis no piso.

Respiro fundo e bato.

— Sebastian? É Hartley Wright. Posso falar com você um minuto? Quero pedir desculpas.

Há mais alguns ruídos quando alguém chega mais perto da porta.

— Obrigada — digo, e solto um gritinho quando a porta se abre e vejo Kyle Hudson em vez de Sebastian Royal.

— Você também me deve desculpas — rosna Kyle.

Eu dou um pulo para trás.

— Por quê?

— Porque você existe, sua vaca burra.

Cara, estou cansada de ser chamada de vaca. Primeiro Sebastian e agora Kyle? E pensar que apenas alguns minutos atrás eu o estava *defendendo* de Felicity.

Eu poderia devolver com um insulto, mas para quê? Ele só me chamaria de vaca de novo, e, como falei, estou cansada de ouvir isso. Então, viro as costas e saio andando.

Ou tento.

Uma mão volumosa com dedos grossos como salsichas pousa no meu ombro e me vira contra os armários. O forte baque do choque me deixa sem ar por um momento.

— Você é presa livre de novo, sabe. Os Royal são unidos, e Easton Royal vai te chutar na sarjeta. — Kyle se aproxima de forma ameaçadora.

Olho em volta em busca de alguma coisa para arrancar da parede e bater na enorme cabeça dele.

— Se você chegar perto de mim com esse pau, vou cortar ele fora.

Ele me empurra de novo.

— Até parece que eu ia enfiar meu pinto na sua boceta suja. Esquece. Mas eis uma prévia de como a vida vai ser pra você até o dia da formatura.

Não vejo o punho dele chegando. É uma coisa que eu não esperava. Achei que ele ia tentar me agarrar, enfiar a língua na minha boca. Achei que ele ia tentar levantar a minha saia e estava pronta para lhe desferir uma joelhada. Nunca em um milhão de anos eu achei que ele fosse bater em mim.

O soco, motivado pela raiva de um garoto de cento e dez quilos que está se sentindo humilhado e impotente, me acerta na barriga. Eu me curvo e o conteúdo do meu almoço sai voando pela boca. Perco meu fôlego e a falta de ar faz com que eu caia de joelhos. Tento respirar.

Com o canto do olho, vejo um mocassim se afastar. *Ele vai chutar*, minha mente grita em aviso. Eu me encolho na defensiva e tento rolar para longe. Não consigo me afastar a tempo, e a ponta dura do sapato acerta a lateral do meu corpo. Por uma névoa de lágrimas e dor, tento pensar em como sair dessa. Que lugar é seguro? Uma sala de aula? Tem alguma sala de aula perto? *Vamos lá, Hart! Levanta*, eu grito para mim mesma.

Mas dói me mexer. Ouço uma gargalhada e um movimento, e mais vozes que são interrompidas de repente.

— Que *porra* está acontecendo aqui? — O grito de Easton praticamente sacode os corredores.

Acima de mim, Kyle gagueja:

— E-e-ei, Easton. Essa vaca tropeçou e caiu. Acho que queria chupar meu pau, mas eu disse que não, obrigado.

Há uma movimentação que não consigo entender, seguida de dois corpos caindo no chão ao meu lado. Ouço o som doentio de carne batendo em carne. Dou um gemido que é algo como "parem" ou "socorro" ou "não". Ninguém presta atenção em mim. Eu me levanto com dificuldade, usando as maçanetas dos armários como apoio. Encolho um braço na lateral do corpo e tenho a sensação de que meu intestino vai cair se eu o soltar.

O som da briga atrai atenção. Alunos se reúnem no final do corredor.

— Aposto cem no Royal.

— Ninguém vai aceitar sua aposta.

— Que tal cem que o Hudson dura ao menos cinco minutos?

— Tudo bem, isso eu posso considerar.

— O que está acontecendo aqui? Parem! Cheguem para o lado. — Um homem atarracado e pesado usando xadrez abre caminho até a frente da multidão.

Easton está em cima, se esforçando para enfiar Kyle no chão. O garoto está imóvel e seu rosto está coberto de sangue, assim como o punho de Easton. Sou tomada por uma preocupação real de que Easton tenha causado algum tipo de dano irreparável ao garoto. Adolescentes já foram presos por agredirem colegas.

Ignorando a dor, vou até lá e seguro o braço dele quando ele se prepara para bater em Kyle de novo.

— Easton — digo, gemendo. —- Por favor.

Ele baixa o braço e olha para mim. Deve estar chocado com o que vê, porque uma expressão terrível transforma o rosto dele. Ele mostra os dentes.

— Eu vou matar ele — diz ele.

— Não! Não ligo para ele. Preciso de você comigo. — A ideia do meu sol ser tirado de mim é horrível demais. Prefiro aguentar mil chutes na barriga do que deixar que isso aconteça.

— Sr. Royal. Chega disso. Mais um soco e vou suspender você. Não ligo para todo o dinheiro que seu pai doou para a escola.

— Easton — eu imploro. — Por favor.

O braço rígido relaxa um pouco. Encosto a boca no cotovelo dele e sussurro minha súplica na pele dele.

— Vamos embora. Você fez ele pagar. Eu juro. Você fez ele pagar.

— Porra. Tudo bem. — Ele dobra o braço e puxa minha cabeça até o ombro e, depois, inclina a cabeça para apoiar a bochecha no meu cabelo. — Vou parar agora, mas juro que se ele voltar a tocar em você, vou fazer com que ele tenha que separar pedaços do testículos e dos dentes até a formatura.

— É justo — eu digo, mas duvido que Kyle faça qualquer outra coisa.

Easton dá outro beijo carinhoso na minha testa antes de se levantar.

— Como está a barriga? — Ele se inclina para me inspecionar e levanta a minha blusa.

Tento segurá-la porque temos uma plateia de uns cinquenta alunos que olham com empolgação na nossa direção.

— Já estive melhor.

— Quero te levar ao hospital.

— Não, eu estou bem.

— Sr. Royal, você precisa ir pra minha sala agora.

Easton mal olha na direção do homem.

— Vou levar Hartley ao hospital pra ver se tem alguma hemorragia interna. Se ela morrer porque você impediu que ela fosse cuidada, tenha certeza que o processo acabará sendo gigantesco.

Os lábios já finos do diretor viram uma linha inexistente.

— Tudo bem, mas amanhã logo cedo espero vocês três lá.

— Claro. — Easton não tem intenção nenhuma de comparecer, e eu preferiria ser expulsa.

Temos uma pequena discussão sobre se vamos ou não ao hospital, o que eu recuso, e se ele vai me carregar para fora da escola, o que também recuso.

— É constrangedor — digo enquanto escondo o rosto no peito dele.

— Estou fazendo uma porra heroica. Não tem nada de constrangedor — declara ele.

— Não é você que vai ser carregado por um corredor enquanto algumas centenas de alunos ficam olhando. — Tem um aluno em particular cujo olhar não quero ver de novo. A satisfação maliciosa que vi na cara de Sebastian Royal enquanto Easton me levantava nos braços não é uma visão que eu vá esquecer logo.

— Que nada, está todo mundo na aula.

— Estou ouvindo as pessoas. Não tem ninguém na aula.

— Ouço um zumbido regular desde que East me pegou no colo. — Você mente mal.

— Eles vão pra aula. Ella, você pode abrir a porta? — Tem um estalo de metal em metal quando as portas da frente são abertas. — Obrigado. Te vejo em casa.

— Hoje à noite ainda está de pé? — pergunta Ella com ansiedade.

Tenho energia suficiente para fazer sinal de positivo, mas East precisa levantar minha mão acima do ombro dele para que ela possa vê-la.

— Joga sua chave pra mim, maninha. Você pode pegar carona pra casa com Sawyer.

De alguma forma, ele consegue pegar a chave sem me deixar cair.

— Você poderia ter optado pelo hospital. Eu teria deixado você ir andando — resmunga ele enquanto segue para o conversível de Ella.

— Não teria, não.

— Você está certa. Eu não teria deixado nada. Prometo que se eu levar uma surra de alguém que seja o dobro do meu tamanho, você pode me carregar no colo quanto quiser. — Ele dobra os joelhos e consegue abrir a porta do passageiro sem me deixar cair. Também me coloca lá dentro e, após prender meu cinto, me dá outro beijo doce na testa.

— Nós vamos para o apartamento, né?

Ele para antes de fechar a porta.

— Pensei em levar você para casa.

Como posso explicar de um jeito gentil que acho que o irmão dele é capaz de me sufocar com um travesseiro?

— Eu me sentiria melhor no apartamento. É mais aconchegante lá.

Ele franze a testa em desconfiança, mas meu gemido não muito falso de dor o convence.

— Vamos para o apartamento.

Por mais que eu me esforce, não consigo tirar a cara de Sebastian da cabeça. Ele me odeia. Não sei se é por causa do acidente ou por tudo o que aconteceu após o acidente, mas essa é a feia verdade, nua e crua. Isso me causa muito mais dor do que o soco de Kyle no meu estômago. Posso cicatrizar do soco. Posso cicatrizar do chute. Posso esquecer as palavras feias que saíram da boca de Felicity.

Mas não sei se vou conseguir superar perder Easton. Não estou pronta para o meu mundo ficar escuro de novo.

Entretanto, quais são as minhas opções? Não posso separar Easton da família. Eles são uma unidade. Um quebra-cabeça que só fica certo quando todas as peças estão no lugar, juntas.

— Você está pensando tanto em alguma coisa que vai acabar fazendo o carro ir mais devagar. O que é?

Eu poderia mentir para ele. Seria fácil fazê-lo. Ou talvez essa seja a saída covarde. Assim, sempre posso dizer para mim mesma que Easton não lutou por mim. Assim, posso ser a vítima. E isso é escroto. Eu odeio ser a vítima. Se minha perda de memória me deu uma nova chance na vida, eu não devia colorir meu futuro com mentiras e autopiedade.

— Seu irmão não gosta muito de mim.

— Então você chegou a vê-lo?

Eu viro a cabeça para Easton.

— Você também?

Ele estala a língua nos dentes.

— Foi difícil não ver. Olha, Seb saiu há pouco tempo de um coma. Ele nem deveria estar na escola ainda. Está fraco como um gatinho e até um vento mais forte é capaz de derrubá-lo. Tudo isso, além do fato de que Lauren terminou com eles, faz com que ele fique para baixo. Dá um tempo pra ele.

Eu poderia fazer isso. Também poderia me apaixonar ainda mais por Easton. Tanto que seria como se uma parte de mim fosse arrancada quando terminássemos. Ou eu poderia fugir agora para me autopreservar. Isso é o oposto de ser vítima. Fugir é a opção mais inteligente a seguir quando estamos cara a cara com o perigo. Tenho certeza de que li isso em algum lugar.

— Não consigo me lembrar de acontecimentos, mas me lembro de sentimentos. Havia uma falta de familiaridade estranha sempre que eu estava com Kyle. Felicity invocava medo. Meu pai também. Quando eu pensava em você, sempre sentia um calor luminoso. Quando tento apertar a caixa-preta infinita na qual acho que meu passado está trancado, tem um nada. Como se eu estivesse no meio do deserto e não tivesse ninguém ao redor e estivesse assim desde muito tempo. Eu grito o mais alto que consigo até ficar sem ar, mas ninguém responde. Não tem nem eco. O som é engolido. Isso é solidão, e quando penso muito no passado, é disso que me lembro. Não quero isso pra você.

— E pra você? O que você quer para você?

Deus, por que ele está me fazendo perguntas difíceis?

— O que eu quero para você e o que quero para mim não parece ser compatível neste momento.

— Então a resposta que você tem é terminarmos? — A voz dele está firme, quase despreocupada. As mãos estão frouxas no volante e os ombros não mostram sinal de tensão. Eu, no entanto, estou rígida como um nó.

— Não sei qual é a resposta. Talvez seja esperar. Esperar até Sebastian mudar de ideia.

— Ele sofreu uma lesão no cérebro. É por isso que ele está tão fodido. Eu li outro dia. É bem comum que as pessoas com traumatismo craniano virem uns filhos da puta cheios de raiva sem motivo nenhum. Ele pode nunca mais mudar. E aí?

Eu não respondo porque, como falei antes, não tenho resposta. Pelo menos não uma que esteja disposta a dizer em voz alta.

Capítulo 31

EASTON

— Não acredito que o diretor deixou a gente se safar assim — disse Hart quando estacionei o carro de Ella junto ao meio-fio.

— O diretor Beringer é um banana. Já foi comprado muitas vezes pelo meu pai. A última foi quando Ella arrastou Jordan Carrington pela escola. Foi merecido. Jordan e as amigas cortaram o cabelo de uma garota, tiraram a roupa dela e a prenderam com fita adesiva na parede do prédio principal.

O queixo dela cai.

— O quê?

— Astor Park era um hospício.

— Era?

— Claro. Agora usamos bandeiras nos mastros em vez de gente grudada em paredes. Já é um progresso. Espera. Vou pegar você. — Eu saio do carro e contorno pela frente para chegar até Hartley. Os socos de Kyle a deixaram sem energia, porque ela ainda está tentando sair do carro com dificuldade quando chego nela.

— Espera, gata. Vou ajudar.

Ela se recosta e deixa escapar um suspiro de frustração.

— Mas eu vou ao parque hoje à noite.

— Vamos ver — digo evasivamente. A garota está fraca como um filhote. Não consigo vê-la indo a nenhum outro lugar que não seja o banheiro, mas não faz sentido ficar discutindo sobre isso na rua.

Eu passo os braços embaixo do corpo dela e a levanto. Ela não pesa muito. Acho que não está comendo como deveria.

— Você pode pegar a comida? — Eu indico o saco de papel com sopa e queijo quente que paramos para comprar no caminho.

Ela estica a mão e faz uma careta pelo esforço.

— Posso ir andando — garante ela fracamente.

— Já tivemos essa briga na escola. — Eu a aperto mais e subo a escada. Quando chegamos no alto, preciso colocá-la no chão para abrir a porta. Apesar de garantir repetidamente que está bem, ela mantém a mão na minha cintura para se equilibrar. Eu não comento nada.

Quando a porta está aberta, eu a pego no colo novamente e a carrego para dentro do apartamento, sem soltar até chegarmos ao sofá.

Paro antes de a colocar nele.

— Você precisa usar o banheiro?

— Eu preferiria deixar Felicity me colar na parede da Astor Park a permitir que você me carregue até o banheiro — declara ela, o olhar duro me informando que ela não estava brincando.

— Tudo bem. — Eu a deixo no sofá e vou pegar nosso jantar.

— Eu devia ter montado a mesa de centro. — Indico uma das caixas que supostamente viraria uma mesa de madeira e vidro.

— Que nada, o chão está bom para mim. — Ela desliza das almofadas.

Eu a observo atentamente em busca de sinais de dor, mas ela não parece demonstrar sofrimento. Seu apetite também está bom. Ela come o queijo quente, praticamente bebe a sopa e se encosta no sofá para apreciar a Coca diet e algumas torradas que sobraram.

Há algo de satisfatório em alimentar alguém de quem gostamos. Vê-la comer com tanta alegria me preenche de formas que a comida não consegue. Passo os olhos pelo nariz pequeno, pelas sobrancelhas retas, pelas bochechas redondas. Eu nunca tive um tipo de garota. Gostava de todas: das ricas e metidas; das atrevidas e sensuais; das cheinhas e felizes. Bastava quererem ir para a cama comigo e eu já estava satisfeito.

Mas agora, quando fecho os olhos e imagino minha garota ideal, é o rosto de Hart que aparece. Ela pode não ser perfeita para mais ninguém, mas não importa, porque ela é perfeita para mim.

— Tem alguma coisa na minha cara? — pergunta ela, tocando na bochecha.

— Não. Eu gosto de olhar para ela.

Ela baixa a cabeça, constrangida.

— Para.

— Não.

— Sério, assim eu fico desconfortável.

— Que nada. Você está envergonhada, mas não tem por quê. Você é linda. — Eu me apoio no cotovelo e tomo a outra Coca.

— Você botou vodca na sua lata? — ela pergunta com desconfiança. — Porque você está falando como um bêbado.

Eu balanço o líquido na lata. Surpreendentemente, não tenho sentido necessidade de beber. Tem coisa demais acontecendo.

— Não, mas, mesmo que tivesse colocado, o ditado diz que os bêbados só dizem a verdade.

Ela franze o nariz de forma adorável.

— Existe mesmo esse ditado?

— Agora existe. Autoria de Easton Royal.

Ela joga uma almofada na minha cabeça. Eu desvio da almofada e pulo na direção dela. Ela grita e tenta desviar, mas sou rápido demais. Eu a pego nos braços e escondo o rosto no pescoço dela para inspirar o aroma doce. Ela é quente e macia e *certa*.

Para que eu preciso de álcool? Eu tenho a melhor droga bem aqui. Capturo sua boca e enfio a língua dentro. O gosto dela faz meu mundo girar. Os dedos dela dançam nos meus ombros, sem saber se ela pode me tocar. Quando finalmente tocam, a corda que ela não sabe que enrolou no meu coração se aperta ainda mais.

Porra, eu amo essa garota. E porque eu a amo, recuo. Ela precisa descansar, não ser maltratada por mim. Passo o dedo pela sua testa e pela bochecha macia.

— Vou montar a cama — digo com voz rouca.

Ela assente e pisca como uma coruja bebê. Eu me obrigo a me levantar e vou até o colchão e a moldura que abandonei porque não tinha as ferramentas certas. Preciso de uma chave catraca que não tem no meu pequeno kit rosa. Chuto a moldura de metal para o lado e coloco o colchão no chão.

— Você já fez isso antes? — ela pergunta, se encolhendo de lado.

Evito olhar em sua direção porque a tentação de subir em cima dela é grande demais. Então, reviro as bolsas em busca do jogo de lençol que comprei com a ajuda de uma das vendedoras.

— Não, mas qual pode ser a dificuldade?

Cinco minutos depois, estou suando profusamente, tirei a camisa e não consegui fazer a porcaria do lençol ficar no lugar. Mas, pelo menos, não estou pensando mais com a cabeça debaixo.

— Como isso funciona? — pergunto com repulsa enquanto seguro um grande pedaço de tecido que Hart me disse ser um lençol com elástico, em meio a explosões de gargalhadas.

— Estou dividida entre querer ajudar você e apreciar o show — provoca ela, mas fica de pé e tira o lençol da minha mão.

Eu a vejo se inclinar, a bunda redonda balançando como uma bandeira vermelha na minha frente. Me viro de costas. Sempre que queria me sentir vivo, eu brigava, para saber como é levar um soco na barriga e como as costelas podem ficar doendo por horas e até dias. Eu gostava da dor, mas nada me anima como estar com Hartley. Meu eu do passado era um idiota.

— Acabei — anuncia ela. — Pode olhar agora.

Eu me viro e a vejo deitada na cama. Ela estica o braço sobre o colchão.

— É uma cama grande — diz ela, me olhando com os olhos entrefechados.

Meu sangue ferve. É difícil não botar as mãos nela, principalmente quando ela parece estar com vontade de cravar os dentes no meu peito.

— Eu gosto de espaço. — Eu me esforço para me controlar. Lembro a mim mesmo que ela está machucada e, então, jogo um cobertor sobre ela. A saia da Astor Park está subindo e a pele da coxa está me fazendo suar. Quando me deito no colchão, mordo o lábio e torço para que a dor mantenha meu pau sob controle.

— Mas você vai ficar em casa hoje — sussurro no cabelo dela e a puxo para os meus braços.

— Veremos.

Duvido que seja uma batalha que eu vá vencer, então me contento em abraçá-la bem, apertando meus polegares em suas costas tensas, passando a mão delicadamente pelas laterais de seu corpo, emaranhando minhas pernas com as dela. Ela aperta os pés calçados de meia nas minhas panturrilhas e encosta a cabeça no meu ombro. Eu a massageio do pescoço até a bunda e volto para o pescoço até a respiração dela ficar regular e o corpo relaxar no meu.

Minha calça está apertada, o braço embaixo do corpo dela está ficando dormente e quente demais, mas eu não me mexeria nem por todo o dinheiro, os aviões e a bebida do mundo.

* * *

Às nove, Ella aparece no apartamento com a minha picape, grande o suficiente para cabermos os três. O Audi conversível dela é pequeno demais e, por isso, terá que ficar em frente à casa. Penso que seria interessante dar uma nota de cem para

José ficar de olho no carro e se certificar de que nenhum engraçadinho mexa nele.

— Você está de mau humor — comenta Ella quando a deixo entrar.

— Não. Eu estou... — Não sei como descrever. Não estou me sentindo bem desde que vi Hart apanhar de Kyle. Por mais gostoso que tenha sido ficar deitado com ela o dia todo, não foi o suficiente para acalmar meus nervos. Quero cancelar o que vamos fazer à noite, mas essa pode ser nossa melhor e última chance de pegar o pai de Hart e salvar o caso contra Steve.

Não posso decepcionar nenhuma dessas duas garotas. Principalmente Hart. Ontem a noite ela entregou sua confiança para mim, total e completamente. Isso, no entanto, vem com muitas responsabilidades. A vontade de protegê-la a todo custo já era forte antes, mas agora é um mantra que se repete a cada batimento do meu coração.

— Eu estou preocupado — digo.

— Nós só vamos tirar fotos.

— Certo. — Mas as palavras dela não me tranquilizam.

Lá em cima, Hart para do lado de dentro da porta, retorcendo os dedos. Ella, vestida de preto da cabeça aos pés, o luminoso cabelo dourado preso dentro de um gorro preto, observa o apartamento devagar. Hart está preparada para insultos pelo tamanho, pela condição do colchão, ainda no chão em vez de em uma cama.

Hart está ansiosa porque não quer que Ella insulte nosso apartamento. E me dou conta de que ela não conhece o passado de Ella.

— Que irado — diz Ella, e se senta no sofá. — Mas por que você está morando aqui e não com seus pais?

— Eles me expulsaram — Hart responde rigidamente.

— Droga. — Ella assovia. — Eu não sabia que pais faziam isso. Foi porque você estava saindo com Easton? É verdade que ele é meio ofensivo, mas eu achava que pais gostassem dele.

— Valeu, maninha. — Dou um tapinha no alto da cabeça dela antes de andar até a geladeira, apreciando suas tentativas de fazer com que Hartley se sinta mais à vontade. Pego dois refrigerantes e abro um para Hart e outro para Ella.

Hart ainda está parada logo depois da porta, os olhos arregalados, impressionada.

— Ela não sabe sobre a sua história — explico para Ella.

— Anda ocupada demais pesquisando o próprio passado para se incomodar com o seu.

Ella toma um gole de refrigerante antes de responder.

— Mas isso é legal. Posso não contar pra ela?

Eu olho para ela.

Ela suspira.

— Tudo bem. Eu vim pra cá um ano atrás. Caramba, faz mesmo só um ano, East?

— Um longo e terrível ano, Ella — digo, provocando-a.

Ela mostra o dedo do meio.

— Um ano atrás, Callum me encontrou fazendo strip-tease em uma casa noturna e me trouxe pra cá. Eles me odiavam no começo. — Ela aponta para mim. — Foram maus comigo. Me expulsaram do carro no meio da noite e me fizeram voltar andando pra casa.

— A gente seguiu você — eu resmungo quando vejo os olhos arregalados de Hart se voltarem para mim.

— Vocês *deixaram* Ella na rua e fizeram com que ela andasse até em casa? No escuro?

Eu limpo a garganta.

— A gente fez parecer que tinha abandonado ela, mas estávamos de olho o tempo todo.

— Easton Royal, não acredito que você faria isso.

— Foi ideia do meu irmão! — argumento.

— Você devia ter impedido — responde ela, com aparência adoravelmente ultrajada. Ao menos ela não está se escondendo com nervosismo no canto.

— Você está certa. — Estico a mão e seguro o pulso dela e a puxo para se sentar no meu joelho. Ela se apoia na beirada como se tivesse medo de que um contato direto com a minha virilha fosse o mesmo que proporcionar um show pornográfico para Ella. — A boa notícia é que Ella perdoou todo mundo e agora está brincando de molhar o biscoito regularmente com meu irmão mais velho.

Hart ri.

— Sério?

Ella estica o braço e me dá um soco com força.

— Eu perdoei você pelos pecados passados, mas não pelos que está cometendo agora. — Ella se vira para Hart. — Sim, é sério. Reed e eu superamos um monte de coisas e agora estamos juntos. O problema é que o meu doador de esperma fica aparecendo como uma daquelas toupeiras com mola ou como um dos vilões de final de um filme de terror que você pensa que matou, mas não matou. Não somente ele tentou me matar, mas botou a culpa de um assassinato em Reed e está tentando se safar. O homem é perigoso. Ele não pode escapar. — O queixo de Ella está projetado, preparando mais argumentos para o caso de Hartley protestar.

— Concordo — responde Hart. Seus lábios se curvam um pouco nos cantos. — E eu achava que meu pai era ruim.

Ella fica aliviada.

— E quando a gente sai?

Eu pego um pedaço de papel e entrego para Hart.

— Depois que Hart fizer isso.

Ela dá um pulo.

— O que é isso?

— O que é isso? — Ella chega perto para espiar a lista de exercícios.

— É um teste de preparação física. Se você passar em cada um desses exercícios, poderá ir conosco. — Hart e eu passamos uma hora discutindo se ela ia conosco hoje.

— Você só pode estar de brincadeira — ela geme.

Cruzo os braços sobre o peito.

— Nem um pouco. Se você quer rastejar pela floresta para espionar o seu pai, esse é o preço da admissão.

— Já falei que não estou mais sentindo dor.

— E eu falei que não acredito.

Nós nos encaramos.

— Dez burpees? — diz Ella, tirando a lista da mão de Hartley. — Quando ela faria dez burpees hoje?

— Ela pode ter que pular e correr. Pode ter que saltar uma cerca. Pode ter que pular um tronco. Esses exercícios são elaborados para simular as manobras feitas para se esconder e escapar.

— Eu vou mesmo que você não me leve junto. Então, a não ser que você me amarre e me enfie em um armário, vou estar deitada nas agulhas de pinheiro ao seu lado em menos de uma hora.

Levanto as mãos. Eu sabia que era uma discussão que eu não poderia vencer, mas eu tinha que tentar. Vou até a porta da frente, onde Ella deixou uma bolsa. Como fui me apaixonar por uma pessoa ainda mais teimosa do que Ella? Pego algumas coisas, volto até Hart e coloco nas mãos dela.

— Ella trouxe isso pra você. Por que você não vai trocar de roupa e a gente sai para a nossa tocaia?

Ela entra no banheiro para trocar de roupa.

— Se você olhar com um pouco mais de intensidade, vai acabar abrindo um buraco na porta — diz Ella.

— Você não viu a porrada que ela levou na barriga. — Essa imagem vai ficar na minha memória por muito tempo.

— Nós mulheres somos mais fortes do que parecemos. — Ela flexiona um músculo inexistente no braço.

Não quero entrar em discussão, então guardo minhas reclamações para mim. Hart sai do banheiro, colocando o gorro na cabeça.

Ela para e, ao perceber minha preocupação, me dá um tapinha no ombro como se eu fosse um garotinho de cinco anos que perdeu o brinquedo no bueiro na tempestade.

— Eu vou ficar bem — garante ela.

Meu olhar vai até o pulso dela.

— Não faça nada perigoso. Só vamos tirar fotos pra acompanharem o áudio que gravamos e a mensagem de texto que você recebeu. Mais nada.

Ela bate continência com deboche.

— Você também — eu lembro a Ella, que pula e fica ao lado de Hartley.

— Sim, capitão.

— Vocês são duas palhaças, né? — Eu dou um suspiro. Não deveria jamais ter apresentado uma para a outra. — Vamos. Coisa Um e Coisa Dois.

— Isso faz de você o Coisa Três? — debocha Hart.

Minha resposta é dar um tapa na bunda dela quando ela passa para sair. Ela acha isso hilário, e Ella também. Elas fazem piadas cada vez mais bobas, citando falas dos livros do Dr. Seuss, que por algum motivo Hart parece se lembrar.

Mas as gargalhadas de ambas vão ficando mais baixas e menos frequentes a cada quilômetro que passa, até estar silencioso demais na cabine da picape. Olho para o lado e vejo as duas garotas de mãos dadas. Que nada, eu não me arrependo de ter apresentado as duas. Queria que elas tivessem se conhecido antes. Elas têm muito em comum e, depois desta noite, acho que, mais do que nunca, vão precisar uma da outra.

— Prontas, Coisas?

Hart balança a cabeça com nervosismo enquanto o maxilar de Ella se contrai. Eu queria que as duas pudessem esquecer o que vai acontecer hoje. Seja qual for o resultado, as duas vão ficar magoadas pelos atos dos pais delas, e isso é uma droga.

— Vou parar um pouco mais para a frente. Vocês se importam de andar?

— Não — responde Ella, e pula para fora na hora que o veículo para. Hart sai atrás dela.

Pego a câmera no porta-luvas.

Do lado de fora, Ella está pulando de um pé para o outro.

— Vem — ela sussurra, fazendo sinal para que nos apressemos.

Assim que saio pela porta, ela corre pela rua. Hart e eu corremos para alcançá-la.

— Vamos por aqui — diz Ella, apontando para uma cerca baixa de madeira que cerca a entrada do parque, que fica a um quarteirão de nós.

Fico preocupado com Hartley, mas ela pula a cerca sem nem fazer careta. Eu relaxo. Talvez ela não estivesse mentindo sobre não estar com dor, afinal.

Entramos no bosque, tomando o cuidado de não pisar em galhos que possam nos revelar. Felizmente, o chão tem mais grama e mato do que outra coisa. Está escuro, e as copas das árvores bloqueiam a meia-lua. No estacionamento, alguns postes iluminam o espaço pavimentado. Não tem nenhum carro.

Será que chegamos tarde? Viemos no dia errado?

— Hart... — começo a falar.

Ela balança a mão furiosamente.

— Shh. Se abaixa. Tem alguém vindo.

Faróis iluminam a entrada do parque. Ella e eu nos deitamos no chão e sinto a câmera machucar meu esterno. Espero que nossas roupas escuras estejam nos escondendo bem. O primeiro carro é comum, na cor prateada. É o carro perfeito para um encontro clandestino. Carros elétricos quase não fazem barulho. Nem ao menos teríamos percebido sua presença se não fosse pelos faróis. Steve estaciona o Tesla na extremidade do estacionamento, logo depois da área iluminada.

— A gente tem que chegar mais perto — sussurro.

As garotas fazem que sim. Nós ficamos de pé e seguimos pelo bosque até chegarmos ao limite do estacionamento. Caímos de joelhos a tempo de ver outro carro entrar.

— É o meu pai — diz Hart.

— Cadê o Callum? Ou os caras que ele contratou? — sussurra Ella.

— Não faço ideia. — Eu olho ao redor. — Talvez ele esteja ali. — Eu aponto para o outro lado do estacionamento, onde tem um quiosque de lanchonete e um banheiro na escuridão. Não consigo ver ninguém. Volto a atenção para os carros.

Os dois homens saem e ficam parados a cerca de seis metros de distância. Penso em um filme ruim de faroeste. Talvez eles atirem um no outro. Isso resolveria muitos problemas.

Brigo mentalmente comigo mesmo. Nenhuma das duas garotas precisa ver o pai morrer. *Toma jeito, East.*

— A gente tem que chegar mais perto — diz Hart, em tom baixo.

Ela começa a se mexer, mas eu a puxo de volta.

— Você não pode. Eles vão ver.

— Eu quero ouvir o que eles estão dizendo.

— Espera. Tem alguma coisa acontecendo. East, pega a câmera.

Eu pego a câmera e aponto na direção dos dois homens. É uma pena que eu não tenha um microfone. É difícil ver com detalhes pelo tom verde da lente de visão noturna. Começo a ter dúvidas se essas fotos, o áudio e as mensagens vão servir de alguma coisa. O pai de Hartley obviamente vende seus serviços há anos. Pelo menos três vezes, se não mais. Será que ele não conseguirá se safar mesmo que consigamos essa prova? Será que não irá convenientemente perdê-la?

Viro a lente para Steve, que anda até a traseira do Tesla e abre o porta-malas. Pouco tempo depois, o pai de Hart aparece na imagem. Os dois se inclinam.

— Está pegando? — Ella puxa a minha manga.

— Estou.

Rastejo para a frente, apoiado nos cotovelos, para pegar uma imagem melhor. Tiro algumas fotos deles espiando o porta-malas. Essa é uma prova de merda, eu decido. Fotos de gente olhando dentro de veículos não terão peso algum. Precisamos de mais. Eu preciso de uma foto da bolsa e dos homens na mesma imagem. Chego mais perto.

— Barras de ouro? — O pai de Hart quase grita, ou ao menos fala tão alto que a voz chega até nós. — Não tenho como converter isso. Eu falei que queria dinheiro.

— Minhas contas... congeladas... caso acabar — responde Steve. Ele aponta para o ouro como se fosse normal guardar barras de ouro no porta-malas de um Tesla.

O sr. Wright fala um palavrão e sai batendo os pés. Eu prendo o ar. O acordo vai ser cancelado por causa disso? O pai de Hartley é muito burro. Ele poderia levar as barras de ouro para um intermediário e trocar por dinheiro, se é isso que quer. Meu sentimento inicial de medo volta com tudo.

— Eu tenho dinheiro — anuncia um terceiro homem.

Todos se assustam.

Steve enfia a mão no bolso do casaco. O sr. Wright cambaleia para trás de surpresa. Atrás de mim, ouço dois ruídos de choque. Estou perplexo demais para me mover ou fazer barulho.

— O que você está fazendo aqui? — pergunta Steve.

Meu pai aparece. Ele estica os braços, uma bolsa preta em cada mão.

— Estou aqui pra oferecer um acordo, Steve. Você não quer ir pra prisão, mas, se estiver livre, Ella não conseguirá dormir sozinha em paz nem ao menos por uma noite. Não posso aceitar isso. — Há uma pausa. — Eu devo muito a você. Você é meu melhor amigo... mas meus filhos são mais importantes. — Callum coloca uma das bolsas no chão, anda pelo estacionamento e coloca a outra no chão. Erguendo a voz para que todos possam ouvir, ele diz: — Naquela bolsa tem uma nova identidade e dinheiro suficiente pra você começar a vida novamente, em boa situação. Mando dinheiro uma vez por mês para você viver onde e como quiser, desde que seja longe de Ella. Em troca, quero apenas as gravações que sei que você tem de todas as conversas que teve com Wright.

O pai de Hart faz um ruído de raiva na garganta. Ninguém presta atenção nele.

Callum aponta para os pés.

— Aqui só tem dinheiro. É sua, Wright. É um sinal do bônus de cinco milhões de dólares que você vai receber se processar Steve O'Halloran e ganhar.

Durante o show do meu pai, as duas garotas rastejaram para ficar ao meu lado, na beirada do estacionamento.

— O que ele está fazendo? — sussurra Ella.

Meu pai está jogando um homem contra o outro, mas não sei qual opção ele quer. Eu quero que os dois sofram. Cadê *essa* solução? Quero a bolsa número três.

O tempo passa mais lentamente enquanto duas pessoas horríveis avaliam suas opções. Conto meus batimentos com o passar dos segundos. Ao meu lado, Ella fica imóvel. Acho que não está nem respirando. Hart aperta meu ombro. *Realmente* parece uma cena de um faroeste ruim. Uma gargalhada semi-histérica fica entalada em minha garganta. Isso é ridículo. Eu meio que espero que um banjo comece a tocar no fundo.

O sr. Wright limpa a garganta.

— Eu aceito o dinheiro.

— Aceita porra nenhuma. — Steve enfia a mão no bolso e tira uma arma.

Uma das garotas ofega. Abaixo a cabeça dela, mas é tarde demais. As cabeças dos três se viram para nós.

— Porra, Callum. O que você fez? — rosna Steve. O cano da arma é erguido, e pulo do meu esconderijo.

Um medo profundo me joga para a frente. Steve matou minha mãe. Não vou deixá-lo matar meu pai também.

Capítulo 32

HARTLEY

Não chego a ouvir o tiro, apenas o seu eco pelo parque. Não vejo meu pai cair porque minha atenção está voltada para Easton, que corre na direção do pai. Não registro que é meu pai quem grita de surpresa e não East, nem Callum e nem Ella, isso até o agudo "Sr. Wright!" de Ella me arrancar do transe.

— Pai... — Cambaleio até onde ele está caído no chão.

Ele não se moveu desde o tiro. A mão está acima da cabeça, na direção da bolsa de dinheiro.

— Pai. — Eu caio de joelhos ao lado do corpo dele.

Sou tomada pelo alívio. Ele ainda está respirando. O peito está subindo e descendo. Mas ele está fazendo uma careta de dor, e tem sangue em volta de sua boca. Eu nunca quis isso. Nunca imaginei que isso fosse acontecer. Achava que ia conseguir provas. Achava que haveria artigos de jornais, processos e procedimentos legais. Não acreditei que haveria armas, violência e sangue. Coloco a manga sobre os dedos e tento limpar.

— Você vai ficar bem — sussurro. Mexo no bolso do casaco dele em busca de um celular. O sangue pulsa cada vez que ele se esforça para respirar, molhando meus dedos. — Vou chamar a ambulância. Vão salvar você.

Ele fecha a mão no meu pulso com um aperto surpreendentemente forte. Suas unhas afundam em minha cicatriz.

— Vou morrer por sua causa — ele diz, com desprezo.

Meu coração dá um pulo.

— Você não pode estar falando sério. — Eu me solto da mão dele e aperto o ferimento.

Ele ofega de dor.

— Se você tivesse ficado de boca calada... eu não estaria aqui. Eu devia ter quebrado... mais do que seu pulso... Devia ter empurrado você com mais força no hospital.

— E-empurrado? — Hospital? Ele está falando da noite que caí e bati a cabeça? De repente começo a sentir-me tonta.

A gargalhada seca é interrompida por uma tosse.

— Você tropeçou... com ajuda.

Lágrimas ardentes brotam em meus olhos. Ah, meu Deus. Foi por causa do meu pai que perdi a memória? *Ele* fez isso comigo?

— Eu nunca quis vocês... Nenhuma de vocês... nenhuma de vocês... — Ele repete, com a respiração difícil. — Um peso, as três garotas. Um peso imprestável e sugador de dinheiro.

Com dificuldade, ele rola de bruços e rasteja pelo asfalto até que a bolsa esteja ao alcance da mão dele.

— Para de se mexer — ordeno, me recompondo e indo atrás dele. Ele agora está fraco demais para me empurrar. Eu o viro de costas e grito com o rosto virado para trás: — Me ajudem! Meu pai levou um tiro. Me ajudem.

— Não... quero... ajuda. — Ele tenta soltar meus dedos do peito dele, onde o sangue jorra como um pequeno chafariz. — Me deixa morrer... filha... imprestável.

— Vem, Hart. — Mãos fortes seguram meus ombros. — Meu pai chamou uma ambulância. Logo alguém vai chegar.

— Ele está ferido, Easton. Meu pai está ferido. — Mas ele está mais do que ferido. Seus olhos estão vidrados no céu. O peito parou de se mover.

Easton empurra meu rosto contra o ombro dele para fazer com que eu pare de olhar para o rosto do meu pai morto.

— Eu sei. Sinto muito.

Eu me agarro a ele enquanto as admissões terríveis feitas pelo meu pai ecoam na minha cabeça. Queria que minha perda de memória começasse hoje. Uma adolescente não devia ter que ouvir que o pai a queria morta, que se pudesse voltar no tempo, a teria machucado mais. Lágrimas quentes ardem nas minhas bochechas. Ele teve o que queria. As palavras, a confissão, a rejeição dele estão acabando comigo.

— Vai ficar tudo bem — murmura Easton no meu cabelo.

Mas o som frio de uma bala sendo carregada conta uma história diferente.

— Easton, meu garoto, venha ficar com o resto da família.

Olhamos na direção do som e vemos o cano feio da arma de Steve apontado na nossa direção.

— O que você está fazendo? — rosna Easton, entrando na minha frente.

— Vamos resolver isso entre nós. Você, seu pai, Ella e eu. Eu jamais faria mal a você, Ella. Você sabe disso, né? Você é minha filha. Eu precisava assustar Dinah, e por acaso você estava lá.

— Você apontou uma arma pra mim, assim como está apontando para o Easton! — exclama Ella.

— Não. Está apontada para a srta. Wright. Eu não faria mal a Easton, assim como não faria mal a você. Callum sabe disso, não sabe, amigo?

— Steve! — grita Callum. — Para com isso.

Steve responde com voz baixa e ininteligível. Ou, talvez, eu que não consiga ouvir porque o pânico e o horror estão enchendo minha cabeça.

— Você vai ter que atirar em mim pra acertar ela. — Com os ombros rígidos, Easton abre as mãos.

— Não. Chega — digo. Cheguei ao meu limite de sangue e de coragem. Já derramei todas as lágrimas que tinha em meu corpo. Não aguento mais um momento desse drama. — Para com isso. Sr. Royal, faz isso parar — imploro para o pai de Easton.

Callum entra em ação e corre na direção de Steve, que se vira por reflexo. Nunca vou saber se ele teve a intenção de puxar o gatilho ou se foi uma reação natural à ameaça, mas, de qualquer modo, a bala sai voando.

— *Pai!* — grita Easton.

— *Callum!* — grita Ella.

Eu grito de horror.

Porque não é o corpo de Callum que treme quando a bala encontra um alvo. Não é Callum que cambaleia para trás, em dor e choque. Não é Callum que cai com a mão na lateral do corpo.

Não é Callum.

É Easton.

Ella e eu corremos na direção dele, mas é Callum quem pega o filho.

— Meu Deus, o que você fez? — berra ele para Steve.

O pai de Ella tenta dar um passo, mas seu joelho se dobra.

— Não. — A declaração sai rouca e com um tremor. — Não — ele repete.

— Façam a ligação — ordena Callum para ninguém e todo mundo.

— Eu já chamei uma ambulância pro sr. Wright — diz Ella rapidamente.

— *Liga de novo!* — grita Callum.

Apavorada, Ella não consegue se mexer. Eu aperto a mão e percebo que o celular do meu pai está em minhas mãos. Ligo para a emergência, mas não tiro os olhos de Steve. A arma ainda está na mão dele.

— Qual é sua emergência?

— Ferimento de tiro na barriga — balbucio. — Ferimento de tiro. Parque Winwood.

— Senhora, já tem uma ambulância a caminho desse local.

— Tem uma ambulância a caminho — repito, e largo o telefone no chão. Quero ir até East, mas tenho medo de Steve. Ele está com expressão de um animal que foi encurralado. Já atirou em duas pessoas. Acho que não vai parar aí.

— Droga, Steve. Por quê? — As lágrimas inundam os olhos de Callum. Seus dedos estão ficando sujos com o mesmo vermelho escuro dos meus. — Eu te dei a bolsa. Você podia ter pegado e ido embora.

— Eu teria ido para a cadeia. Não posso ser preso! — Seus olhos estão enlouquecidos e sua voz treme. — Eu só queria me livrar dos Wright. Eu sabia que você e eu podíamos resolver. Não queria que isso acontecesse. Você tem que acreditar em mim. Eu jamais teria feito mal a Easton. Ele é meu filho.

Se eu tivesse ar nos pulmões, teria ofegado.

— Não — diz Callum, com voz forte e alta. — De todas as formas que importam, Easton é meu filho. Ele sempre foi meu filho.

— Não é — insiste Steve. — Maria e eu tivemos envolvimentos de tempos em tempos. Ela estava solitária e eu a consolei.

— Você acha que eu sou idiota? Eu sempre soube. Claro que eu sabia, porra. — Callum balança a cabeça. — Easton é uma cópia idêntica sua. Não na aparência, mas em todo resto.

— Ele não é seu filho — diz Ella, fazendo cara feia para Callum. — Easton não é nem um pouco parecido com aquele... aquele... monstro.

O tom de Callum fica gentil.

— Você está certa, querida — diz ele. — East não é totalmente como ele. Meu menino tem coração. Ele se preocupa profundamente com os outros. — O olhar dele se volta brevemente para mim antes de voltar para Steve. — Mas os vícios, a impetuosidade, a falta de consideração que ele nem sempre consegue controlar, as mudanças de humor. Isso é você todinho, Steve.

Em vez de negar, o outro homem assente.

— Foi por isso que eu nunca questionei Maria — diz Callum. — Eu amei Easton como se fosse meu porque ele é meu. Ele é *meu* filho. Não quero saber se vocês têm o mesmo DNA. Ele é meu e você não vai tirar ele de mim.

Sirenes soam ao longe, ficando mais altas conforme a ajuda chega perto. Eu desvio o olhar para a rua com alívio.

— Estão chegando — digo baixinho.

Steve levanta a cabeça. Ele sabe que o cerco está se fechando.

Eu fico tensa. Consigo pular nele? Consigo chutar a arma da mão dele? Tenho que fazer alguma coisa. Não vou perder mais uma pessoa sem lutar. Assim, eu me levanto e me preparo.

— Me usa, Steve — implora Callum. — Pega o dinheiro e me leva de refém. Vamos tirar você dessa situação. Só deixe meus filhos em paz.

— Como chegou a isso, Callum? Como nossas vidas perfeitas vieram parar neste parque sem graça e em uma bolsa cheia de dinheiro? Nós devíamos ser reis. Nós somos Royal. — Mas ele solta uma gargalhada horrível. — Não. *Você* é Royal. Eu sou só o apêndice. Sou um amigo de merda. E um pai pior ainda. Dormi com a esposa do meu melhor amigo. Deixei que ele criasse meu filho. Abandonei a outra. Mas matei pra proteger você. Matei aquela mulher para proteger você.

— Sei disso — responde Callum. Ele respira, trêmulo. — Sei que você não pretendia fazer mal. É por isso que estou implorando para que você vá embora e não faça mais nenhum mal.

Steve balança a cabeça.

— Eu não vou durar um dia na prisão. Nem um dia. Cobre os olhos dele, Callum. Eu te amo. De verdade.

Ele leva a arma até a têmpora e, antes que eu consiga chegar até ele, puxa o gatilho.

Ella grita.

Callum começa a chorar.

Eu desabo no chão ao lado de Easton.

— A gente vai sair dessa — sussurro para ele. — Eu prometo. Eu prometo.

Repito isso enquanto ele é amarrado em uma maca, levado até a ambulância e transportado para o hospital. Repito para Ella, que aperta tanto a minha mão que meus dedos ficam dormentes. Digo durante todo o caminho até o hospital, digo enquanto esperamos longamente até que a cirurgia seja feita e até que ele finalmente acorde, horas e horas depois, para dar seu sorriso torto e arrasador para mim.

— A gente vai sair dessa — diz ele, colocando a mão na minha. — Eu prometo.

Capítulo 33

HARTLEY

— Parece até que eu moro aqui — diz Easton com irritação.

Só três dias se passaram desde a cirurgia, mas, pelo jeito como o garoto reclama, parece até que foi quatro anos atrás. Estou tão acostumada com a reclamação dele que nem ao menos levanto os olhos do livro.

— Que bom que tem seu nome no prédio.

Ele ri e geme.

— Para de dizer coisas engraçadas. Dói quando eu rio.

Eu finjo surpresa.

— Quem imaginaria que sua barriga ia doer depois que removessem um de seus rins?

Ele suspira.

— Você ainda está com raiva?

Eu baixo a voz e repito as palavras dele para ele.

— Não faça nada perigoso. Nós só vamos tirar fotos.

— Tudo bem, admito que eu talvez tenha sido um pouco imprudente.

Espio por cima do livro.

— Um pouco? Isso é como dizer que a chuvarada de ontem foi um chuvisco.

Ele grunhe uma resposta que não quer dizer nada e bate com a cabeça no travesseiro.

— Agora eu sei por que Seb queria ir embora imediatamente. Acho que estou ficando mais doente a cada minuto que passo nesta cama. Eu não devia estar de pé, me mexendo? Fazendo fisioterapia, sei lá?

— Não sei, dr. Royal. Já que você é o especialista, por que você não me diz?

— Você sempre foi sarcástica assim ou é uma coisa nova que você desenvolveu para poder me torturar?

— Coisa nova que desenvolvi para te torturar — eu respondo.

Ele bate na cama.

— Acho que sua tortura seria mais eficiente se você estivesse mais perto.

Coloco o livro de cálculo de lado.

— É mesmo? — Olho para a porta. Eu quase fui expulsa da última vez que a enfermeira me pegou deitada na cama com ele. Fui salva apenas pelo arrogante lembrete de que ele era Easton *Royal*. A riqueza tem seus privilégios.

East abre espaço para mim e faz uma careta com o movimento.

— Acho que as suítes VIPs deviam ter camas maiores — reclama ele.

Eu subo na cama e coloco a mão embaixo da cabeça.

— Acho que não são feitas pra duas pessoas.

— É, mas se as camas fossem maiores e um cara pudesse dormir com a namorada, talvez ele se curasse mais rapidamente.

— Vou deixar isso na caixa de sugestões antes de ir para a escola de manhã.

Ele passa o dedo na minha testa.

— Obrigado.

Nós nos olhamos. Passamos muito tempo desde que ele acordou só nos olhando, memorizando as feições um do outro. Estamos agradecidos por estarmos vivos. Eu paro as mãos dele no caminho pela minha testa e levo os dedos à boca. Entrelaço nossos dedos e os levo até o coração dele, onde consigo sentir os batimentos regulares do sangue vital dele se movendo.

É estranho, porque minha vida é dividida em metades, mas a linha de demarcação não é quando eu perdi a memória. É antes do parque e depois do parque. Antes do parque, eu não tinha respostas. Agora, estou cheia delas, mas a informação não me faz sentir melhor. Antes do parque, eu considerava seriamente terminar com East porque o irmão dele, Sebastian, se opunha veementemente a nos ver juntos. Depois do parque, decidi que só um ato de Deus vai separar East de mim. E, mesmo assim, acho que eu lutaria como louca para voltar para o lado de Easton.

Easton dá um beijo nos meus dedos.

— Eu lamento por tudo. — *Tudo* quer dizer pelo pai dele ter matado o meu.

— Eu também. — Minha mãe estava pegando fogo quando foi ao hospital. Ela ia processar os Royal. Ia mandar todos para a cadeia. Acho que ela também estava falando de mim. Expliquei para ela sobre as provas dos subornos que tínhamos contra o meu pai, e ela calou a boca na hora.

Os crimes do meu pai vão acabar sendo expostos. A polícia encontrou um pendrive no bolso de Steve com um relato completo das negociatas do meu pai; não somente as que fez com Steve, mas muitas outras, inclusive as com a sra. Roquet. Steve fez isso por garantia, caso meu pai o enganasse. Não há mesmo honra entre bandidos.

— Como Astor Park está reagindo?

— Você é um herói. Acho que vão fazer uma comemoração no seu nome. Ela está contando pra todo mundo que você se jogou na frente de uma bala para salvar seu pai, ela, eu e talvez toda Bayview. — Dou um tapinha na bochecha dele. Com tom mais sério, acrescento: — Ninguém sabe as coisas que Steve disse no final.

— Eu não ligo — responde ele. — Acho que uma experiência de quase morte pode esclarecer o que é importante. Callum me criou desde que eu nasci. Nunca demonstrou que sabia que eu não era filho biológico dele; mas sangue não vale muito aqui, vale? Steve só ligava para ele mesmo. Era um covarde do caralho que se matou porque não queria ser preso. Que escroto. — Ele engasga no meio de uma gargalhada porque isso o magoa mais do que ele quer admitir. — Mas, falando sério, eu sei quem é minha família. Gid, Reed e os gêmeos são meus irmãos. Ella é minha irmã. Callum é meu pai. Maria é minha mãe. E você, você é meu coração.

Eu pisco para segurar as lágrimas. Não parecia possível que eu ainda as tivesse, pois desde que acordei sem memória no hospital não fiz nada além de chorar rios de lágrimas.

— Eu vi o dr. Joshi no corredor. Ele perguntou como estava minha memória, e eu disse que ainda está uma merda.

— É?

— Ele disse que é provável que eu nunca recupere todas as lembranças.

— O que você acha disso?

— Estou surpreendentemente bem. Pode ser que em um ano eu tenha um surto no meio do refeitório da faculdade de tanta consternação, mas agora estou aceitando tudo bem. Dylan está protegida. Você está vivo. Isso é tudo de que eu preciso.

Ficamos ali por um tempo absurdo, só sorrindo um para o outro, porque não faz muito tempo que esse simples prazer quase nos foi tirado para sempre.

Uma batida na porta me faz dar um pulo e East franzir a testa.

— Quem é? — rosna ele.

— Eu.

Levanto o rosto e vejo um dos gêmeos na porta.

— Seb — diz Easton, com cautela.

— Vou buscar um sorvete para a gente — digo apressadamente. East não quer brigar com o irmão, mas sei que vai fazer isso por mim. E essa é a última coisa que eu quero.

— Não, espera. Eu vim falar com você — diz Sebastian para mim.

— Sobre o quê? — East se senta e gruda um olhar sério no irmão.

— Vou pedir desculpas. Algum problema? — Seb projeta o queixo com irritação.

Corro até lá e puxo uma cadeira para perto da cadeira onde eu estava sentada.

— Entra, por favor. — Dou uma risada nervosa da minha própria arrogância. — Que coisa idiota que eu fui dizer. Como se você não pudesse entrar no quarto do seu próprio irmão. — Eu corro até o armário onde guardamos um pequeno suprimento de itens contrabandeados como Cheetos, balinhas azedas e Reese's, que dou para Easton entre as refeições regulares e horríveis do hospital. — Quer alguma coisa?

— Não. — Seb balança a cabeça. — Você pode... só vir aqui?

— Eu te amo, Seb, mas não é porque estou preso a uma cama de hospital que não vou te encher de porrada se você tratar a Hartley mal.

— Easton! — exclamo, consternada. — Deixa seu irmão falar.

— É, me deixa falar, babaca. — Seb puxa a cadeira e se senta com uma bufada. — Senta. — Ele aponta para a outra cadeira. — Por favor — acrescenta ele.

Eu faço o que ele pediu.

— Desculpa — nós dois dizemos ao mesmo tempo.

Na cama, Easton ri e se deita nos travesseiros novamente.

— Essa vai ser a coisa mais divertida que verei desde que Hart virou aquela bebida em Felicity e nós todos vimos Felicity escorregar sem parar em uma poça, feito uma idiota.

— Cala a boca — diz Seb com rispidez, na mesma hora que eu digo:

— Easton!

Ele faz sinal de zíper nos lábios.

— Sinto muito, Sebastian. Sinto muito mesmo pelo que aconteceu com você. Se eu pudesse mudar as coisas, eu mudaria.

Ele assente, e a testa está franzida.

— É, eu também sinto muito. — Ele passa a mão na boca. — Olha, eu não devia ter dito o que disse antes. Às vezes, tem uma nuvem pesada na minha cabeça, e a pressão só aumenta. Eu tento segurar, mas sinto que fazer isso só piora tudo. Sei que eu não devia dizer metade das merdas que digo, mas sai mesmo assim. Eu não consigo segurar, e ninguém, *ninguém* entende.

Ele me olha com expressão desesperada de súplica, e sinto uma identificação tão intensa que é como se eu estivesse dentro da cabeça dele. Ele mudou irrevogavelmente. Não vai poder voltar a ser quem era antes, não tem como voltar a ser quem era antes, e talvez eu seja a única que entende de verdade. Nossas cabeças são tão frágeis, mas nossos corações são ainda mais delicados.

Quando ele diz *ninguém*, ele está se referindo ao irmão gêmeo. Os dois foram partidos no meio. A reação de Sawyer é nunca querer sair do lado do irmão, enquanto Sebastian está tentando descobrir qual é seu lugar neste mundo louco.

Quero passar os braços em volta desse pobre garoto perdido e abraçá-lo, mas sei que ele odiaria isso. Só posso lhe dizer que ele não está errado de sentir o que sente, que ele não é uma pessoa ruim por ter mudado.

— Eu sei — digo. — Você não é o mesmo Sebastian que era antes e nunca vai ser. E não tem problema. Vai ficar tudo bem.

Ele contrai os lábios e assente uma vez e outra. Passa a mão pelos olhos e se levanta.

— Foi uma boa conversa, Wright. A gente se vê.

Eu me viro e vejo que Easton está mordendo o lábio inferior, em sinal de preocupação.

— Ele vai resolver — garanto ao meu namorado. — Mas nós temos que deixar que ele faça isso sozinho.

— Babaca — murmura Easton com afeição quando me deito ao lado dele. — A gente não liga de ele ser um tremendo babaca. Só estamos felizes de ele estar vivo.

— Ele sabe disso. A parte difícil é aceitar as mudanças. — Eu chego mais perto, mas tomo cuidado para não esbarrar no local da cirurgia.

Ele apoia o queixo no alto da minha cabeça.

— E você? Você está tendo dificuldade pra aceitar tudo? Sua mãe gritou com você no telefone.

— Ah, então você ouviu?

— Foi difícil evitar — admite ele.

Suspiro e passo o nariz pelo peito dele, buscando inspirar seu aroma quente e masculino.

— Ela está com medo porque toda a vida dela vai começar a desmoronar agora. Ela tinha sonhos de entrar pro country clube e oferecer chás para as primeiras-damas de Bayview. Agora, vai ter sorte se não for apedrejada no posto de gasolina.

— Eu preferia ser apedrejado no posto de gasolina a tomar mijo fraco com a mãe de Felicity — declara Easton.

— Qualquer pessoa em sã consciência preferiria o posto de gasolina à mãe de Felicity. Tem cachorro-quente no posto — eu lembro a ele.

— É verdade. O néctar dos deuses bem ali. — Ele ri e geme. — Porra, não me faz rir. — Ele levanta meu queixo. — Vou cuidar de você. Meu pai também. Ele não vai deixar você sem nada. Você é uma Royal agora.

Ele sela essa promessa com um beijo.

Ser uma Royal não quer dizer que meu sobrenome é o mesmo de Easton nem que vou morar debaixo do mesmo teto ou usar o emblema da Astor Park Prep nas roupas. Só quer dizer que tem uma tribo de pessoas que me recebe e um garoto que me ama. Se eu puder aceitar isso, sou uma Royal.

Steve O'Halloran nunca entendeu. Ele nunca percebeu que, durante todos esses anos, esteve no coração de Callum, recebendo todo seu amor, perdão e aceitação apesar de seus pecados. Ele ficava procurando realização e não encontrava: nem no dinheiro, nem nos carros, nem no perigo. Dormiu com Maria Royal não porque amava Maria, mas porque amava o que Callum tinha. Uma família de garotos grandes e fortes que eram intensamente leais. Que amavam com tudo. Que lutavam por tudo aquilo que acreditavam ser certo, bom e válido no mundo.

Eu poderia me permitir ficar triste pela minha perda de memória. Poderia passar anos me lamentando que meu pai nunca me amou, que minha mãe está mais interessada no dinheiro que tem, e que pode levar um tempo para que minhas irmãs descubram que estamos do mesmo lado. Se eu fizesse isso, viraria um Steve ou uma Felicity ou um Kyle, e o ódio ocuparia tanto espaço no meu coração que não sobraria lugar para a alegria.

Mas posso ser uma Royal e abrir o coração para receber todo o amor precioso que Easton quer me dar. Assim, passo os braços em volta do sol e deixo que ele me aqueça de dentro para fora.

Sou uma Royal porque sou amada por Easton Royal.

Não há nada no mundo que seja mais puro e maravilhoso do que isso.

Capítulo 34

HARTLEY

— Estão prontos pra você, Hart! — minha irmã Dylan grita do pé da escada.

— Já vou descer — grito em resposta.

— Eu termino isso — diz Easton. — Pode ir.

Isso é a arrumação da cama que foi entregue naquela manhã. Agora, Dylan e eu moramos com os Royal, e isso é a coisa mais surreal do mundo. Mas não tínhamos para onde ir quando minha mãe e Parker se mudaram para a Virgínia. O escândalo foi mais do que as duas poderiam suportar. Tenho que defender minha mãe e dizer que ela tentou, mas, conforme mais casos do meu pai foram revelados como fraudes e as condenações foram anuladas, ela não aguentou. Depois do dia primeiro, ela fez as malas. Parker foi logo em seguida.

Felizmente, Callum ofereceu-se para receber a mim e Dylan. Como Easton disse, nós éramos Royal; ou pelo menos Callum e todas as outras pessoas nos tratavam assim. No começo ficamos na casa principal, mas Dylan e eu somos do tipo que gosta de ficar sozinha, e acho que Callum reconheceu que ficaríamos mais à vontade em um espaço próprio. Assim, mandou limpar a enorme área acima da garagem, que antes era usada como depósito. Em seguida, contratou um empreiteiro para transformar o espaço em um apartamento para nós.

East tomou as rédeas desse projeto, o que serviu ao duplo propósito de provar que ele está se tornando um adulto responsável e garantir que finalmente vamos ter privacidade, porque eu me recusei a sair do apartamento antigo para dormir no quarto dele enquanto minha irmãzinha estivesse lá.

Ele passou a dormir no sofá muitas noites. Admito que me sinto segura. Nós dois vamos tirar um ano de folga antes de irmos para a faculdade. Quero passar um tempo com Dylan, e East recebeu permissão de voar novamente. Ele me disse que não liga de ir para a faculdade. Dei a ele um livro sobre engenharia na esperança de fazê-lo mudar de ideia.

No espaço novo, Dylan e eu temos um banheiro e um quarto cada uma, junto com uma cozinha e uma pequena área de jantar. Tem até uma varandinha atrás e, se você se inclinar no canto, dá para ver o mar.

— Você também devia ir. É o homem de honra — eu lembro a ele.

— É padrinho — insiste ele. — Quantas vezes tenho que lembrar a vocês que meu papel é de padrinho.

— Como você quiser, homem de honra — provoco, e saio correndo para que a punição que ele tem em mente não possa ser executada. Desço a escada, atravesso o pátio de pedras e entro por uma porta lateral na mansão Royal.

Eu cresci em uma casa grande, mas a casa dos Royal é de outro nível. É muito glamorosa, mas qualquer um que conheça os Royal sabe que toda aquela riqueza teve seu preço.

Mas, hoje, não vamos falar do passado. Hoje é um dia de comemoração, um dia para olhar para o futuro.

Não recuperei todas as minhas lembranças. Certas partes da minha vida são um buraco. Mas, se eu tivesse que começar de novo, esse parece o lugar certo pra isso. Easton diz que eu o beijei primeiro no alto da roda-gigante, e que para manter a tradição eu o beijei primeiro de novo. Acho que o que ele estava tentando dizer era que sou a mesma pessoa hoje que eu era um ano atrás e que a perda da minha memória não me mudou.

Eu cometi erros no passado. Não devia ter abandonado Dylan, apesar de eu não ter muitas opções quando tinha catorze anos e ela tinha dez. Ela me jurou que papai nunca bateu nela, mas não negou que ele era emocionalmente abusivo. Ele debochava da doença dela e não a levava a sério. Minha mãe sentia vergonha dela. Toda essa ansiedade serviu apenas para piorar sua condição. Ela não queria tomar os remédios porque queria fingir que não precisava deles, para que as críticas dos nossos pais não tivessem efeito.

Ela está muito melhor agora. Os irmãos Royal a acolheram debaixo das asas e a mimam demais. Mas Easton é o melhor de todos, porque ele disse para ela que se sentia do mesmo jeito. Ele validou os sentimentos dela e a ajudou a aceitar que a bipolaridade era como uma doença física. Ela o adora. Acho que se tivesse que escolher entre nós dois, ela me jogaria no mar.

Easton luta com os próprios demônios. Às vezes, quando ele tem um dia estressante, eu sei que ele quer beber. As mãos dele tremem. Os olhos ficam virando de um lado para o outro e ele tem que ir fazer alguma coisa, seja nadar na piscina, correr na praia ou deixar que eu o canse de outras formas, se Dylan não estiver por perto.

O tempo está começando a esquentar, mas ainda tem uma brisa doce da tarde que vem do mar. É um dia perfeito para um casamento.

Passo pela sala de jantar que acomoda catorze pessoas e pelo piso de mármore embaixo do candelabro de cristal, que cintila tanto que poderia se comparar ao sol. O comprido aposento da frente foi convertido em um salão de beleza. Callum contratou um exército de funcionários: banqueteiros, garçons, cabeleireiros, maquiadores, músicos. Parece que metade de Bayview está aqui, se preparando para o evento.

— Ah, que bom que você chegou. Já estava indo te buscar. — Dylan se aproxima. O cabelo comprido, tão parecido com o meu, tem pequenas tranças em volta de uma coroa. Tem um enfeite de flores de cristal esmaltadas atrás das tranças, e um colar simples com as mesmas flores esmaltadas está em seu pescoço.

Desconfio que as joias valham mais do que os carros de algumas pessoas. Callum Royal joga dinheiro para o alto como se tivesse uma impressora no porão. E não adianta tentar impedir a generosidade dele. Easton diz que isso faz com que ele se sinta menos culpado e que, se eu tiver compaixão, devo aceitar os presentes com um sorriso.

É mais fácil quando os presentes são para Dylan, porque ela merece o mundo.

— Você está linda — digo para ela.

— Eu sei. — Ela dá uma voltinha e a saia gira. — Agora é a sua vez.

Eu me entrego para a equipe que vai me vestir, me perfumar, fazer meu cabelo e maquiagem e colocar sapatos de solado vermelho nos meus pés. Ao meu lado, Val, a melhor amiga de Ella, recebe o mesmo tratamento, enquanto Savannah, a namorada de Gideon, joga UNO com Dylan.

A cerimonialista coloca a cabeça na sala.

— Se todos estiverem prontos, vocês podem ir para os seus lugares?

Nós quatro seguimos para o gramado com vista para o mar infinito. Dylan e eu nos sentamos na fileira da frente, designada para a família. Minha irmã enfia a mão embaixo da minha. O tamanho dos nossos dedos é quase igual. Eu olho para ela com surpresa. Dylan está crescendo. Eu não tinha me dado conta disso quando ela estava girando na minha frente.

Minha atenção é atraída quando Easton sai de trás do arco floral com o irmão mais velho junto. Eu quase engulo a língua. Devia ser proibido colocar Easton Royal em um smoking. Eu me pergunto quantas outras mulheres na plateia estão engravidando só de olhar para os dois irmãos Royal.

— Você é nojenta — sussurra Dylan.

Passo o dedo no canto dos lábios.

— Estou babando?

— Ainda não. — Ela funga com desdém. — Mas acho que seus olhos vão cair no seu colo a qualquer instante. Você pode agir com algum autocontrole? Vocês dois são constrangedores.

Nós dois? Levanto o rosto e vejo Easton me olhando como se eu fosse seu prato favorito e ele não comesse há duas semanas. Fico vermelha.

Dylan me cutuca. Eu a cutuco também.

— Não, eu não consigo ter autocontrole. — O sorriso que se abre no meu rosto é incontrolável, mas Dylan é poupada de mais micos quando "Marry You", de Bruno Mars, começa a tocar.

Toda a congregação se levanta para ver Ella Royal andar pelo corredor central, parecendo uma princesa ou uma fada que ganhou vida, usando um corpete apertado de cetim com manguinhas curtas e uma saia ampla que parece feita de mil camadas de seda final como papel. O cabelo louro está preso em um coque delicado na base do pescoço. Uma tiara de diamantes enfeita sua cabeça, e a cauda do véu é tão longa que teria vários metros se fosse esticada.

Reed Royal está em frente a Easton com um smoking escuro e uma camisa branco-neve, mas é o amor puro emanando dos olhos azuis dos Royal que captura a atenção de todos.

Gosto de pensar que não sou muito sentimental, mas choro durante o casamento. Pode ser resquício do trauma do inverno, quando meu pai foi morto, quando Easton levou o tiro e quando aguentou uma longa e dolorosa recuperação do transplante de rim.

Mas pode também ser um choro de felicidade. Por eu estar viva. Por Dylan estar comigo. Por Easton estar tão saudável quanto antes. Pela sua irmã e irmão estarem se casando, apesar de nenhum dos dois ter chegado aos vinte anos. Reed pediu a mão de Ella no Natal e, para a surpresa de todo mundo, Ella disse sim. Mas impôs um monte de condições. Ela ia para a faculdade. Ia arrumar um emprego. Eles viveriam só com o dinheiro que os dois ganhassem. Reed concordou com tudo. Ela poderia ter dito que queria que ele usasse vestido e mesmo assim ele teria aceitado.

Acho que ela estava pronta porque ela perdeu tanto: a mãe, o pai. Estou muito apegada a Dylan agora, para a consternação dela.

Mas não sou a única a chorar. Dylan chora. Val e Savannah também. Juro que vejo Gideon secar os olhos. Callum não se dá ao trabalho de esconder as lágrimas. E todas aquelas histórias sobre máscaras de cílios à prova d'água são pura mentira. Todas as mulheres, nesse instante, parecem guaxinins.

Depois que a cerimônia acaba, o exército de pessoas contratadas para nos deixar bonitas vai para a festa e nos arruma para estarmos com a aparência perfeita de novo durante a recepção, hora de tirar fotos e comemorar. Easton faz um brinde hilário e constrangedor contando como Ella se tornou parte da família.

— O Reed jurava para todo mundo que não gostava dela, mas aí ficava sentado do lado de fora do quarto durante toda a noite, esperando que ela voltasse — revela Easton, o que faz os dois irmãos ficarem vermelhos por motivos diferentes. — Ele parecia o cão de guarda pessoal dela.

Reed dá de ombros e late. Ella fica ainda mais vermelha. E quanto mais vermelha ela fica, mais as pessoas riem. Quando Easton acaba a provocação, Gideon se levanta, e depois é a vez dos gêmeos esquentarem o ambiente.

Quando os brindes acabam e os beijos de champanhe são dados, o DJ solta a música e enche o enorme gramado com batidas de dança. Dylan pula de um pé para o outro, ansiosa para ir dançar. Ela olha para as pessoas em busca de um parceiro. Seu olhar para nos gêmeos, que estão sentados em uma mesa ali perto.

— A festa está legal, né? — pergunta Dylan para eles.

Seb faz que sim. Ou Sawyer. Não consigo mais diferenciar os dois. Ambos são sarcásticos, encantadores e perigosos. Partiram mais corações nos últimos cinco meses do que eu achava humanamente possível. Quase parece que eles estão em uma competição para ver quem consegue levar para a cama e abandonar mais garotas em Bayview antes de chegarem ao terceiro ano. Mas eles são legais com Dylan, o que fica evidenciado pelo fato de que não estão dizendo alguma coisa amarga e sarcástica sobre o irmão que nem fez vinte anos e a irmã postiça adolescente se casarem. Então, não posso reclamar deles.

Ela abre um sorriso doce.

— E a música está irada.

Eles assentem de novo.

— E todo mundo está feliz.

Eles concordam.

O sorriso dela se abre ainda mais.

— Quatro anos e vai ser nossa vez.

Eu pisco, sem entender a declaração aleatória. Quatro anos? Do que ela está falando?

— Quatro anos? — Um deles levanta a sobrancelha.

— Nossa vez? — O outro fica ligeiramente em pânico.

— É, eu vou ter dezoito anos.

— E daí? — diz o que ergueu a sobrancelha. O outro gêmeo, mais inteligente, já está se levantando da cadeira e parece estar pronto para fugir.

— Vai ser quando a gente vai se casar — anuncia Dylan.

Eu quase engulo a língua. Os garotos trocam um olhar que demonstra toda uma conversa sobre como minha irmã pode ser inconveniente. Os dois se levantam.

— Vamos fazer aqui, como Ella, mas com mais flores. Eu gosto de rosas.

Eu coloco a mão sobre a boca de Dylan.

— Ela está brincando — garanto aos gêmeos.

Ela empurra a língua molhada entre meus dedos.

— Eca, Dylan.

— Eu não estou brincando — declara ela. — Quando tiver dezoito anos, vou me casar com eles.

— Com qual deles?

— Dã — diz ela. — Não dá pra separar os dois.

Ela sai andando e nós três nos entreolhamos com expressão de choque. Pelo menos... *eu* estou chocada. Não sei se consigo ler o rosto dos gêmeos. Não. Eu não *quero* ler os rostos deles. Me viro deliberadamente. Eu não vi nada ali, digo para mim mesma. Não tem nada.

Easton aparece ao meu lado para colocar uma taça de champanhe na minha mão.

— Você quer o de verdade ou suco de uva está bom?

— Está bom. — Tomo um gole do suco com gás e deixo as bolhas fazerem cócegas na minha boca. Decido me preocupar com Dylan somente daqui a quatro anos. Não preciso contar para Easton o que acabou de acontecer. Ele vai trancar Dylan na garagem e não vai deixar que ela saia. Isso é uma fase. Vai passar. Ao menos assim espero.

— Eu nunca pensei que faria um brinde em um casamento e nem que tomaria suco em comemoração. — Ele franze o nariz.

— As duas coisas são perfeitas. Você é um bom homem de honra.

— Padrinho.

Abro um sorriso, tomo outro gole e volto a atenção para a água escura batendo tranquilamente na areia.

— O que a gente veio fazer aqui? — pergunta Easton, apoiando o queixo no alto da minha cabeça.

— Estou criando uma lembrança.

— Ahh. — Ele passa os braços em volta dos meus ombros. — Acho que essa lembrança se tornaria ainda melhor se você tirasse o vestido.

Eu tremo, mas não de frio.

— Hoje, mais cedo, minha irmã disse que a gente devia se trancar num quarto.

Ele dá um beijo quente no meu pescoço.

— Dylan é a garota mais inteligente que eu conheço.

Sorrindo largamente, Easton segura minha mão e me leva pela pista de dança, por baixo de um arco de flores até o pátio de paralelepípedos e pela escada da nossa casa, para criar uma nova lembrança.

AGRADECIMENTOS

Devemos um agradecimento especial a Jessica Clare e Meljean Brook, que leram e releram este livro, ajudando a torná-lo o que é hoje.

Todos os erros são nossos, claro.

E agradecemos a todos os leitores que amam os Royal tão apaixonadamente. Esperamos que vocês tenham gostado de ler esses livros tanto quanto nós gostamos de criá-los.

Fiquem ligados em nossas próximas aventuras.

FIQUE DE OLHO

Prometemos só enviar e-mail quando for realmente importante. Curta a página do Facebook de Erin Watt para saber das novidades e ver prévias divertidas!

Curta a página do Facebook:
https://www.facebook.com/authorerinwatt

Siga no Goodreads:
https://www.goodreads.com/author/show/14902188.Erin_Watt